格萨尔研究丛刊

齐玉花 编译

十方圣主格斯尔可汗传

上海古籍出版社

西北民族大学中国语言文学学科建设经费资助项目

（项目编号：81101301）

前 言

《格萨(斯)尔》是中国"三大史诗"之一，也是世界上最长的活态史诗，讲述了英雄格萨(斯)尔降妖伏魔、抑强扶弱、保护美好家园的故事。在我国，藏族称这部英雄史诗为《格萨尔》，蒙古族称之为《格斯尔》。《格斯尔》在蒙古族人民文化生活和文学发展史中占有较为重要的地位，是蒙古、藏、汉等民族文化互动交流的鲜活例证，具有较高的文献、文学、艺术价值。它不仅是祖国文坛的奇葩，而且是世界文学宝库的稀世珍品。《格斯尔》广泛流传于国内外，国内主要为内蒙古自治区和吉林、辽宁、黑龙江、青海、甘肃、新疆维吾尔自治区等省区的蒙古族聚居地，国外主要流传于蒙古国、俄罗斯布里亚特自治共和国以及卡尔梅克、图瓦人居住地。

《格斯尔》经过历代僧俗文人不断传抄、加工创作，形成多种不同的版本。目前，《格斯尔》有北京木刻本、隆福寺本、乌素图召本、鄂尔多斯本、琶杰本、诺木其哈敦本、扎雅本、策旺本、卫拉特托忒文本等重要版本。其中流传最广、影响最大的是北京木刻本《格斯尔》。

1716年(康熙五十五年)北京木刻版蒙古文七章本《十方圣主格斯尔可汗传》，梵夹装，1卷(176叶)，每页26行，每行6字。页面高17.2厘米、宽52厘米，版框高13.5厘米、宽46.5厘米。版框左侧有汉文"三国志"三字，首页刻有朱印佛像。北京木刻本《格斯尔》是蒙古文《格斯尔》出版史上已知最早的版本，目前国内仅见6套，分别藏于中国国家图书馆、中国民族图书馆、中国社会科学院民族文学研究所资料室、内蒙古自治区图书馆、内蒙古社会科学院图书馆和内蒙古日报社蒙古文资料室。该本被译成德文、日文、俄文等多种文字，在国内外学术界较有影响，对研究蒙古族历史、文学具有重要的文献价值和版本价值。

在我国，《格斯尔》史诗的研究、传承工作一直受到党和国家的高度重视。20世纪50年代末，中共中央宣传部将《格萨(斯)尔》列为国庆十周年献礼项目，要求内蒙古自治区负责搜集整理和翻译出版《格斯尔》。1956年，内蒙古出版社第一次铅印出版北京木刻本（七章本）及其续编北京隆福寺本《格斯尔》（六章本）。1983年，中共中央宣传部对全国《格萨(斯)尔》工作做了重要部署，成立"全国《格萨(斯)尔》工作领导小组"及其办公室。1984年5月，"内蒙古自治区《格斯尔》工作领导小组"成立，专职从事《格斯尔》工作。1993年，内蒙古人民出版社将北京木刻本、北京隆福寺本《格斯尔》合在一起，以《十方圣主格斯尔可汗传》（即十三章本）之名出版。2006年，《格萨(斯)尔》入选"第一批国家级非物质文化遗产名录"。2009年，蒙古族《格斯尔》与藏族《格萨尔》一并入选联合国教科文组织"人类非物质文化遗产代表作名录"，这是《格萨(斯)尔》学术史上应当被永远铭记的一年。2016年，内蒙古文化出版社影印出版北京木刻本《格斯尔》，内页采用原版梵夹装，古朴庄严。

国内对木刻本《格斯尔》的真正研究应该说始于十三章本《十方圣主格斯尔可汗传》的出版。从研究范围来看，主要从来源追溯、专题阐释、比较研究、形象研究、母题研究、文学成就、艺术特征、思想内容、文献综述、语言学、文献学等方面展开，成绩斐然。

蒙古族学者早在18世纪就开始对《格斯尔》进行研究，青海蒙古史学家松巴?勘布?伊希班觉对《格斯尔》进行的探讨开创了《格斯尔》研究的先河。1944—1947年，任乃强连续发表《〈藏三国〉的初步介绍》《关于〈藏三国〉》《关于格萨尔到中国的事》等研究论文，引起国内学术界的注意。蒙藏《格萨(斯)尔》源流问题方面的讨论，代表性论文有巴雅尔图、哈·丹碧扎拉桑的《蒙藏〈格斯尔〉关系初论》，认为蒙藏《格斯(萨)尔传》之间是同源异流关系更符合实际，格斯尔作为历史人物的相似原型以及蒙藏《格斯(萨)尔传》中内容相似的文本都是二者源头相同的明证。乌力吉的《蒙藏〈格萨(斯)尔〉的关系》一文指出，蒙藏《格萨(斯)尔》是两个民族文化交流的产物，是其现状沿着各自独特的发展道路继续前行的结果。齐木道吉在《有关蒙古〈格斯尔〉几个问题》中指出，蒙古族《格斯尔》脱胎于藏族《格萨尔》，是蒙藏文化交流的产物。

格日勒扎布在《有关格斯尔和关帝合二为一的事》中表达了格斯尔是历史人物的观点。斯琴孟和《关于卫拉特〈格斯尔传〉》一文指出，流传在卫拉特的《格斯尔传》，其直接来源不是西藏《格萨尔王传》，而是北京木刻版《格斯尔传》，或与其相同的蓝本，在同一或稍晚时期，先用托忒文转写，然后流传到民间以口头形式流传开来，最后形成今天所见到的口头流传和手抄本两种形式的作品。巴雅尔图《北京木刻版〈格斯尔可汗传〉初探》一文，用母题分析法，对北京木刻版《格斯尔传》进行专题研究，探索了蒙古民间文学发展的内在规律和蒙藏民族民间文学之互相影响，其重点在于揭示北京版《格斯尔传》产生和发展的社会历史因素，以及它对蒙古古典文学传统的继承等革新问题。玛?乌尼乌兰的《甘肃〈格斯尔〉初探》通过对甘肃蒙古族《格斯尔》与北京木刻版《格斯尔》的比较考察，理清了甘肃蒙古族《格斯尔》的独特点及创新之处。

吴·新巴雅尔《有关青海蒙古族〈格斯尔〉》一文，在对蒙藏《格萨（斯）尔》、青海蒙古族《格斯尔》及蒙古其他地区的《格斯尔》进行比较分析的基础上，提出藏族《格萨尔》是首先由青海蒙古人翻译成蒙古文，然后在蒙古人中形成蒙古《格斯尔》的观点。王兴先的《藏族、土族、裕固族〈格萨尔〉比较研究》通过比较题材、结构文体、宗教影响、说唱艺人、源与流等方面指出藏族《格萨尔》流布到蒙古、土、裕固族地区，进而形成藏、蒙古、土、裕固族《格萨（斯）尔》源与流、同源分流的关系。扎拉嘎的《〈格斯尔〉与〈格萨尔〉—关于三个文本的比较研究》以藏族《贵德分章本〈格萨尔〉》、蒙古族《北京木刻版〈格斯尔〉》和蒙古族《琶杰本〈格斯尔〉》为主，对它们的故事内容、艺术形式进行比较研究，最后得出以下结论：蒙、藏《格萨（斯））尔》间的主要联系体现在书面文本；《贵德分章本〈格萨尔〉》与《北京木刻版〈格斯尔〉》在故事的基本框架上有较多类同；在《北京木刻版〈格斯尔〉》向《琶杰本〈格斯尔〉》转变的过程中，《格斯尔》发生了质的变化。

除此之外，其木道吉、白嘎力、尤·齐木道吉、托门、仁钦嘎瓦、达尔玛僧、巴·布林贝赫、却日勒扎布、宝音德力格尔、仁钦道尔吉、索德那木拉布丹、道荣尕、扎布、呼日勒沙、纳·宝音贺西格、呼·策仁巴力、巴·苏和、朝戈金、布和朝鲁、苏雅拉图、丹布尔扎布、斯钦巴图、尤·龙梅、宝音陶格陶、韩长寿、跃进、陈岗龙、塔亚、孟金宝、乌·纳钦、哈日虎等学者对《格斯尔》的搜集、整理、研究亦贡献良多。一大批高质量的学术论文和专著相继发表、出版，研究范围之广、内容之深，参与学者人数之众，表明我国《格斯尔》研究出现了前所未有的繁荣局面。

国外出版、翻译和研究蒙古《格斯尔》已有两百多年历史。1776 年，俄国旅行家兼学者帕·帕拉斯首次向俄国本土介绍了这部史诗。1836 年，德国学者雅·施密特在圣彼得堡用活字刊印蒙古文本《格斯尔》；1839 年，他又在圣彼得堡首次用德文翻译出版北京木刻本《格斯尔》，书名为《神圣格斯尔可汗的事迹》（该书于 1925 年、1966 年两次重印）。1936 年，斯·科津将北京木刻本《格斯尔》译成俄文出版，书名为《格斯尔可汗传——仁慈的格斯尔可汗的故事》。

随着北京木刻本《格斯尔》的不断搜集整理，以及外文译本的相继问世，国外学术界对蒙古《格斯尔》的研究逐渐增多。1849 年，俄国学者阿·鲍勃洛夫尼科夫在《蒙古语法》一书中对蒙古《格斯尔》的语言进行研究。1936 年，斯·科津为北京木刻版《格斯尔》俄文本撰写《前言》，指出这一版本虽在藏文版基础上产生，但并非译自藏文，而是独具特色的蒙古叙事著作。后来俄国的格·米哈依洛夫等也对这部史诗从不同角度进行过研究。蒙古国学者伯?索特那木在《蒙文文学发展史》一书中提出，北京木刻版《格斯尔》的创始时间不宜放在 16—17 世纪后期来看，因为北京木刻本《格斯尔》的文言文辞与 17—18 世纪初的书面作品或译作的文言文辞截然不同，而表现出与远在它以前的东部和西部蒙古族的白话和古代蒙古文的共性。1950 年，蒙古国学者策·达姆丁苏荣用俄文撰写论文《〈格斯尔传〉的历史根源》；1956 年用斯拉夫蒙古文发表论文《〈格斯尔传〉的三个特征》；1957 年正式出版专著《〈格斯尔传〉的历史根源》（俄文）。1983 年，德国学者瓦?海希西出版专著《〈格斯尔研究〉——蒙古格斯尔传的新章节（后六章）》，他认为蒙文《格斯尔》属于新史诗；通过北京木刻本《格斯尔》与其他几种藏文《格萨尔王传》的比较研究，无法断定蒙文《格斯尔》是直接从藏文翻译过来的。

前言

《格斯尔》各种版本的搜集、整理、出版一直是学界的工作重点之一。迄今为止,北京木刻本《格斯尔》的汉译本有两种:一是桑杰扎布《格斯尔传》,1960年由人民出版社出版;二是陈岗龙、哈达奇刚等《十方圣主格斯尔可汗传》,2016年由作家出版社出版。2018年,鉴于北京木刻本《格斯尔》的重要性,西北民族大学格萨尔研究院将其纳入《格萨尔文库》中,汉译工作由我来承担,成书书名为《十方圣主格斯尔可汗传》。为便于学者利用,进一步做好史诗的整理与研究,学校将此书列为"格萨尔研究丛刊"之一种,并资助出版,以共同传承、保护《格萨(斯)尔》这一人类非物质文化遗产,发挥其应有价值和作用。

《十方圣主格斯尔可汗传》为蒙汉对照本,此次出版,保留了原来的章节结构,但对章节名进行了调整,对原文中的错讹或不当之处进行了全面修改。囿于学识,书中错漏难免,祈请方家批评指正。

齐玉花

写于西北民族大学

目 录

前 言 1

汉文部分 1

第一章
根除十恶名扬天下 3

第二章
镇压巨型黑斑魔虎 54

第三章
治理汉地贡玛汗部 57

第四章
黄金塔旁安居乐业 66

第五章
攻取锡莱河三汗部 89

第六章
消灭喇嘛根除妖魔 157

第七章
革除灾患造福众生 162

蒙古文部分 165

十方圣主格斯尔可汗传

第一章

根除十恶名扬天下

在远古时代，释迦牟尼佛祖涅槃之前，霍日穆斯塔腾格里前去找他朝圣。霍日穆斯塔腾格里跪拜之后，佛祖给霍日穆斯塔腾格里下旨说："五百年后，中界秩序混乱，你回家过五百年之后，在你的三个儿子中派遣一位，让他成为可汗。到那时凡界将会兽类相互残杀，弱肉强食。你三个儿子中的一个下界后，将要让他成为主宰中界的可汗。"并道："回去后你不要沉浸在幸福之中，忘了我的旨意。"霍日穆斯塔腾格里领受旨意，便回到天宫。

霍日穆斯塔腾格里回家后，将佛祖的旨意忘得一干二净，过了七百年。有一天，突然一声天崩地裂，霍日穆斯塔腾格里与三十三天尊大惊失魂，霍日穆斯塔腾格里那金碧辉煌的索达拉松城墙西北角倒塌裂开，坍塌了一万波尔[1]之长。以霍日穆斯塔腾格里为首的三十三位天尊，操起家伙，气势汹汹冲出殿门，浩浩荡荡前往被损城墙处，查明原委。

霍日穆斯塔腾格里不解其故，将三十三位天尊召集到一起，大家议论纷纷，共商应对之策。

"本王素来与谁都无冤无仇，是阿修罗诸兵来侵犯吗？究竟是谁触犯天神，破坏了城墙重地？总不至于无缘无故自己坍塌吧？"

这时霍日穆斯塔腾格里突然想起并解释道："都怪我不慎，在七百年前，释迦牟尼涅槃之前，我去膜拜时曾经下过法旨：五百年后，天下大乱，中界秩序混乱，兽类弱肉强食。命令我在三个儿子中遴选出一名，派往人间当可汗，主持浮沉，来拯救混乱不堪的世界，回来后我把这事忘到了九霄云外，现已经过了七百年，已超了两百年啊。"

霍日穆斯塔腾格里和三十三位天尊便召集内部大会商议此事。派使者分别传召，拟派三个儿子中的一位到人世间当可汗。

使者对霍日穆斯塔腾格里的大儿子阿敏萨和格其传达霍日穆斯塔腾格里的命令："你的父亲、至高无上的霍日穆斯塔腾格里让你下凡当人间可汗，你意下如何？"

---

[1] 波尔：长度单位，一波尔约合两公里。

阿敏萨和格其道:"虽说我是霍日穆斯塔腾格里的儿子,但去了可汗的宝座我也尚且不能胜任,不想因为我失去父亲一世英名。我如实禀报,并非有意抗旨,实在是力不从心!"

使者告别大太子,去找二太子威勒布图格其说:"您的父王霍日穆斯塔腾格里命令您下凡做人间可汗。"二太子说:"你们以为我非霍日穆斯塔腾格里之子,却认为是人间凡夫俗子吗?下凡了也是,人间可汗的宝座我不能胜任。我上有兄长阿敏萨和格其,下有贤弟特古斯朝格图,均可胜任可汗之位。"使者默然,前去寻找霍日穆斯塔腾格里的小儿子。

使者来到小儿子特古斯朝格图处,又重复了一遍霍日穆斯塔腾格里令。特古斯朝格图道:"我上有大哥阿敏萨和格其和二哥威勒布图格其,此事轮到我操心吗?去就去罢了,但我怎能称王称霸一统天下?如若因我而失去半壁江山,岂不让父母名誉扫地,成为千古罪人?"

三兄弟的话大同小异、不谋而合。使者一字不落地把三个太子的话禀报霍日穆斯塔腾格里和三十三位天尊。

随后,霍日穆斯塔腾格里怒气冲冲,召见了三个儿子。对他们说:"并非因天下大乱,我才专门派使者去传召你们下凡人间拯救众生的,这是按照七百年前的佛祖之命所下的法旨派你们下凡去。原以为我是你们的爹,未曾想到你们仨才是我的爹,我是你们的儿子呀!你们三个既然不服管,从今往后,你们三个干脆来篡我霍日穆斯塔腾格里之位,由你们来当天神可汗,天宫所有的事情都交给你们,由你们来替我掌管我的一切,主管天界好了。"

看到尊贵的父亲大人大发雷霆,三个儿子纷纷摘下帽子,跪在地上。

大儿子阿敏萨和格其先开口诉苦衷:"哎呦,父汗您言重了,贸然下凡是行不通的,人间大混乱,纷争永不停,天下太平恐怕是件很难完成的大业呀!如若霍日穆斯塔腾格里之子阿敏萨和格其下凡担任人间可汗期间有差错,未能完成镇压邪恶之大业,您就会成为世人的笑柄,世人会耻笑霍日穆斯塔腾格里的儿子真无能。我是霍日穆斯塔腾格里之子,但也只是徒有虚名,难道非去不可吗?况且我也不是特意把责任推卸给弟弟,说他的坏话,二弟威勒布图格其精通多种武艺,在梵天界与十七位天尊召集的那达慕盛会上,不论射箭比赛还是别的各类竞技,他无所不能,没人是他的对手;在内部与三十三位天尊比射箭、摔跤各项那达慕上谁能赢过他?在下界龙王们比武的那达慕盛会上,也没人胜过他。擒拿、格斗、射箭、摔跤,他样样精通。他智勇双全,文治武功样样齐备,在每次那达慕盛会上,每项比赛没人超越过他。我们去也是只因为霍日穆斯塔腾格里之子，徒以虚名而去，只有二弟威勒布图格其才胜任可汗之位。"

三十三位天尊道："阿敏萨和格其说的有理，擒拿、格斗、射箭、摔跤，他样样精通。"鼎力推荐威勒布图格其，认为阿敏萨和格其所言皆是。三弟特古斯朝格图也响应大哥的呼声，支持三十三尊天的推荐。霍日穆斯塔腾格里说："我的儿啊，听到大家的心声了吧？你还有什么可说的呢？"威勒布图格其说："我无话可说，那我只好听从父亲的安排就是。"霍日穆斯塔腾格里转怒为乐。

威勒布图格其说："我去凡间，父王准我几件实事：请把耀霜黑色铠甲、闪电护背旗、有日月同辉图样的白宝盔、镶嵌绿松石鞘的三十只白翎箭、三庹[1]长青钢宝剑、举世无双的金索宝套、九十三斤重的大金刚斧、六十三斤重的小金刚斧和九股铁索套等这些东西，在我下凡投胎时统统赐予我。"霍日穆斯塔腾格里爽快答应。威勒布图格其接着说："派三十三位天尊中的三位随我一起下凡去同胎投生，再派给我三位神姐，再派一位和我同样的神勇天子托生为我胞兄。其他神从自己身边的臣属中选出三十位来随我一起下凡投胎作我的近身勇士。我本不应该因您派我下凡而有分外的请求，之所以这么做，是想要达到平定暴乱、造福众生的目的。若是霍日穆斯塔腾格里的儿子去了人间，登不了基，称不了可汗，岂不是侮辱父王的威名吗？"

霍日穆斯塔腾格里和三十三位天尊都认为威勒布图格其所言极是，便说："为了使你登基称汗，我们会毫不吝惜，鼎力相助，一一依从你的要求。"

威勒布图格其说："哥哥阿敏萨和格其、弟弟特古斯朝格图不愿意下凡，那么，待我下凡间为万物生灵惩奸除恶，使荒凉贫瘠的土地变成人畜两旺的乐土，功成名就后，我是否有回天界继承父汗宝座的福气？"

霍日穆斯塔腾格里应允道："言之有理。"

威勒布图格其提出："等我转世人间后，请您赐予我宝磁青钢剑一把和凡胎肉眼看不见的神驹一匹。"霍日穆斯塔腾格里爽快地答应了。

那时，世界陷入一片混乱之后，除人类之外还有飞禽和三百种不同语言的生灵都汇聚到叫作呼斯楞[2]的敖包上会谈。通事阿日亚阿拉木格日女神组织茂娃古西、唐穆、山神傲

---

[1] 庹：量词，一庹为成人两臂左右伸展时，两手之间的距离，约合五尺。
[2] 呼斯楞：蒙古语音译，其义为理想。

瓦贡吉德，三位贤者进行占卜。

通事阿日亚阿拉木日女神说："哎哟！那我们三位占卜师，就来预测一下是否会有降临人间拯救混沌世界的可汗吧！"

茂娃古西首先占卜完，便说道："即将诞生一位叫宝阿·东穹·嘎尔布的人，他身躯由水晶宝石形成，长着洁白的牙齿，凤凰鸟的头颅，金黄的头发，发梢就像垂柳梢开满花朵一样鲜艳。等他降生，统辖上界天神的绝无他人。"

"再算一卦试试。"

占卜师唐穆占了一卦，说道："接着诞生的是名叫阿日亚·阿罗莉·沃德格日的神仙。她有红润光芒四射的脸庞，上身像人，下身像龙王蛇神。她诞生之后，要主宰下界龙王的非她莫属。"

"好吧。那山神傲瓦贡吉德，你来占一卦。"

傲瓦贡吉德占了一卦，说："名为叶尔扎木苏·达日·傲达木的天神即将问世，他浑身散发着耀眼的白色圣光，简直就是名副其实的各路神仙之首，她诞生后将统辖十方仙女。"

阿日亚阿拉木格日女神又请一位占卜师占卜。占卜师算了一卦，说道："接着，会诞生叫格斯尔·嘎尔布·东日布的人。他上半身汇集了十方诸佛之灵验，腰身汇集了四大神灵之智慧，下身集满了四大龙王之玄机。他才是将来赡部州[1]的统治者，是为威震十方圣主恩智的格斯尔可汗也。"

阿日亚阿拉木格日女神又说："再来一卦算算他们是同胞兄弟还是非亲非故，他们的父母分别是何许人也。"

三位卜神又占了一卦，说道："父亲是山神傲瓦贡吉德亲，母亲是葆巴彦的女儿格格萨阿木尔珠拉。算出他们是共受患难，相互援助，将会由同一父母所生。"占卜者们说道："他的父亲是山神，母亲是富家之女。是佛祖有旨意，为了平息已陷入混乱之中的世界而有意派遣的天子，转世到人间投胎。因我能力有限，其余的一无所知。"他们分别从何而来呀？只是我们不知道而已，一卦之后，占卜师娓娓道来。

那时候在动荡不安、民不聊生的人间有图萨、通萨尔、岭格三大部落。图萨部的诺彦为桑伦，通萨尔部的诺彦为察尔根，岭格部的诺彦为超通。超通一向毒辣阴险、对人经常欺骗玩弄权术，牲畜由他遴选，马群里好马都被他占有，超通诺彦有数匹良马。其中有风

---

[1] 赡部洲：按《时轮经》所说，须弥山周围共有七大洲，赡部洲是其中之一。

驰电掣、疾驰如飞的千里马一匹，简直赛过离弦之箭；有气势雄壮、四蹄生风的骏马一匹，能够追上远处奔跑的狐狸，有漂亮狐狸之称；还有一匹能赶上横穿黄羊的马，叫绝尘一骑，正可谓骐骥一跃，雨鬣霜蹄。

这三个部落，企图联起手来进攻葆巴彦的时候，超通与另二位诺彦作对未果，只好骑着一匹好马前去报信道："图萨、通萨尔、岭格，三个鄂拖克[1]兵临城下。"葆巴彦的女儿格格萨阿木尔珠拉闻讯逃跑，不料在冰上滑倒造成胯骨脱臼，伤了筋骨，变成瘸子，随后被抓。超通心想：谁会娶一个腿脚不灵的瘸子为妻呢？如此一来岂不名声大毁？就送给别人吧，于是便出谋划策说："就把她许配给我哥哥桑伦吧，以后想再要回来也好说。"就这样，他把姑娘交给自己的哥哥桑伦诺彦做妻子了。

桑伦娶姑娘为妻后对她百般照顾，不久她的腿便痊愈，恢复了往日的容光焕发，变得和从前一样美丽娇艳。心怀叵测的超通看着日益貌美如花楚楚动人的格格萨阿木尔珠拉跟哥哥相亲相爱，心生妒意，担心日后遇不到如此美丽的女人，便打起了坏主意。

超通无端造谣说桑伦、格格萨阿木尔珠拉夫妻二人无儿无女绝后了，声称导致天下不平、世界大乱的祸患之源是他们夫妻俩。于是，想把桑伦、阿木尔珠拉夫妻驱逐到三河汇合处，剥夺他的妻子和财产。

放逐的时候他只给桑伦、格格萨阿木尔珠拉夫妻二人一峰带着花驼羔的花骆驼、一匹带着花马驹的花母马、一头带着花牛犊的花母牛、一只带着花羊羔的花绵羊、一条带着花狗崽的花母狗和一顶又黑又旧的破毡房。

他们来到三河汇合处，桑伦老头儿一边放牧仅剩的两三头牛，一边在附近捕猎鼠兔。猎物不多，有时候一天套捕七八只，有时候能猎到十多只。格格萨阿木尔珠拉每天出去捡柴。

有一天，格格萨阿木尔珠拉跟往常一样出去捡柴，她的面前突然出现一只大鹰。样子古怪，前胸像鸟儿，后背像人。惊奇万分的格格萨阿木尔珠拉忍不住问它："为什么你的前胸像鸟儿，后背像人，你长的一副怪模样，是什么征兆？"

那只鹰回答说："我的前胸像鸟儿，是因为我不知晓我上界的娘舅们；我的后背像人，是因为我原来的躯体蒙难，才飞到这里来的。我正在物色从上界下凡可以投胎的好女人。如果我投胎，就要找像你一样出色的好女人投胎，否则我就不投胎了。"说完飞走了。

初八晚上，格格萨阿木尔珠拉在捡柴回来的路上遇到了一个身体庞大无比强壮的巨

---

[1] 鄂拖克：旧时蒙古族地区由万户分解为联合的大的阿寅勒，即被称作鄂拖克。

人，因为受到惊吓而昏了过去。她躺了一会儿，渐渐恢复了体力，勉强支撑着起来要回家去。因为下了一层薄雪，格格萨阿木尔珠拉便循着自己拾柴的脚印原路返回。天蒙蒙亮时，她看到雪中出现了一庹长的大脚印。她很好奇，心想：这个走过去的人脚印怎么这么大呀！于是，就沿着大脚印一路尾随过去。那脚印一直延伸到一座山洞里。格格萨阿木尔珠拉从洞口好奇地向内窥视，看到黄金宝桌前坐着一个手持虎斑旗、头戴一顶虎斑色的帽子、身穿虎纹色的衣服、脚蹬一双虎纹皮靴的巨人，靠着桌牙子坐下，并用手捋了捋虎斑胡须上的霜，并喃喃自语："今晚真可谓疲惫不堪啊！"格格萨阿木尔珠拉被眼前的一切吓得半死，转身逃了回来。

三百种不同语言的飞禽走兽四处分散了，阿日亚·拉姆女神返回了天宫，毛阿固实、唐布大师一直执守在"呼斯楞敖包"上，大家虔诚等待着，想验证一下预言是否为真。过了一段时间他们认为预言是真的后也各自散去了。

回到家后，格格萨阿木尔珠拉的肚子日益丰满，最后达到了行动不便、起居困难的程度。十五的早晨，桑伦老头儿带上索套，准备去放牧。临走时，格格萨阿木尔珠拉对他说："你为什么非要坚持去放牧呢？此刻我的肚子里有声音，好像有人在说话，哼哼作响，我一个人留在家里真的好害怕，你就留下来陪我吧！"桑伦老头儿说："你以为我不愿意陪伴你吗？可是那样谁去猎捕鼠兔？仅有的几头牛，谁给我们放牧？如果不打猎不放牧，我们拿什么维持生计？"说完，便扬长而去。

老人下套捕杀了七十只鼹兔。他高高兴兴地把鼹兔背回家。说道："打到的猎物从来没有像今天这么多，真是太幸运了。"把鼹兔收起来后，老头儿又去放牧了。午后的太阳渐渐偏西，快要落山，黄昏将至。这时候，格格萨阿木尔珠拉肚子里的孩子们开始唱起来了。

一个唱道："我叫宝阿·东穹·嘎日布，我身躯是水晶宝石，我长着白海螺的牙齿，凤凰鸟的头颅，我有金黄色的发辫，发梢像缀满花朵的柳絮一般美丽。我降生后，将成为上界天神的主宰者。"

又一个唱道："我叫阿日亚·阿罗莉。我浑身光芒四射，红润的脸庞美丽醉人，上身像人体人身，下身像龙王蛇身。我降生后，将成为下界龙神的领导者。"

还有一个唱道："我叫佳荦·达拉·敖德。我浑身散发着耀眼的白色光芒，光彩照耀四面八方的我，诞生后将成为十方仙女的支配者。"

最后一个唱道："我叫格斯尔·嘎尔布·东日布。我上半身汇集了十方诸佛之法力，腰身汇集了四大神灵之智慧，下身集满了四海龙宫之玄妙。我降生后是将来的世界统治者，是十方圣主仁智格斯尔可汗也。"

格格萨阿木尔珠拉听了大吃一惊，道："哎呦！这怎么可能？世人都嫌我无能，被家人遗弃，被驱赶到三河汇流处，哪还有什么神会投胎到我腹中为我所有？该不会是妖魔鬼怪附体了吧？你们那无能的父亲桑伦啊，在这个又小又黑的旧帐幕里，艰难度日，维持生计都成问题。我根本没法指望他给你们做摇篮，更别说把你们抚养成人了。我现在把你们放进这沟里，当摇篮吧。"说着，她拿起九庹长的大铁钳子，挖了能够躺下四个大人的壕沟。

正在这时，宝阿·东穹·嘎日布大喊："母亲，给我让道！"话音刚落，他就从母亲的头顶诞生了。他的容貌格外俊俏，一路连爬带跳，母亲始终赶不上他。这时上界天神在水晶般洁白的大象身上套上鞍子，敲打着锣鼓，焚烧一炷香，让宝阿·东穹·嘎日布骑在大象背上，在鼓乐声中接到天宫去了。母亲叫道："我这孩子真是神佛化身来到下界呀！"说着说着，喜极而泣了。正在哭时，又有一个孩子清脆的声音从他肚子里传来："母亲，快给我让路！"格格萨阿木尔珠拉举起右手按住头顶。不料，孩子居然从右腋下降生了。然后又是一阵连爬滚打，母亲根本抓不到他。龙神同样敲打着锣鼓，焚烧一炷香，在水晶般洁白的大象身上套上鞍子，让他骑在大象背上，把他接到大海里去了。还没等阿木尔珠拉缓过神来，肚子里传来又一个孩子的声音："母亲，让我出去！"阿木尔珠拉夹紧两腋，用双手抱住头顶。结果，孩子从肚脐出生了。这孩子比前两个孩子更加美丽俊俏，招人喜爱。殊不知他动作敏捷，母亲还是没能抱住孩子。正在拼命追赶之际，十方仙女牵来一头鞍和嚼子齐备的青色大象，焚起香炉，敲锣打鼓，把孩子放在大象的背上，由十方仙女带走了。

阿木尔珠拉眼睁睁地看着自己的三个亲生骨肉被接连带走，泪如雨下。仰天长叹："哎呦呦！哎呦呦！原来我的三个孩子真的是神灵投胎啊！我挖了四个大壕沟，却连一个孩子都没挽留住，连抱一下亲一口都没来得及……"正在她痛哭流涕伤心欲绝的时候，又一个孩子在肚子里喊道："母亲，我从哪里出去？"阿木尔珠拉说："就像普通孩子那样分娩吧！"于是就按常规自然分娩。这孩子横眉立目，怒目圆睁，托起右手，攥紧左拳，抬着右脚，蹬着左腿，咬紧洁白如玉的四十五颗牙诞生了。母亲见了惊叫道："哎呀呀！前面生的三个可想而知就是神灵投胎下凡，一个都没在我身旁留住。这个孽种是魔鬼化身，却被我留住了。哎呀！孩子，我用什么切掉你的脐带呢？"说着便从枕头下面取出一把剪刀来剪脐带，结果剪刀根本就剪不断他的脐带。正在阿木尔珠拉不知所措时，婴儿竟然开口说话了。他说："母亲，您的这把钝刀怎么可能剪断我的脐带呢？您从咱们家前面的大海里捞来棱角锋利的黑曜石吧，它才能切断我的脐带。切的时候您要祈祷我的生命坚不可摧，切完脐带后用白香草扎好，扎的时候也要说祝词，祝我们部落的人口与日俱增，比白香草还要多。"听完，母亲用衣襟包起孩子就向大海跑去。到了海边，迅速找来棱角锋利的黑曜石和白香草，按照孩子的吩咐剪完他的脐带包扎了肚脐，并一一祝福。

　　格斯尔的诞生正赶上一场冷雨，阿木尔珠拉在去海边找石头的时候不小心冻伤了小拇指。于是连连抱怨："为了给这个孽种剪掉脐带，我奔波劳碌，小拇指都冻伤了。"孩子劝道："母亲，请您息怒！责骂和哭泣是没有用的，您还是赶紧把小拇指浸到海水里试一试吧！"阿木尔珠拉本来疼痛难忍，又觉得孩子的话在理，于是按照他的话，把手指头浸到海水里泡了一阵子。果然，小拇指痊愈如初了。于是，她便带着孩子回家去了。

　　阿木尔珠拉对孩子说："摇篮都没有，我让你睡在哪里呢？要不就让你睡在我挖的壕沟里吧。"说着便抱起孩子准备放进壕沟里。孩子奋力挣脱，掉在地上。母亲再次举起来，孩子却又挣脱开了。孩子对母亲说道："母亲，我直眉瞪左眼，是想把凶神恶煞的百鬼众魅一眼瞪死；我怒目圆睁，是想大彻大悟，一眼明辨今生来世的是是非非；我托起右手，是想铆足力气一举歼灭来犯之敌；攥紧左拳，是想大权在握统一天下统治一切；抬起右脚，是为了真行菩萨道，大力弘扬佛法；伸直左腿，是为了奋力压倒黑恶势力的滔天罪行；咬紧洁白如玉的四十五颗牙，是为了让妖魔鬼怪魂飞魄散。"母亲听了深感意外，惊呼："哎呀呀，不得了！别的孩子都是用无名指夹着鼻子，闭着眼睛伴着哭声呱呱坠地，哪有如此伶牙俐齿，赤口毒舌，一生下来就喋喋不休的呀！"

　　正当母子二人吵得不可开交的时候，桑伦老头赶着牛，背着捕猎到的十只鼠兔，一手拖着九股铁索套回来了。他还没进屋，就听到里面时而传出女人尖锐的声音，时而传出老虎咆哮般粗犷的声音。他惊奇万分，大踏步迈进毡房，指着家中的"不速之客"问道："这是什么？"委屈万分的阿木尔珠拉见到丈夫便气不打一处来，愤愤地骂道："你个死老头儿，无福享用的贱骨头，今天让你守着我，你偏偏出去。这下好了，我生下来三个神灵投胎的孩子，他们三个各从我头顶、腋下、肚脐生下，结果一个个都被接走了。上天界的上天界，入龙界的入龙界，到仙界的到仙界。可是当初谁能料到他们是上界天神、下界龙神和十方仙女呢？最后，我又生了这个恶魔转世的孩子，这个没良心的东西正张牙舞爪跟我大喊大叫，分明想要活生生吞掉我呀！死老头儿，快把他抱走！"

桑伦老头儿听了妻子的话，赶紧上前阻止她，说道："哎呀呀，无凭无据别瞎说，你怎么知道孩子是恶魔转世的？我们又不是神仙，怎么能识别是人是鬼？再怎么说也是我们的亲生骨肉，我可不忍心杀害他，我们还是养着看看吧。从今天起，我也每天努力捕杀八十只鼠兔，咱们的日子慢慢会好起来的。你看，咱家这可怜的两三头母牛也争气地怀孕了，肚子圆鼓鼓的，已经要着地了。以前离家近的地方没有鼠兔出没，离家一箭之远的地方今天没有下雪，这是我在那里捡到的。"边说边指了指地上："喏，你看就是这个东西，我活到现在，还头一次见到这个玩意儿，也不知道是网还是套索，随手拿过来了！"

桑伦又一次说道："身为母亲，怎么能忍心抛弃他？养养看吧！"

那个时候，有一只鬼魂附体的黑乌鸦专门啄瞎一岁孩子的眼睛，从而让其失去幼小的生命。这只黑乌鸦听到格斯尔诞生的消息，就闻讯赶来企图啄瞎他的眼睛。格斯尔靠他神奇的法术预知了黑乌鸦的到来，所以早早就等着黑乌鸦来自投罗网。他闭上一只眼，睁开另一只眼，在睁着的一只眼睛上方安放好九股铁索绳套。当鬼魂附体的黑乌鸦飞进来想要啄他的眼睛时，他将绳套使劲一拉，就套住黑乌鸦，随后勒死了它。

那个时候，还有一个长着狗嘴，嘴里长满山羊牙齿的魔鬼，化身为贡布的老父亲额日和苏荣喇嘛假装灌顶，试图谋害格斯尔。他以给两岁小孩儿灌顶赐福为名，接近孩子从而咬断孩子的舌尖，最终让孩子说话结巴。格斯尔早就凭借法术看穿了他的企图。格斯尔预知魔鬼要来，就咬紧四十五颗洁白的牙齿，躺在家中静候。化身为喇嘛的魔鬼来了之后，假装虔诚地给格斯尔灌顶，试图用手指撬开格斯尔的牙齿，用獠牙弄松，均未得逞。喇嘛问格斯尔的母亲："这孩子出生时有舌头吗？莫非一生下来就是这样咬紧牙关的？"母亲回答说："这孩子一生下来总是大哭，我们也不知道他有没有舌头。"

假装验证格斯尔有没有舌头，魔鬼把舌头伸进他的嘴里让他吮吸。格斯尔微微张开嘴巴吸了几下。魔鬼就贪得无厌地把舌头全部塞进了格斯尔的嘴里。格斯尔假装吮吸着，突然用力一口猛咬，就把魔鬼的舌根咬断。就这样，格斯尔轻而易举地消灭了化身喇嘛的魔鬼。

那时候，还有一只十恶不赦的鼠兔精，身体庞大如犍牛。它破坏土壤危害庄稼，给蒙古部落带来了灾难。格斯尔法力无边神通广大，自然也就得知了它的存在，于是就假装成一个放牛的老头儿，手持斧头跑去找鼹兔。正在鼹兔变成硕大无比的犍牛掀翻地皮、糟蹋草场的时候，放牛老头儿赶过去，举起斧头对准犍牛两角中间的额头砍下去，结束了其生命。

就这样格斯尔铲除了三个凶恶的魔鬼，为百姓铲除了危害。

之后的日子里，格斯尔家的生活也一天比一天好起来了。他们家的母羊产下了白花花毛绒绒的小羊羔，可爱极了；骡马产下了一匹枣骝骏驹，油亮的鬃毛闪着金色的亮光，像棕色的闪电划过草原；母牛产下了一头青铜色的牛犊；母狗也产下一条青铜嘴的母崽子。

格斯尔为它们煨桑，向天上的娜布杀胡日扎祖母虔诚地叩拜，同时心中默默祈祷："仁慈的祖母啊，您要保佑这些牲畜繁殖生息，何时用得着，何时备好为我所用！"格斯尔把家里新添加的这些幼崽全都供奉给了祖母娜布杀胡日扎祖母，祖母慈祥地笑道"做得对"，欣然接受了。

桑伦老头儿认为格斯尔是苦命的女人生的，前世造孽，生来命苦，就给他取个乳名叫角如。

角如每天照常出去放牧，守着他们家那少得可怜的几头牛。他一边放牧，一边拔了三七二十一根芦苇、三七二十一根芨芨草、三七二十一根鬼针草、三七二十一棵野桃树。用芨芨草抽打老弱的母马，边抽打边祈福说："当我用这三七二十一根芨芨草抽打你，你就繁殖出芨芨草一样的纯白马群吧。"他用芦苇抽打弱不禁风的母牛，边抽打边祝福说："祝你产下尾巴像叶子一样、芦苇子儿一般漂亮毛色的牛犊吧。"他用鬼针草抽打绵羊，一边打，一边祈福说："生下鬼针草一样繁多的绵羊吧。"又用野桃树抽打浑身长疥的母驼并祝福一番。就这样格斯尔大显神通，施展魔法抽打，都按他那祝词那样产崽、畜牧兴旺。一匹骡马繁殖出白芨芨草般一群白色的马，数不胜数，按格斯尔的指令日日月月接连不断地产崽，拥有了不胜枚举的牲畜。

看到家里一夜之间牲畜兴旺，日子过得丰衣足食，桑伦老头儿喜出望外。他兴奋地说道："现在牛羊成群牲畜兴旺，这真是上天赐予我的福分啊，简直就是繁荣兴旺。"听到丈夫的话，阿木尔珠拉也随声附和道："可不是吗？其实我早就看出来你是个福星高照之人，嫁给你也是我的福分。"接着，她又给老头儿出谋划策说："家里牲畜这么多，我们的人手哪里够呢，你赶紧去大部落商量商量！"桑伦老头儿觉得有道理，即刻动身前往大部落。

桑伦老头儿到了大部落对超通说："你当初视为眼中钉肉中刺而驱逐出去的美丽端正的女人，如今生了一个无能的儿子。你是慧眼识人赐予他可汗宝座呢，还是有眼不识金镶玉呢？不管他身份贵贱能力大小，让他继承可汗宝座是天经地义的。我此次到来还有一事，就是要求你把我的妻子、财产和牲畜都还给我！"

部落里的人都众口一词，纷纷说道："桑伦老头儿说得有道理。"超通无奈答应了他的要求，把他的老婆、孩子都归还给了他。桑伦老头就带着妻子和孩子回来了。回到家后，桑伦老头儿吩咐扎萨、荣萨、角如三个孩子每天一起去放牧。角如能把远处的整座山尽收眼底，还能隔山相望，这样的法术能让角如毫不费力地放牧。

有一天，角如对父亲说："你只看到家里所拥有的一些财产而安分知足乐此不疲，每天就知道庆幸自己洪福齐天。你怎么就不想一想扩建我们的家园，搭建一座更大的银色帐幕呢！"桑伦老头儿回答说："我不知道我们能否砍来搭建大毡房的木材？既然你有这个提议，咱们就试试吧！"于是大家一起去山里砍木材。老头儿砍倒了几棵表面平整的树。角如施展魔法直接让这几棵树变成了蒙古包的木墙和椽子，自动搭建起来。

桑伦老头儿继续往前走，想找到更加笔直平整的树，可是角如却用法术瞬间使它变成带刺的树。老头儿不仅没有砍到任何木材，反而划伤了手。桑伦回到家便抱怨道："这孽子跟我去砍树，真是扫兴之极啊。每次我看到一棵表面平整的树，刚要准备砍伐，表面平整的树都变成带刺的树，最后弄得我树没有砍成，反而划伤了手，只好悻悻而归啊！"

正在这时，角如气喘吁吁地拉着一大堆足够搭建一座银色大包的木料回来了。

他对桑伦说："父亲啊，您辛辛苦苦砍下了树，为什么不搬回来却留在原地了呢？我把您砍倒的树都搬回来搭建帐幕木墙了。"

桑伦老头儿说："我确实砍过树的。只是后来在山里迷了路，也就遗失了木材，原来是你小子偷了我的木材。"

角如说："嗯嗯，的确是我拿走了您砍下的树，因为我没有力气砍树，所以只能用您砍下的木材来搭建毡帐的木架。我偷的树足以搭建两三座毡帐，看，都堆在那里呢。"就这样，给毡帐上毡子，搭建了新毡帐。

有一天，三个孩子又出去放牧了。平日里桑伦老头儿特宠爱荣萨的母亲。荣萨的母亲在家给孩子们做饭。她把扎萨希格尔和荣萨这两个亲生儿子的饭菜放在饭桌上，把角如的那一份儿盛在喂狗的破碗里。

角如放牧的时候常常用法力。他抓上三把白色石头和三把黑色石头。把白色石子撒在岩石上，牛羊就自己赶赴牧场吃草；晚上回家时把黑色石子装进口袋里，不需人赶，牛羊都有秩序地跟在角如后面回到圈里来。

第二天早晨，他们三个跟往常一样去放牧。角如对两个哥哥说："家里现在有这么多牛了，怎么能饿着肚子亏了自己？咱们宰一头牛犊吃了吧？"荣萨赶紧劝阻，连连告诫他："这可使不得，父母知道了会训斥咱们。"扎萨希格尔一言不发坐在那里，角如最终还是没忍住，拍着胸脯保证如果父母责怪起来，一切责任全由他自己来承担。接着叫扎萨去抓一头牛犊过来，扎萨默默地照他的吩咐，抓来了一头牛犊。角如就把牛犊宰杀了，整剥了牛皮，三个人狼吞虎咽地很快便吃光了牛肉。角如把吃剩的骨头捡起来装进了牛皮口袋，拽着牛尾，召唤了三声，装满骨头的牛皮竟然奇迹般地复活了，变成了一头活蹦乱跳的牛犊追着牛群跑过去。

日薄西山，夕阳慢慢斜了下去，三个孩子踏着一地落日余晖赶着牛羊回家了。进到屋里，角如就从地上端起狗粮碗吃起了给他盛好的饭食。扎萨和荣萨却一直站着，迟迟不肯过来吃饭。桑伦老头儿的大老婆问自己的两个孩子："你们两个为什么不过来吃饭？"荣萨说："今天，角如弟弟给我们宰杀了一头牛犊，我们吃牛肉吃撑了。"桑伦老头儿一听，怒气冲天大声喝斥："啊？角如，真有此事？"角如说："我不会撒谎。"老头儿暴跳如雷，拿起鞭子就要抽打角如。角如一把抓住挥来的鞭子，和父亲大闹起来。正在这时，阿木尔珠拉回来了，问道："老头儿，发生了什么事情？"桑伦老头儿回答说："听说这死小子今天宰了一头牛犊吃掉了。他真是个孬种，鬼孩子啊！"阿木尔珠拉听后斥责桑伦道："你这老糊涂，家里的牛犊不是有数的吗，数一下不就水落石出了？你也不想想就你那没出息的样子，哪来这么多的牲畜？你以为这畜群繁殖起来是你的功劳吗，即使儿子真的宰了一头牛犊，也不至于动手打他啊！"老头儿无言以对，默默出去数了一遍牛犊，结果发现一头也不缺。他回到家里训斥荣萨说："你这孩子怎么能撒谎呢？今后你再骗人，我会打你，而且会打死你！"

第二天早晨，随着新的一天的到来，同样的一幕又发生了。放牧的时候，角如又宰杀了一头牛犊，整剥了牛皮。三个人如虎扑食般吃了个精光。角如照常把吃剩的骨头捡起来装回了牛皮口袋里，嘴里念叨三声，装满骨头的牛皮口袋又奇迹般地复活了，立马又变成了一头活蹦乱跳的牛犊追着牛群跑过去了。不同于昨日的是，当角如宰杀完牛犊之后荣萨悄悄地把牛尾骨捡起来揣在了怀里。所以，这一次复活过来的是断了尾巴的牛犊。

夕阳西下，夕暮的余晖轻轻呼唤着倦归的生灵，兄弟三人拖着疲惫的身躯放牧归来。回到家中，荣萨便迫不及待地从怀里掏出牛犊尾骨，拿到火炉上烤了起来。看到此景的桑伦问道："荣萨这是什么？"荣萨说："角如弟弟今天又给我们杀了一只牛犊吃，现在我想烤着吃它的尾巴。"桑伦听到了气急败坏地大肆咆哮："角如，混账东西！你这不是在造孽吗？"边骂边捡起鞭子就要抽打角如。说时迟那时快，就在老头儿举起鞭子的那一刻，角如一把抓住老头儿的手。

就在父子二人僵持不下的时候，角如的母亲回来了。责问桑伦老头儿："臭老头儿，你这又是怎么了？"桑伦老头儿就把荣萨说的话一五一十地转告了阿木尔珠拉，并叫她到火炉那边亲自看看带血的牛尾判断是非。

阿木尔珠拉并没有上前验证真假，而是对着桑伦大喊："愚蠢的东西，你为什么就只听片面之词，冤枉我的儿子呢？你去数数牛犊看看。"老头儿说不过她，无奈走出来数了数牛犊。牛犊还真是一头都不少，只是其中一头牛犊的尾巴断了，流着血。

老头儿见了，断定一定是有人割断了牛犊的尾巴。就跑进来对荣萨一顿猛揍，边揍边说："你为什么诬陷角如，我看你是贼喊捉贼，是你砍断了牛尾巴吧？"角如在旁边说道："与其这样被诬陷，倒不如真做出这等事情来。明天不多宰杀几头牛吃掉，我就不叫角如了！"

第二天，三个孩子又出去放牧，角如说到做到，从羊群里精挑细选九只最肥美的绵羊宰杀掉。随后，施法术变出来一口大锅，待香气扑鼻的烤全羊出锅后，角如上前焚香膜拜，向全体神灵祈福道："天界的霍日穆斯塔腾格里父亲，梵天十七尊腾格里天神，三十三天尊，娜布杀胡日扎祖母，阿日亚·拉姆女神，说各种语言的各类神灵，毛阿固实和唐波占卜师，山神傲瓦工吉德，金色世界的神灵父亲，圣慧三神姊，上界十方神佛，下界四海龙王，请听我虔诚地祷告！是众神让我降生人间降妖造福，我就来到凡间转世投胎了。今天，我带着圣洁的祭品，供奉你们，一方面让你们看看我的凡间模样，另一方面我在向你们祈祷。"

回到家后，荣萨对父母描述今天所见所闻："今天角如竟杀掉九只两岁羊，也不知从哪里弄到了几口大锅，把肉煮熟，嘴里还念叨什么'上界的天神，下界的龙王，鬼呀！神呀'的一大套。我一句没听懂。他给扎萨我俩拿来许多肉，我心痛我们家的那些羊羔，一口也没吃下去。那些牛羊群也不知跑到哪里去了，他们俩只顾吃肉，也不去看牲畜。你的好孩子角如，煮好肉之后，请许多人来，这些人好像都是他的旧亲故友。他嘴里说：'请下马！'之后又跑上去牵马扶鞍迎接他们。这些人将他备好的一大堆肉吃光后就走了。"

角如顶礼膜拜之后，就摆上一张大桌子，盛满了美味佳肴。扎萨走过来津津有味地吃了起来，角如还施魔法变出很多化身，把羊肉一抢而光。荣萨却因为角如的定身术，纹丝不动，眼巴巴看着别人吃而垂涎三尺。

酒足饭饱后，角如收回了魔法。荣萨一脱身就拼命往家跑，显然是要去告状。角如若无其事，带着扎萨继续放牧去了。

桑伦老头儿听了，气得怒目圆睁，大声叫嚷："真是罪过，真是罪过呀！"并拿起鞭子三步并作两步走向角如放牧的地方。

桑伦老头儿爬上一座小山丘，举目观望，四处寻找角如和羊群。但放眼望去，除了一望无垠的草原什么也没看到。于是就气急败坏地跑回家去，并愤愤地喃喃自语："啊呀！气死我了，连影子都没看见，角如，你这臭孩子。"桑伦哪里晓得，其实牛羊就在角如身边吃草，是他故意施法挡住了老人的视线。

桑伦老头儿正在家里又气又急的时候，角如赶着羊群哼着歌儿悠然自得地回来了。

桑伦老头儿迎上前去大喊："你还有心情唱歌，我知道了你的所作所为！"话音未落，便拿起鞭子要抽打角如。角如又和父亲大闹起来，把鞭子抢过来扔在地上。老头儿也不甘示弱，上前和角如扭打起来。接着角如心生一计假装摔倒在地，大叫一声"哎呦"，随即把老头儿从自己头顶摔了过去。老头儿疼得"呦呦"尖叫不停。"角如你够了，呦呦！"桑伦喊道。就在这时，阿木尔珠拉回来了。见到眼前的一幕，又一阵惊呼："老头子，这又是怎么了？"老头儿回答说："原本我庆幸咱们俩老来得子三生有幸。不曾想，这孩子就如你当初所说的是魔鬼投胎无疑。听荣萨说他今天宰杀了九只羊全部吃掉了。我实在气不过，想收拾这个孽种，不料他居然三番几次把我从头顶上摔过去了。我这把老骨头差点都快要散架了，真是疼痛难忍啊！"

阿木尔珠拉说："角如摔伤你是他的不对，但是谁让你不明辨是非呢？你这贱骨头散架就散架吧！你想想，荣萨一而再再而三诬陷角如，一开始就说角如杀了牛犊，那是真的吗？现在还说杀了九只两岁羊，他到底有何居心？从头顶上摔过你是不假，但听了他的告状，你不该冲动地打我儿子，而是应该先去数数你的羊，看到底是不是如荣萨所说的少了九只。如果真少了，再惩罚他也不迟啊，对不对？"老头儿也觉得此言极是，就从地上爬起来去数羊。结果羊全部都在，一只也不少。老头儿叫苦道："呀呀！该死的荣萨，你给我滚！"

阿木尔珠拉发话了："角如，我的孩子啊！俗话说'受苦者没有享受的份儿，享受者反而不吃苦'，荣萨是想害死你而不劳而获呀。他屡次三番告你的状，而那死老头子总是听信他的谗言抽打你。与其这样被冤枉，你干脆在他们面前用刀自行了断算了。这样他们就达到目的了，就满意了！我可实在不忍心再看到你天天受委屈。"

角如顺势上前训斥荣萨："以前我一个人放牧，一个人辛苦，让家里六畜兴旺五谷丰登，可谓过得有滋有味风平浪静。如果真如你所说，我每天都宰杀牛羊，牛羊怎么会日趋增多？你处处与我作对，频频撒谎，挑拨我们父子感情，弄得家里鸡犬不宁。我问你，你如此仇视我，到底是为什么？"荣萨一时张口结舌，只好默不作声。一直在旁观看的扎萨却忍不住咯咯笑了起来。老头儿说："哎呀呀！角如说得难道不对吗？今后你们再凭空捏造，看我怎么收拾你们。"

第二天早晨，桑伦老头儿心里想道：这三个孩子总是水火不容，从今往后，还是我亲自去放牧吧。于是，他就带着扎萨去放牧了。

那天放牧安然无事，顺利归来。

次日，桑伦老头儿带着荣萨去放牧。这一天，他们惨遭狼的偷袭，失去了三只绵羊。事情已经发生也无力挽回。父子二人只好赶着牛羊回到了家里。进到屋里，老头儿就抱怨道："今天我放牛，荣萨放羊，这窝囊废居然让狼吃掉了三只绵羊。"这时，角如赶忙接上话，阴阳怪气地旁敲侧击说："幸亏我今天老老实实待在了家里，如果是我眼巴巴地看着饿狼扑羊，早已被您的鞭子抽得皮开肉绽了。"

不料，第二天桑伦老头儿放牧的时候还真带上了角如。角如施法术让整座山尽收眼底，一下子整个羊群就在眼皮底下，看得那叫个爽啊，居然还能清清楚楚地看见一匹狼从山坡上跑下来。角如问老人："父亲，您看见那匹狼了吗？"老人回答说："看到了，看到了，准是想袭击我们的羊群呢！"

角如说："父亲，咱俩比一比箭术如何？您先射这匹狼，如果射中了，您宰杀一只羊，独自享用羊肉，我一口不吃；如果您射不中，就由我来出手，我射中狼的话，同样宰杀一只羊，但羊肉得归我，如何？"老人想都没想爽快地答应了。

于是，桑伦老人射了狼，他只等着狼被射中后的哀嚎声。但狼远在山上，感觉近在咫尺，那是角如魔法之效果，老头儿的箭又怎么射得到呢？

角如指着还在山坡上的那匹狼对老人说："父亲，这回该轮到我了吧？"角如站起来拿起了弓，掂了掂，嬉皮笑脸地说："哟，好重啊！"然后从箭筒里拿出一支箭，按到了弦上拉满，放手，动作奇快无比。随之从山坡上传来了狼惨烈的哀嚎。角如跑过去剥了狼皮，回来交给桑伦老人说："父亲，您上了年纪怕冷，用这张狼皮做件皮袄御寒吧！"还没等老人作出回应，角如就施了定身术，老人一动也不能动，直瞪角如。角如看都没看他一眼，直奔到羊群里抓来九只羊，自顾自地宰杀煮肉。羊肉煮熟后，角如又大显神通，变出众人，摆桌端肉，又瞬间抢食一空。

此时的老人，眼睁睁地看着自己可怜的羊瞬间变成了角如的盘中餐，气得是七窍生烟，但又无能为力。他多想大喊一声"住手"来拯救可怜的羊，但喊不出来；他多想跑过去阻止这一切，但动弹不得。

直到酒足饭饱后，角如才收了魔法。老头儿一获得自由，就拼命地往家跑。角如若无其事地继续放牧。

桑伦老头儿慌慌张张跑到家里，对两个妻子倾诉道："哎呀，简直是作孽啊！原来荣萨从来没有诬陷过角如，宰杀牛羊确有其事。今天放牧时，角如在我眼皮底下，他竟然宰杀了九只羊，瞬间消灭掉了那么多肉。我看得是不寒而栗啊！阿木尔珠拉，你当初说他是魔鬼投胎，现在看来确实如此。他真的是魔鬼（蟒古思）。说不定等他把这些牛羊消灭掉后，就把矛头转向我们了呢。"正在老头儿这样叫苦不迭的时候，角如赶着牛羊回来了。

老头儿拿着鞭子迎上前去，火冒三丈地喊道："哎呀，角如啊，角如，你是凶恶的狼还是残暴的老虎呀？"骂着骂着就举起鞭子劈头盖脸地抽过来。角如一闪身一伸手便一把抓住了老人手中的鞭子，俩人又僵持了起来。老头儿说："岂有此理！你刚才为何随便宰那么多羊吃呢？我们俩在这里说不清楚。到扎萨那里去评评理。"于是，两人来到扎萨面前理论。见到扎萨，桑伦老人便一五一十详细讲述了二人放羊途中打赌射狼，最后角如胜出宰杀九只羊的全部过程。可谓一股脑儿倒出了心中苦水，长长地舒了一口气。不料，扎萨却说："昨天你和荣萨两人去放牧，结果三只绵羊被狼吃掉了。今天您带上角如出去，本该吸取教训安心放羊才是。谁曾想，您都上了这大把年纪了，还像小孩子一样跟他打赌，从而失去了心爱的羊。这是您的不对呀！您就别再叫嚷了。"桑伦老头儿有苦难言，只能在心里默默嘀咕："这孩子真是难以叫人理解呀。"就没精打采地回来了。

次日，桑伦老头儿自己又带着角如去放牧。只见一只喜鹊飞落到旁边的大树上，唧唧喳喳叫唤。这时，又见一只狐狸从牛群边跑过。角如问老人："父亲，您知道这喜鹊和狐狸为何老绕着我们的牛群打转？"桑伦老头儿回答说："不知道。"角如就瞎编乱造起来："这喜鹊呀，盘旋在上空专门在寻找背部有疮疤的马，啄烂疮口，这样马就会伤口溃烂脊而亡；而狐狸咬过的草，牛吃了就会中毒而死。所以必须干掉喜鹊和狐狸。这样吧，咱俩还是赌一把。看谁能射死喜鹊和狐狸。赢家有权宰杀一头牛和一匹马吃掉，输家只有看的份儿，一口肉都不能吃。怎么样？"老人一心想着消灭恶魔，拯救羊群，也就毫无顾忌地答应了。

老头儿先开始射向喜鹊，结果没射中。角如手指前方提醒父亲："您看那边，狐狸正往这边跑过来呢！"老头儿顺着他指的方向一看，感觉狐狸就在眼前不远处。老头儿非常高兴。角如早已施了魔法让他的弓变得坚硬无比。即使他使足了吃奶力气也无济于事。角如又假装替他着急的样子，在旁催促："父亲快放箭呀！快点儿啊！"老头儿惊讶得不知所措，射了过去。

角如射死了喜鹊和狐狸。他把被一箭射中瘫倒在地的狐狸尸首扔给了桑伦老头儿。按照约定，赌赢的角如理直气壮地挑选了一匹膘肥的骒马和一头肥牛，准备宰杀享用美食。老头儿恍然大悟，发现自己又中计了。看着这畜生又要作孽，简直忍无可忍，想大喝一声阻止他的暴行，嗓子眼儿里却被什么堵住了似的，怎么也发不出声来。只能心急如焚地任其肆意宰杀。角如很快便煮熟了肉，搬来桌子，给老头儿端上来。老头儿却受了角如的定身术，哪里还能动弹？这分明是要故意气死老头儿啊！随后，角如又大显神通，化身为众人，纷纷出来抢食，一头牛、一匹马眨眼间只剩下骨头。酒足饭饱，角如引吭高歌起来：

想啄烂马背上的疮疤，
欲毒死勤劳的牛儿，
口出狂言射死它们的，
看看他们三个的下场，

喜鹊被我活活射死，
狐狸惨遭同样的下场。
居然是一个蠢老头儿。
你说哪个更丢人？

角如唱完，走过去给桑伦老头儿解除魔法，老头儿站起来便逃也似的跑回家，对老婆告状："角如这畜生，他肯定是打算先消灭完我的牲畜再来吃我。看他那样子，不是魔鬼就是蟒古思。今后我再也不跟他一同放牧了。"他接着又说："这三个孩子呀，将来也就只能指望其中一个了。"

感慨一番之后，老头儿下套捕住了一群沙斑鸡，装在皮口袋里。接着叫上扎萨，两人共骑一头犍牛到野外去。途中，口袋里的沙斑鸡突然叽叽喳喳的一阵扰攘骚动，稳步向前的犍牛一下受了惊。脖子使劲儿往后仰，前蹄子蹬得高高地往上一抬，就把骑在背上的桑伦父子重重地摔在了地上。倒在地上的老头儿一动也不动装死，扎萨以为父亲真的就此丧命。就大哭起来，边哭边喊："父亲啊，父亲！您怎么就这么扔下我走了呢？您说好的教我狩猎呢？说好的教我好多本领呢？您就这么走了，叫我以后怎么生存？"就这样他哭哭啼啼地回家了。过了没多久，桑伦老头儿站起来骑上犍牛也回到了家。

第二天，桑伦老头儿带上荣萨，同样是两人共骑一头犍牛，到野外去重演昨天的一幕。犍牛受到惊吓，老头儿摔在地诈死。荣萨信以为真嚎啕大哭着跑回家，老头儿也骑着犍牛回来了。

第三天，桑伦老头儿又带上角如，二人同骑一头犍牛到野外去游逛。他们遇到一个契丹人在种地，田头竖着一个木牌子，木牌上坐着一只喜鹊在喧叫。桑伦老头儿故伎重施，惊扰口袋里的沙斑鸡，让犍牛受惊，跳起来的那一刻自己被摔在地上，假装死掉，然后静静地躺在地上观察角如的一举一动。

只见角如拉住缰绳停住牛，跳下牛背，跑到父亲身边来。只见父亲一动不动地躺在那里，角如大哭起来。突然，角如止住了哭声说："我如此撕心裂肺地怀念父亲，大山能为我作证，山上的树木能为我作证。如果不是这个可恨的契丹人在此种庄稼，如果不是他在田头立起木牌子，喜鹊怎么出现？如果不是喜鹊叫唤，犍牛怎么会受惊？如果犍牛没受到惊吓，我的老父亲怎么会摔死？所以究根结底罪魁祸首是这个契丹人，我要拷打他。"角如走到契丹人跟前把刚才的话又说了一遍。

契丹人发出一声心怀叵测的奸笑说："你是想让活人给死人偿命吗？你要上告，那就拷打呀！"说完又继续在田间自顾自地干活。角如听了气愤至极，闯进契丹人的田里踩坏了幼苗。眼看庄稼就要被毁了，契丹人急急忙忙上前阻止他，战战兢兢地央求道："你有什么要求尽管说出来，我按您说的去办，求你不要糟蹋我的田地。"

听了这番话，角如停下脚步，告诉契丹人："你到山上给我砍些树来，我要火葬父亲。你俯首听命，我也就不追究你的责任了。"契丹人看看眼前五大三粗满脸凶相的角如，怎敢不从？很快砍来了山上的树。角如把木材堆在父亲周围一圈，然后点燃了。不一会儿，那熊熊大火随风上窜，简直是一副肆无忌惮地吞噬掉一切的样子。桑伦老头儿被火势吓到，忍不住睁开眼睛看了一眼，角如说："哎呀，这死者如果不能瞑目，后人也难以安心啊！"随即抓起一把土，撒进父亲的双目里。火烧得越来越旺，桑伦老头儿被火烫得蜷起了双腿，缩成一团。角如见了，又说道："人死的时候要是缩起双腿，其后代就会断子绝孙啊。"然后搬来一个木墩子，压住父亲的双腿。接着角如把父亲抬到旁边，要扔进火堆时，桑伦老头儿眼看自己真的要葬身火海，哪里还能装下去，赶忙拼了命地嘶喊："我没死，我还活着呢！"角如听到喊声，显出备受惊吓的样子，说道："我以为父亲真的死了，这死人开口说话，后人将遭灭顶之灾啊！"边说边向前一步，说："本想把您扔进火堆里，但您还没死，不可能活活地烧着呀。"桑伦老头儿再一次声嘶力竭地呼喊："你父亲真的没死。"角如说道："我的父亲原来没死啊？那太好了。"于是，角如把父亲驮在牛背上回到了家。

到家以后，桑伦老头儿就把今天的经历原原本本毫无遗漏地告诉了他的大老婆。并说道："我这样做，完全是为了试探一下三个孩子的好坏。结果我发现扎萨桀骜不驯，想必将来会成为一个英勇善战之人；荣萨好吃懒做，是个不成器的蠢货。将来只能靠我积累的财富勉强度日；而角如才是三个孩子中的佼佼者啊！"老头儿说完就出去了，他大老婆听了心生妒意，闷闷不乐。

她左思右想，怎样都不是滋味，愤愤地自言自语："岂有此理，居然在我面前夸一个被世人唾弃的女人生出来的孽种，强过我的两个儿子。我要让他从我眼前马上消失！"心狠手辣的大老婆暗中盘算着，终于想出了一个谋害角如的绝招。

她站起身来开始做饭，这个妒火中烧的女人给自己的两个儿子备了好吃的东西，放在桌子上，却在角如的饭菜里下了毒。夕阳西下，三个孩子放牧归来了。扎萨和荣萨坐在各自的座位津津有味地吃起来，角如却坐在他们一旁，看着自己的饭菜出神。荣萨的母亲看到角如不吃饭，就问他："你在看什么，角如？还不赶紧吃饭？"角如端起碗，坐下来，毕恭毕敬地说道："敬爱的父亲、母亲，你们一直以来辛辛苦苦养育我们，让我们吃得饱穿得暖。如今，我们已长大成人，吃饭之前首先应该把食物的德吉[1]献上来，以孝敬您二老。两个哥哥忘记了这一点，我可没有忘记。"说着角如便把饭食的德吉献给父亲桑伦老头儿。老头儿并不知情，满脑子被儿子的孝顺感动到，开心地接过来就要往嘴里送，角如赶忙把碗收了回去。

接着，角如面带微笑毕恭毕敬地来到桑伦老头的大老婆面前，把食物的德吉敬给她。

---

[1] 德吉：蒙古语音译，其义为"精华""第一口""珍品"等。

这女人做贼心虚，不敢拒绝，只好接过碗，硬着头皮硬撑着做出欲吃状。就在她惶恐不安不知如何自救之时，角如又止住，抢过了她的碗，女人逃过一劫，深深舒了一口气。

就在这时，角如走到灶台前发话了："迄今为止，我们一家人就在这口锅里吃大锅饭，其乐融融幸福满满呀！"说着便从自己的碗里取了些饭菜倒进了锅里，大锅瞬间炸裂。角如再拨点碗里饭，撒在支锅的三脚架上，支锅的钢制三脚架也断成了几截。角如又从碗里取些饭菜撒向天窗，天窗折成几截塌了下来。

就在这时，大黄狗甩着尾巴跑了过来。角如说："自从我出生到现在，这条狗就是咱们迄今为止的守护神。"他拨了一份饭菜倒在黄狗头上，黄狗的头立刻一分为二裂开了。剩下的饭菜，角如吃掉了一大半，最后留下的一小部分施魔法敬上龙宫里的神仙姐姐。

这件事情之后，桑伦老头儿迁徙回自己原来的大部落里，与部落百姓一起驻扎。有一天，超通在打猎，走到跟前说："哎呀！这银色的帐幕是谁的？漫山遍野的牲畜是谁的呢？"于是，他忍不住吩咐下人："快去问清楚，这洁白如雪的大毡房是谁家的？这漫山遍野不计其数的畜群是谁家的？到底是谁家如此安居乐业衣食无忧？"不一会儿，派去的下人便跑回来禀报说这是桑伦老头儿的家。于是，超通领着大家来到桑伦家，好奇地问道："哎呀呀，是谁馈赠你成群的牛羊和漂亮的毡房的呀？"还没等桑伦老头儿开口，角如就走上前去说道："正所谓'母亲同生为兄弟，一奶同胞无人敌。十指相生骨肉连，团结一心与天齐。无端不和外人笑，有事相帮父母喜。为争金钱和小利，万般百年后皆虚'，你可倒好，霸占亲兄弟的财产，无情地把他驱逐出去。刚正不阿的上界天神和下界龙神实在看不下去我那忠厚老实的父亲被丧心天良的你欺负，就把这些牲畜和家业都统统赐给了我们。"

超通听了角如的话，心中不爽，又顿生恶念，说道："最近这里出现了七个妖怪，而且非常猖獗。他每天向我们索要七百个人和七百匹马吃掉，不提供的话殃及整个部落的生存。正好角如今天伶牙俐齿很是活跃，那就把他们母子俩献给七个妖怪当美食吧。明天我们再派其他人。"

角如听了哈哈大笑。母亲不解地望向角如，训斥道："你难道没听见吗？七个妖魔每天都要吃七百个人和七百匹马，今天要吃掉我们母子俩呢。这都大难临头，我不知如何是好，你怎么还有心情笑得出来？你这没心没肺的孩子！我含辛茹苦把你拉扯大，不就是指望你能在危急关头挺身而出吗？"

角如却说出了令母亲和在场的人们都始料不及的话。他说："母亲，您妇道人家头发长见识短，您先安静点儿。您想想，我们留在这里早晚也要被超通害死，和当七个妖怪的贡品有什么区别？"

随后，角如母子二人坐在牦牛背上顺着叫"麻雀喉咙"的一条峡谷往上走。牛背上还驮着又黑又旧的破帐幕。到了峡谷的出口处，他们停下来，支起了黑旧的破帐幕。角如给妈妈打出火，生了火之后就出去打猎了。不一会儿，他就捕猎十四只鼠兔回来。烤了七只，煮了七只。

夜深人静之际，七个妖魔骑着马来到角如帐幕前。每个妖魔在鞍前驼载着一百号人，鞍后驼载着一百匹马过来了。角如出门迎接七个妖魔。七个妖魔看见走出来的居然是格斯尔，惊慌失措诚惶诚恐地说道："哎呦，原来是威震十方的圣主格斯尔可汗呀！吓死我们了！"角如对七个妖魔说："我知道你们要来这里过夜。听说你们每天要吃掉七百个人和七百匹马。超通把我们母子二人驱逐到这里，就是准备给你们当美餐。他今后再派其他人马来供你们享用。"

妖魔们听了差点魂飞魄散，面面相觑，连忙接话："威震十方的圣主格斯尔可汗啊，您这是说什么呀！您不要恐吓死我们。"角如说："既然你们不吃我们娘儿俩，那你们就进屋吃喝再走吧。"七个妖魔不敢违命，就战战兢兢走进了毡帐里。角如拿出十四只鼠兔来招待七个妖魔，七个妖魔吓得连一只鼠兔都没吃完就逃之夭夭。角如叫住了他们："喂，你们几个先别走，我让你们见识一下我的神通，你们的七匹马牵过来给我。"七个妖魔交头接耳窃窃私语："把七匹马给了他，我们骑什么？"

角如马上拿出七根白色木棍并回应道："这七根白色木棍给你们，可比你们的马快多了。这可是一种玄而又玄神乎其神的棍子。它可以把山拦腰折断，把平野断开两块，把岩石轰碎碾过去，把树丛连根拔掉，把大海割成两半。速度不在你们的七匹马之下。你们回去途中可以比赛，看谁骑的木棍最快。"七个妖魔听了别提有多开心，纷纷下马，骑着角如的木棍出发了。路上七个妖魔叫木棍把山拦腰折断，按指令，木棍驮着它们就把山腰折断冲过去了。他们按照格斯尔的话开始比赛。

他们不约而同地想到了一个别具一格的比赛规则。于是兴奋地喊："过去只晓得骑马比赛，毫无新意。听说，这木棍在大海更是法力无边。我们何不到海里比一比？"说完，便纷纷虎跃龙腾般地冲到大海里去了。万万没想到的是，一进水里七根白色木棍就变成了七条鱼，七个妖魔随之沉到海底一命呜呼，七根白色木棍回到了主人身边。就这样，格斯尔用法力除掉了七个妖魔，并占有了他们的七匹坐骑。

在那时候，萨日特嘎钦、阿亚嘎钦、布里亚格钦三个部落的三百个牧民，拖家带口来到角如家附近打猎。角如法力无边神通广大，自然也就提前得知了他们的来意，变出一只金胸银臀、指爪洁白的艾虎。他把艾虎带到三百个百姓面前来玩耍炫耀。百姓们看见后对艾虎简直爱不释手赞不绝口，观赏到忘记打猎的地步。傍晚时，角如带着艾虎回家了。

三百个百姓却痴迷于艾虎，一个个流连忘返，就在角如家附近夜宿。夜里，有人来敲门，央求角如道："我们大臣的千金，对您的艾虎非常感兴趣，一心想玩一玩你的艾虎。我们让她玩一玩就还给你，好吗？"角如没急着答应，而是跟他谈起条件来，说如果把他的艾虎放跑了要用他们的三百匹马来赔偿。那个人欣然答应了角如的条件。

角如问："你是征得你们的首领同意了呢？还是自作主张随口答应呢？你还是回去问清楚了再答复我吧。"于是，那个人跑回去询问自己的大臣，大臣也毫不犹豫答应了角如提出来的条件。那个人回来，对角如说："我们的大臣说，万一不小心弄丢了你的艾虎，就拿马群来赔偿。"角如这才放心把艾虎交给来者，并千叮咛万嘱咐："千万小心，别丢失了我的艾虎。"

深夜，艾虎趁人不备自己跑回了角如的身边。第二天，角如一大早就去那里说要自己的艾虎。

原来，首领的女儿嬉闹玩耍之后就把艾虎扣在锅底下睡着了。见主人过来讨要，她连忙跑去掀开锅一看，艾虎早已经无处可寻了。

他们对角如说："你的艾虎十有八九是挖地洞跑了。"听了这话角如勃然大怒道："从古至今，艾虎有自天而降的说法吗？明明知道艾虎挖地洞跑了，还想抵赖是吧？你们敢打赌，现在是你们已输掉的定局，按我们打赌前的规定，现在就赔偿我三百匹马吧！"对方也毫不示弱，说道："像你等凡夫俗子不配得到我的三百匹马，除非你是英雄好汉。"角如沉默片刻，假装回去了。

三百个百姓出发了。角如悄悄徒步跟在他们后面，他相信一定能找到马群。不一会儿，他们来到了悬崖峭壁雄奇险幽地势十分险恶的地方。他们穿过山间峡谷的时候，角如跑到山顶上，连根拔起一座山峰就朝着对面山峰扔过去。接着一阵山崩地裂地动山摇的巨响，随之仿佛宇宙爆炸一般，无数的带着光芒的碎石从山顶乱飞，像无数颗星星坠落到世间，整个天地又一次剧烈地晃动起来，无数的裂缝像蜿蜒的巨龙从地下叫嚣地探出头来，一副吞没大地状。碎石如雨点般砸在了还没等缓过神来的三百个百姓头上。大家这才终于反应过来，跳下马跪求角如道："哎呀呀！圣主，即便我们罪该万死，您也不要让我们死得如此惨烈。您只要发个话，怎么处置我们都行，我们愿听从您的发落！"

角如说："我哪有权力命令你们？你们要还回我的艾虎！"三百个百姓连声求饶道："您的艾虎已经跑丢了，这是我们的责任，您无论提出什么样的赔偿要求我们都答应您。"

角如提出的要求是让他们剃除须发、皈依法门、接受戒律、不再作孽。三百个百姓说到做到，按照角如的要求全都皈依了佛教。作为赔偿，格斯尔还占有了他们的三百匹马。就这样，轻而易举地把七个妖魔的七匹马和三百个百姓的三百匹马都弄到手了。角如黑旧的破毡帐外面一下子群集了这么多马匹，场面空前热闹。

角如的哥哥扎萨哪里晓得这些事情，在家一直为弟弟担心。有一天实在按捺不住对弟弟的思念而恸哭流涕。心想：可怜的弟弟被超通驱逐到七个妖魔那里去送死，现在不知是死是活，我不能坐以待毙，必须去找他。如果弟弟被七个妖魔吃掉了，我也跟他们拼个你死我活；如果弟弟还活着，那就见上一面放下我这颗悬着的心。

想着想着去意已定，就全副武装起来。他头戴奇宝盔，壶插三十支白翎箭，带了乌雕弓，腰挎青钢刀，跨上一匹长着翅膀的枣红色天马，沿着"麻雀喉咙"峡谷，去寻找他的弟弟角如了。

扎萨来到"麻雀喉咙峡谷"之源，见有许多马群奔跑在草地上，心想：这些畜生该不是正在分食爱弟角如的肉吧？他心急如焚，狠抽长着翅膀的枣骝马一鞭子，冲上前来，定睛一看，马群中间露出一顶黑旧的破帐幕。扎萨把马藏在远处，手持锋芒逼人的青钢刀蹑手蹑脚来到帐幕门外，悄悄地向里窥视。只见自己经常惹是生非的淘气的角如光着上身大汗淋漓地坐在那里。扎萨把刀插回刀鞘，跑进帐幕。角如回头一看便一跃而起，大叫一声："我的扎萨哥哥！"两人相拥而泣。哭声感动震荡了大千世界。角如对扎萨说："扎萨哥哥，我知道你的来意。你想弄清楚我到底是死是活，如果死了，你要为我报仇雪恨，如果还活着，你来与我相见。这足以说明哥哥是一名勇士。"他边说边点起煨桑，让世界恢复了平静。接着，角如继续说道："哥哥，现在趁着没有旁人，我告诉你个秘密。其实，我并不是什么尼速咳角如。我是威震十方的圣主格斯尔可汗！我被霍日穆斯塔腾格里派遣过来是有自己的使命的——我要在十五岁之前，以角如的身份去降魔。之后，再以格斯尔的身份领你们打天下。所以，你的弟弟不会那么容易死去的，放心吧！"扎萨听后开心地笑了。接着角如交代哥哥道："妖魔的这七匹马归您所有，把这三百匹马带过去交给父亲。"

扎萨按照角如的吩咐，赶着众多的马原路返回。走着走着，遇到超通，他好奇地迎过来问道："扎萨，哪里来的这么多马匹？"扎萨就编了个惨不忍睹的情景和梦幻中的英雄人物。说自己正赶上七个妖魔狼吞虎咽地享受角如的肉，于是上前消灭掉妖魔，抢了这些马。

超通倒也相信，居然露出阴阳怪气的满意的笑容，连连夸赞，并加了一句："角如那个臭东西，死了也罢，只要你平安归来就行，太好了！"

说完开心地驰骋而去。扎萨回到家，把三百匹马交给了父亲。桑伦老头儿高兴得合不拢嘴，连连说道："好样儿的，不愧是我儿子，不愧是我儿子！"

话说那个时候，有一个名叫"通胡日格"的蟒古思蹲坐在一座高耸入云的宝塔尖行凶作恶，它用庞大的身躯遮住了太阳，让人无法感受旭日东升、烈日炎炎和落日余晖，从此人们只能生活在一片黑暗之中。而且，他视力惊人，千里之外的景物居然能一览无余。只要有人不小心出现在他的视线里，那后果只有一个——被他一口吸进去吞噬掉。角如施法得知此事，就佯装成捕旱獭的猎人，来到了宝塔下面，热火朝天地挖起洞来。怪物问角如："你是干什么的？你为什么来冒犯我？"角如回答说："我是个靠猎旱獭为生的穷人，有一只旱獭钻进了宝塔下面的洞里。我要把它挖出来。"怪物听了置若罔闻。角如从塔底的一侧挖通到另一侧，把被掏空塔基摇摇欲坠的宝塔轻轻一推，残垣断壁也就如地裂山崩般坍塌下去。怪物也从塔顶摔下来，粉身碎骨，呜呼哀哉。就这样，角如消除了罪大恶极的蟒古思，回家后卸下黑旧的破帐幕，驮在牦牛背上和母亲一同回到大部落。

超通见到角如母子二人平安回来，惊讶万分，连忙问道："哎哟，角如，扎萨回来对我说你被七个妖魔吃掉了，他降妖报仇抢马回来的。如今你又安然无恙归来了，这到底是怎么回事？"

只见角如一脸茫然状，回道："哎呀，超通诺彦，不是您派扎萨去解救我们的吗？"超通听后，恼羞成怒，咬牙切齿地自言自语："混蛋扎萨，竟敢骗我！"就愤愤不平地走了。

在接下来的日子里，超通对角如总是白眼相看，摆出一副狗眼看人低的姿态。有一天他把角如叫到面前，吩咐道："我们的大部落即将迁徙到'麻雀喉咙'峡谷，你带着你母亲搬到太平梁去谋生吧。"角如爽快答应，并仰天长笑。

母亲听到要迁徙的消息，竟潸然泪下，并谴责起了角如。说道："本来在'麻雀喉咙峡谷'安居乐业衣食无忧，你为什么要回来？我还以为你出人头地了，没想到你还是处处任人摆布的废物！太平梁那个鬼地方，人迹罕至，满眼望去尽是看不到边的黄沙，简直就是一个无法生存的干旱地带。超通让我们去那边生活，分明是想置我们于死地。我们还是留在超通的部落里，编织毛织品为生吧！"

角如听了对母亲说："妈妈，您妇道人家不懂，别妄加评论。俗话说'道不同不相为谋，志不同不相为友'。妈妈，我们必须离开这里。"于是，角如带着母亲迁徙到太平梁生活了。

角如母子在太平梁安顿下来之后，那里变成吉祥乐园。角如把海水引到了门口环流，在家周围种上了花草树木。没过多久，这里就成了硕果累累、百花争艳、蜂迷蝶恋、鸟鸣鱼跃的人间圣地草原天堂。角如重新给这里起了一个诗情画意的名字，称作"查和日玛•呼格来图"[1]。

有一天，角如出去在太平梁打猎，遇到了塔斯奇国国王额尔德尼派来的五百个商人。他们个个身怀绝技、技艺高超。他们这是去太平国王的国度经商办货，看到琳琅满目的物品简直是应有尽有，买了个满载而归。角如施展魔法，把一部分化身成二十个人，直接冲杀到了五百个商人面前。另一部分化成蛰人的蜜蜂和土蜂，去叮咬五百个商人。

五百个商人被这突如其来的进攻搞得不知所措，感到离死神只有一步之遥。他们走投无路，苦苦哀求道："哎，可敬的圣主庇护我们。您有什么要求尽管提，只求留我们一条生路。只要不杀我们，我们愿意做牛做马为您效劳。"

角如道："说得对，走！"饶了他们的性命，把他们带回了家里。命令道："你们给我建一座宫殿。一定要跟观音菩萨庙一样富丽堂皇。要用黄金、白银、青铁和石头来建造！"

五百个商人按照角如的吩咐，在他门前的河流上建了一座石拱桥；用石材竖起柱子；用铁做好椽子；用铅做好窗框；窗户上镶满了火光珠，使满屋光芒四射；只见殿内水晶作梁，金瓦为顶，珍珠为帘幕，白银为柱础，地铺白玉，内嵌金珠。殿中宝顶上悬着一颗巨大的明月珠，熠熠生光，似明月一般。殿内还雕刻了一尊观音菩萨像，像前挂了一颗如意宝石。殿的四角高高翘起，优美得像四只展翅欲飞的燕子，各挂一件闪闪发光的红宝石。宫殿不仅宽阔，而且还很华丽，真可谓是雕梁画栋，金碧辉煌。最为神奇的是宫殿建造完

---

[1] 查和日玛•呼格来图：蒙古语音译，其义为开满兰花的美丽平川。

毕，把石桥从基层下抽出来，圣水甘露就在宫殿的下方缓缓流淌，真是美轮美奂。

五百个商人站到宫殿中，对角如说道："这座宫殿，大风吹不倒，暴雨淋不坏，不需灯火香烛，不必从外面寻找甘泉。我们自我感觉做到了尽善尽美，不知圣主是否满意？"

角如连连称赞他们并答应：把你们放回你们的婆罗门[1]方向。临走时，角如问他们："你们想经过吐伯特这个地方回去，还是经过别处回去？"当得知他们确实路过此地后，角如交代五百个商人路过超通家，碰到他后如实告诉他尼素咳在太平梁用金银珠宝建造豪华宫殿的事。但要问起尼素咳的生死，要隐瞒真相，对超通要谎称角如已死，宫殿空空如也，暂无主人。

五百个商人启程后，角如在宫殿周围围了一圈带刺的铁栅栏，只留下一条通道。通道口拴了三十庹长的铁丝绊索，又竖起两根三庹长的桩子，在其一根上拉起铁丝网，对准宫殿的大门，铁丝网上留下仅能钻进一个骑马人的朝外的口子。他还叫人搬来一大摞木棍，堆放到旁边备用。

就在角如准备就绪之时，五百个商人也来到了超通家门口。超通迎过来，正如角如所料，迫不及待地打探起了他的消息。五百个商人按照角如的交代，描述了一番角如的宫殿，最后谎称角如已死。超通拍手叫好，就挎着箭筒，骑着黑马，向太平梁方向策马加鞭驰骋而去。

料事如神的角如掐指一算算准了超通到来的时间，提前躺在铁链旁边装死，等着超通自投罗网。

果然，没过多久超通便来到角如家。黑骏马来到门口警觉地立住，死活不走。超通哪里晓得其中玄妙，对中道而止的黑骏马大动肝火，挥起鞭子朝黑骏马的头部狠狠地抽了一下。黑骏马下意识地腾空而起向前奔跑，结果刚穿过大门就被铁链绊倒了，超通摔了个人仰马翻。角如跑过来拔掉一根铁钉，用铁链子把超通连人带马，捆了个结结实实。然后角如抄起木棒，劈头盖脸地打。打得尽兴了，角如才把另一根铁钉拔出来，把超通绑在马背上放走了。顷刻间，脱缰的马儿带着主人风驰电掣疾驰如飞。

路人见到这一幕，都大惊失色，简直不敢相信自己的眼睛，七嘴八舌纷纷议论起来，都怀疑超通是不是疯了。大家看在眼里也急在心里，很想热心地帮助超通脱离危险。可是狂奔不羁的野马岂是人们能追得上的呢？就这样，超通在飞奔不止的野马背上整整颠簸了

---

[1] 婆罗门：印度古代一个部落。

七天七夜，没人能把他解救下来。

最后，吐伯特全部落的人都出动起来，像围猎一样，围成一圈又一圈，围了个水泄不通，才捉住了黑骏马，解开铁链子，把超通从马背上搀扶了下来。连连颠簸七天七夜的超通，累得是筋疲力尽腰酸背痛。他被扶下马，晃晃荡荡趔趔趄趄，站都站不稳，走也走不动了。

大家纷纷跑过来好奇地问道："这到底是怎么一回事？"超通可怜兮兮地带着哭腔给他们诉苦："有五百个商人路过我们家，我就问他们角如的死活。这些商人骗我角如已死掉，我去看了看，结果狡猾的角如居然诈死陷害我，我中了他们的圈套，差点被活活折磨死。你们说角如怎么就那么诡计多端心狠手辣？你们说五百个人商人为什么帮助角如要置我于死地？难道我跟他们有杀父之仇吗？"扎萨听到这里，忍不住喝斥超通："你别再为自己辩解假装可怜了！五百个商人确实跟你无冤无仇，那角如呢？角如难道跟你有杀父之仇吗？你为什么频频害他？这次他没有把你活活打死，已经算你走运了。"扎萨痛斥完一顿，大家才明白事情的原委，纷纷散去。

有一天，角如到野外狩猎。突然有个姑娘背着一个装满羊肉饽饽的袋子来找他。角如好奇地问道："姑娘，你叫什么名字？你在荒山野外孤身一人做什么呢？"姑娘回答说："我是马巴彦的女儿阿尔鲁高娃。这个袋子里的是羊肉饽饽，特意给你送过来的。我父亲有个不情之请要让我转告：你的草场借他放牧吧！"角如欣然接受姑娘的礼物，叫姑娘在此稍候，称自己去去就来，便给母亲送去了热腾腾的羊肉饽饽。角如再回到姑娘身边时，见她已经酣然入睡。角如心生一计，就悄悄溜到马巴彦家的马群里，抱来了一匹刚生下来就被母马抛弃的毛还未干的小马驹，偷偷地塞到姑娘的衣襟里。使完这些花招之后，角如就叫醒姑娘。等姑娘睡眼朦胧地坐起来，角如就开始辱骂姑娘："我本以为你是个好姑娘，没想到你如此大逆不道丧尽天良！你知道吗？自古以来乱伦是罪孽深重的事情，遭天谴的。和自己父亲乱伦，女人会生出马首人身的怪物；和自己哥哥乱伦，女人会生出长着马鬃的孩子；和自己的弟弟乱伦，女人会生出长着马尾巴的孩子；和自己的奴隶淫乱，女人会生出长着马蹄的孩子。你这不知羞耻的姑娘，快快给我起来！"

阿尔鲁高娃听了，不知所云。嘴里嘟哝着："您在胡说些什么？"便站了起来。随着湿漉漉的小马驹"扑通"一声掉到地上的声音，姑娘着实吓了一跳，瞬间脸色煞白。但对于眼前可耻的一幕，女孩儿有口难辩，羞愧难当。她只好连声哀求角如："哎呀！真是罪孽啊！这叫我以后怎么见人？角如，求求你替我保密，你如果不嫌弃就娶我吧！"角如再三确认："此话当真？"姑娘点头。角如扎破了自己的小拇指，让姑娘舔着鲜血发誓，姑娘照做了。角如又把马驹的尾巴摘下来，拴在姑娘的脖颈上当订婚信物。姑娘出发时，还再三叮嘱道："转告你父亲，我的草场上只允许你们一家放牧，其他旗的人不得侵犯。"姑娘点点头告了别。

马巴彦的另一个女儿却玛荪高娃决定跟超通大儿子阿拉坦成婚。老巴彦派他哥哥却力斯东喇嘛和迎来的乞尔金老伯二人把女儿送往超通居住的营帐。途中恰巧遇到了正在打猎的角如。角如迎上前去，牵住却力斯东喇嘛的马嚼头，说道："慈悲为怀的大喇嘛，您就可怜可怜我这个穷光蛋，让我沾一点您的福分吧！"喇嘛很不友好地拒绝道："多事的路人，我身上并没有什么可给你的东西。明天超通老爷家举行盛大的婚礼，你也去吧，到时候我给你！"角如依然死缠烂打纠缠不已，说道："您不是胯下骑着马，身上穿着衣服吗？看来您并不是真心想给啊，如果真悲悯在下，您可以把马匹和衣装送给我呀！"喇嘛勃然大怒，破口大骂："你这畜生真是过分！"话音未落，鞭子也抽过来。角如不肯让步，上前去便把喇嘛拉下马，两人便扭成一团，打得不可开交。这时候同行的察尔根老爷赶忙过来拉架。对角如说："角如啊，你快放开他！你们俩打起来明摆着不是在为难我吗？偏袒他，你生气；庇护你，他不满！还是谁也不要再打了吧！这样，明天超通老爷家举行盛大的婚宴，你就跟别人讨点礼品带去参加婚礼吧！"角如先松开了手，说道："察尔根老爷的话我还是要听的。但是却力斯东喇嘛你给我等着，今世我会在众人面前羞辱你一次，来世会在阎王爷那儿羞辱你一次，不然我绝对不会罢休。"说完便放走了他。

第二天，角如向人讨来一只山羊杀掉，煮熟了肉装在皮口袋里背上，领上母亲赶到超通诺彦家参加婚礼。婚礼现场高朋满座，热闹非凡。以超通诺彦为首的达官贵族都坐在上座，却力斯东喇嘛坐在左边妇女席位的上座；角如母子没有座位，只好坐到了地上。角如跑出去，拾来马粪倒在地上，马粪上插了一根芨芨草，又把芨芨草的草尖劈成三瓣当桌子来用。可是没有一个人正眼瞧他一眼。大家吃饱喝足开怀大笑，但角如母子连肉渣都没尝到。

正在饥肠辘辘之时，角如看到超通老爷拿着一个羊腿正大吃大嚼。角如走过去，对他说道："超通老爷，今天的婚宴美味佳肴堆积如山，美酒醇香诱人，我看在眼里，惦在心里，饿在肚里。那就快把手里的羊腿给我吧。"

超通借机挖苦道："给你？你说给哪一块呢？给你肩胛骨，是我荣华富贵的根源；给你大腿骨吗，那是子孙后代的威严的象征；给你前臂骨，对我的祖宗不吉利。让你带走黑土，让你带走咳嗽，让你带走哭泣者的涕泪。河西岸有死马肉，河东岸有死牛肉，河北岸有死羊肉，所有这些都你带走。还有，嫁过来的姑娘跟前的斑斑驳驳和新娘附身的一切灾祸通通带走。"角如听完跛着方步缓缓走到人群中，大声说："请大家安静一下，我宣布一个重要消息。超通老爷今天开恩赏赐了我很多东西。他已把这一片土地赏赐于我，从今往后，你们想挖草或种地必须向我请示；他把大家的咳嗽、鼻涕和眼泪都赏赐于我，今后你们如果想咳嗽、哭泣流泪，必须经我同意；他还把周围死去的牲畜的肉都赏赐给了我，以后你们休想杀鸡宰羊屠宰牛马等，想吃肉必须等它们死后吃尸骨上的肉。超通老爷还把刚过门的新媳妇面前的妖魔鬼怪赏给了我。"说着，角如就跳起来，跑到却玛荪高娃面前，把她穿戴的衣冠珠宝撕扯了下来。

却玛荪高娃的哥哥却力斯东喇嘛也非等闲之辈，法力无边。他见角如胆敢在他面前如此戏弄自己的妹妹，恼羞成怒，想狠狠惩罚角如一番。于是从左鼻翅中变出了一只毒蜂，驱它去蜇瞎角如的眼睛。

神通广大的角如早就施法看穿了喇嘛的计谋，早有防备。他紧闭一只眼，怒目圆睁另一只眼，等着毒蜂的到来。毒蜂振翅飞来，见到角如瞪大的眼睛，吓得不寒而栗，赶紧转换攻击位置，只蜇了一下角如的嘴唇，就匆匆飞回到却力斯东喇嘛身边。

喇嘛问毒蜂战果如何，毒蜂回道："角如是独眼瞎，没失明的还是一只斜棱眼，无奈我只蜇了他的嘴唇。"

喇嘛再次下令："你再去从他的左鼻孔钻进去，咬断他的要害，置他于死地。"于是毒蜂又飞过来。角如见到毒蜂又飞回来，就料到喇嘛不会就此罢休，并且施法预知了喇嘛的计策。就谎称自己鼻子出血，捂住右鼻孔，在左鼻孔里放进一个小套子，等着毒蜂自投罗网。毒蜂钻进角如的左鼻孔，就被预先精心布置的细丝套索套住了。角如抓住毒蜂捏在手心里。角如的手不停地转动摆弄着手里的毒蜂，时紧时松，时快时慢。而随之遭殃的是可笑的喇嘛。角如捏紧，他就栽倒，摔得灰头土脸，在地上连滚带爬；角如松开，他就爬起来，跪地上磕头求饶。看到此情此景，却力斯东喇嘛的妹妹却玛荪高娃恍然大悟，原来角如手里捏着的是哥哥的灵魂。于是她便一手拿着翠绿的宝石，一手端着斟满的美酒，走到角如面前为哥哥求情。

角如见到她，说道："哎呀呀，在我们吐伯特有个规矩，可汗的妻子是三年之内恕不见客的；庶民百姓的媳妇是三个月不出家门的。大家看看这位新婚的嫂夫人，居然为了一只虫子而抛头露面。你眼里还有族里的这些规矩吗？难道你的公公婆婆没有管教过你吗？难道你跟这只害虫是亲人关系吗？它是你的丈夫还是你的父母啊？你怎么冒着败坏名声的危险，公然站出来袒护它呢？"

却玛荪高娃被角如羞辱了一番，一转身就往回走。接着，却力斯东喇嘛的驼背讼师来找角如说情。他央求道："尊敬的角如老爷啊，您听我说，从今往后，我们中间谁要是看见什么而不让你看，让他的眼睛瞎掉；谁要是听见什么而不告诉你，让他的耳朵聋掉；谁要是吃着什么不给你，让他的牙齿崩掉；谁要是拿到什么而不给你，让他的双手断掉！有座雪白的山，上面有一只雪白的绵羊羔在叫唤；有座黄金山，上面有一个金黄的碾磨在旋转，不用人力去推动，它自己就在转动；有座铁山，上面有一头青色铁牛独自在奔跑；还有一座黄金山，上面有一根黄金筷子在敲打；有一座红铜山，上面有一只铜狗在吠叫；又有一座金山，上面有金牛虻虫嗡嗡叫；在蚂蚁王的蚁垤里铺着一层厚厚的紫金条；还有套日黄金索、套月银索，蚂蚁的鼻血一角砚，虱子筋一把，黑斑羽雄鸟的鼻血一角砚，黑斑羽雌鸟的乳汁一角砚，黑斑羽雏鸟的眼泪一角砚，海里的猫眼石一块，可敬的角如，把所有这些奇珍异宝都拿去，并且把却玛荪高娃也带走。只求您放过这只虫子给我们。"驼背讼师说罢，叩头不止。角如被管家的忠心所打动，居然放掉了毒蜂。喇嘛给角如磕头谢罪，请角如上座。角如正襟危坐后，宣布把格措高娃许配给自己最亲密的哥哥扎萨希格尔作妻子。

当年，僧加洛可汗的女儿茹格牡高娃正值适婚妙龄，还没有选中如意的情郎。她听说吐伯特部有三十名神力勇士，心想其中也许有出色的英雄，因此带领她的三个神射手、三个摔跤手和一位有智慧的喇嘛慕名而来，希望能遇到自己的真命天子。

茹格牡高娃来到吐伯特后，召集了一万人，举行盛大的比武招亲集会。超通在前往集会地点的路上遇到了角如，角如上前恳请超通老爷带他一程，超通都没正眼瞧一眼角如，摆出一副不可一世的样子，鄙夷不屑地说："就你这怂包，还想去参加茹格牡高娃的招亲大会？还是回家照照镜子吧！我跟你不同路。"说完快马加鞭疾驰而去。

正当角如没有坐骑踌躇之际，察尔根老爷来了。角如又上前央求察尔根老爷带他前往集会。察尔根老爷爽快答应，和角如同骑一匹马飞奔到了集会场所，这里真可谓是人声鼎沸热闹非凡。超通坐在首位，角如上前打招呼，很诡异地笑了笑，说："您不是说不跟我同路吗？怎么也来凑这个热闹了？想必您也想娶茹格牡高娃？哈哈哈！"还没等超通反击，茹格牡高娃站起来发话了。

她宣布说:"今天可谓群英荟萃,众英雄中有没有人主动站出来跟我的三位神箭手和三位大力士比试比试?迄今为止,还没有人打败过他们几个。今天如若有人能打破纪录,战胜我的三位神箭手和三位大力士,我就嫁给他。你们一定在好奇,我为何要用这种方式来挑选郎君?我这样做是事出有因的,当我出生时,右房顶上瑞畜飞舞,左房顶上麒麟欢跳;太阳未露头就光芒四射,不见云雾就下起来蒙蒙细雨;在尊贵的屋顶上鹦鹉叫个不停,在崇高的头顶上鹧鸪飞翔,布谷鸟蹁跹,乌梁海珍鸟啼鸣。我是应了这九种灵气降生到人间的仙女化身茹格牡高娃。现在请诸位推举出各自的射手、力士,我们开始较量吧!"

茹格牡高娃的三个神箭手箭术炉火纯青技艺超群:第一个神箭手迎着晨曦发出一箭,日高三丈时才会着地;第二个神箭手从发箭到箭落,足足有煮两杯茶的工夫;第三个神箭手射出去的箭,等到煮好一锅奶茶的工夫才会从天上落下来。茹格牡高娃毫不谦虚地炫耀,三个神箭手不仅射程久远,更重要的是神乎其神地快、准、狠。并接着又说:"神箭手早晨射完箭后就在原地躺着等箭落下来。箭径直向他头部射来,说时迟那时快,就在这千钧一发之际,他一翻身闪到一边,箭丝毫不差地落在了刚刚头部躺着的位置,真可谓是名副其实的神箭手啊!不然射得虽然高、远,但不精准的话也不认可他是神箭手。"

茹格牡高娃令三个神箭手与吐伯特的三十名神力勇士在箭术、摔跤等项目上一决高低。经过一番激烈的角逐,他们旗鼓相当,难分胜负。

这时候,角如站起来走到喇嘛面前,请求喇嘛答应他挑战三个大力士。喇嘛最初还是好心相劝,说:"面对群雄,他们都打得不可开交,难分雌雄。更何况你孤身一人赤手空拳,怎么能打得赢呢?别再白日做梦了!"角如固执地坚持,再三要求试试看,喇嘛实在推脱不掉,只好勉强答应了。

摔跤比赛中,在这样严峻的挑战面前,在场的所有人都不看好角如,只觉得他在无理取闹。谁曾想,角如迫不及待地跑到场地中央等待对手出现,等待宣布开战。喇嘛大喊:"我们的大力士在哪里啊?这里有个不知天高地厚的小子想和你们比试比试!"

首先,站出来迎战的是茹格牡高娃的一等摔跤手。角如显出格斯尔真身,并施法挡住了众人的眼睛。一脚蹬在山顶上,一脚蹬在海边,举起双手一扔,把一等摔跤手抛到一千波尔之外;如此施展招数,把二等摔跤手抛到二千波尔之外;把三等摔跤手抛到三千波尔之外的地方。众人被眼前的一幕吓傻了,一个个看得目瞪口呆。

接下来，角如和茹格牡高娃的三个神箭手比试箭术。第二天雄鸡报晓万物初醒之时，他们四个人同时射出手中的箭。茹格牡高娃的三个神箭手的箭，到艳阳高照时从天上落了下来。而角如射出去的箭，人们等到烈日当头还没有落下来。直到日薄西山百鸟归林之时，天地间骤然变得漆黑一团，众人躁动不安起来，甚至有的开始显出仓皇出逃状。

这时候，扎萨站起来稳定民心，告诉大家：我弟弟尼素咳角如的箭一向如此神奇，请大家稍安勿躁，耐心等待。扎萨话音未落，角如便大叫一声："我的箭！我的箭！"随即把头闪到一边，从天而降的箭就射中了角如刚刚头枕过的地方。原来，格斯尔的三位神姊在高空中拦截了角如射出的箭，在箭上穿上百鸟。百鸟之一大鹏金翅鸟落下来的时候挡住了太阳，才使得天地变得漆黑一片。

大家见识到了角如异乎寻常的箭术，都啧啧称赞，纷纷夸他超凡脱俗，都说他是有资格娶茹格牡高娃做妻子的不二人选。就这样，比赛告一段落，名花也已有主，大家准备要散去。就在这时，茹格牡高娃却叫住了大家："请你们别着急，再等一下。"

茹格牡高娃说："大家听着，还有一个人，具备一种空前绝后的超能力。他就是巴达玛瑞的儿子巴木希古尔扎。"茹格牡高娃一手提着七十只绵羊的肋骨，一手提着一罐子酒，还拿上兀鹫头般大的绿宝石走过来。说道："你们看我转身的工夫，若有能够把我手中的肋骨和罐子里的酒分给大家，并把兀鹫头般大的绿宝石含到嘴里的人，我就嫁给他。"结果诸人均未果。大家强烈要求巴木希古尔扎现场展示一下这一本领，想亲眼见证这位英雄的过人之处。

茹格牡高娃来到巴木希古尔扎面前要让他试上一试，巴达玛瑞的儿子巴木希古尔扎爽快地站了起来。正在这时，角如施展法术，让巴木希古尔扎手中的物品全撒在地上，狼狈不堪，在众人面前出尽了丑。

茹格牡高娃气势汹汹来到角如面前，见到他脏兮兮的鼻涕就忍不住反胃作呕，便转身头也不回地走了。察尔根老爷见此一幕，就叫住茹格牡高娃，训斥道："你再优秀，也只是个女流之辈；角如再差也是七尺男儿。而且他的神通广大是有目共睹的，你的三个神箭手输得一塌糊涂，你的三个大力士被他打得落花流水。你难道没看见吗？你怎么能如此不知好歹呢？"

茹格牡高娃被察尔根老爷劈头盖脸地说了一通，感觉自己理屈词穷哑口无言。角如用法力把羊肋骨、灌装酒分给大家，但嘴中却含不下绿宝石。大家见状，把他狠狠嘲笑了一通。

超通诺彦想到："不起眼的东西，孬种角如，你带走了茹格牡高娃，日后我一定会设计夺回她。"从四面八方云集而来的人们也已纷纷散去。

茹格牡高娃却带着侍从趁乱逃走了。她惊恐万分，频频回头张望，生怕角如尾随而至。她担忧地询问侍从："角如有没有追过来？"侍从回答说："走了这么远，角如无影无踪，放心吧！"他们根本不知道，神通广大的角如早已跟着他们，而且就贴在茹格牡高娃的身后，跟她同骑一匹坐骑。角如施展魔法掩人耳目，所以茹格牡高娃竟毫无察觉。

直到茹格牡高娃回头看侍从，脸撞到了角如的脸上，才顿悟角如其实一直坐在自己的身后。她伤心欲绝，失声痛哭道："这可如何是好？我真是自讨苦吃啊！自己大张旗鼓地比武招亲，最后落得如此尴尬的境地。真是难以启齿的耻辱啊，我都无颜见父母兄长了。"

角如施展法力，扬起如一万人马奔跑的尘土。茹格牡高娃的父母，远远望见好像一万人马奔跑那样扬起的尘土，觉得莫不是毕瑞纳可汗前来娶亲？好像一千人马在奔跑那样扬起尘土，莫不是秘瑞纳可汗前来娶亲？好像是九百人马在奔跑那样扬起尘土，莫不是其哈钦可汗来娶亲？好像是一百人马在奔跑扬起的尘土，莫不是超通诺彦来娶亲？好像是六七十人马在奔跑扬起的尘土，莫不是巴达玛瑞的儿子巴木希古尔扎前来娶亲？

随着距离的拉近，茹格牡高娃父母定睛一看，才看清和心爱的女儿同骑一匹马到来的姑爷竟然是流着大黄鼻涕的角如。

父亲心里嗔怪女儿是睁眼瞎，选来选去选了最没出息的男人。于是闷闷不乐，拿起笼头和马鞭，一声不吭地从西门出去放马了；哥哥也怨妹妹有眼无珠，挑来挑去竟挑中了让人大失所望的夫婿，怒火中烧，背起弓箭，从东门出去放羊了；母亲见女儿经过一番角逐，竟带来这样一个脏兮兮的鼻涕虫，心如刀割，悲从中来，烦躁得在家砸东西发泄；对于小姐嫁给的男人，连家里的奴仆也心存不满，将锅碗磕来碰去，以表心中不快。

即使百般不情愿，也万般无奈，既然领来了，招待的礼数还是要讲究的。于是，一个奴仆进来给角如铺上了一张垫子。因为心里实在看着角如不爽，想为难角如，就故意给他反方向铺的。角如看了看，也索性朝着垫子的方向，背对着大家坐了上去。茹格牡高娃问角如说："给你铺上了垫子，你为什么背对大家坐呀？"角如反驳道："难道你在马背上也是反铺鞍鞯的？果真如此，你想象一下骑马的勇士会怎么骑上去？还不是像我一样倒过来坐在上面啊？"茹格牡高娃明白自己失礼了，无言以对，只得请角如站起，重新给他铺上垫子。

角如却坐到茹格牡高娃的跟前，对她说："我进来后，你们家人都表情怪异。家里是否发生什么不测了呀？快快说来，我已然不是外人，有责任站出来为你们排忧解难。"茹格牡高娃不知如何回答，尴尬极了。角如接着又说："刚才，你父亲手提着笼头和鞭子愤愤然从西门走了，是不是有土匪袭击了你们家的马群？我勇猛无比，可去追回被劫持的马儿；你哥哥背着弓箭从东门走了，莫非你们家的羊群遭到野狼偷袭了？果真如此，消灭狼群的事情就交给我吧，我最擅长狩猎了；我刚才看见你母亲歇斯底里咆哮疯狂，连你们的仆人都在摔锅砸碗，难道妖魔鬼怪附在你们家所有的物件上了？恰巧我会驱鬼的咒语，我来帮你们驱逐鬼祟。"对于角如咄咄逼人的反问，茹格牡高娃无力辩解，低头不语。

茹格牡高娃已经陷入深深的自责和无尽的痛苦当中，肠子都快悔青了。但还是没能得到家里人的理解和同情，反而得到的是父母和兄弟们狂风暴雨般的责骂。训斥声不绝于耳："真是作孽呀，怎么会有如此恬不知耻的女儿？居然带来这样一个人不人鬼不鬼的男人，真是不吉啊！小心别让你百里挑一的丈夫被狗吃掉，殃及大家。"

临睡时，为了防止角如真的被狗吃掉，茹格牡高娃的家人把他扣在了锅底下。夜深，角如掀开锅，从底下钻出来，溜出去宰了他们家的一只绵羊，狼吞虎咽一顿猛吃，顷刻间已所剩无几。他把那一点剩余的扔给了狗，把羊血涂抹到锅里锅外。这一番恶作剧之后，自己居然跑到野外睡觉去了，他知道一场闹剧即将拉开帷幕。

正如角如所料，翌日天刚蒙蒙亮，茹格牡高娃的父母出来走动，见到倒扣在地上的锅上沾满了血，便大声惊叫："女儿啊，快来看看，你的好丈夫真的被狗吃掉了！苦命的孩子，你可真是自作自受啊！"

姑娘跑出来看到这一幕，真不是滋味。她想我应该去找找他！于是，茹格牡高娃开始了她的寻夫之路。她在荒无人烟的野外转悠了半天，正当心里万分沮丧之时，视野里突然出现一个牧马人，他赶着一群马正往这边疾驰而来。等他走近，茹格牡高娃上前向他打听道："你可曾见到过尼素咳角如？"牧马人回答茹格牡高娃说："我不认识什么尼素咳角如。只是对于他的事情有所耳闻。大家都在议论僧加洛汗的女儿茹格牡高娃把角如带回家让狗吃掉了，以致惹怒了图萨、通萨尔、岭格三大部落的百姓。听说他们恨之入骨深恶痛绝，已经集体出动要来讨回公道。他们发誓要把蛇蝎心肠的姑娘千刀万剐，把她的人面兽心的父母五马分尸。"茹格牡高娃听了，信以为真，吓得魂飞魄散，涕泗横流地艰难前行。

没走多久，茹格牡高娃又遇见了一个放羊的人。茹格牡高娃上前打探角如的消息，牧羊人的回答跟先前遇到的牧马人的说辞惊人一致。茹格牡高娃听后，对于自己和家人将面临的遭遇更加坚信不疑，认定自己难逃此劫了。于是她绝望地设想：与其回到家里让父母看到自己的下场，不如在此了结性命，干脆投河自尽算了。悲痛欲绝的姑娘万万没有料到，刚刚危言耸听的牧马人和牧羊人其实都是角如化身来戏弄她的。

茹格牡高娃轻生的念头还真不是想想而已，随即她跳上一匹马，策马加鞭，奔向河岸边的悬崖。就在这千钧一发之际，神通广大的角如一把拽住了马尾巴，马儿腾空而起，仰着头望着天不停地在原地打转。茹格牡高娃被马的嘶鸣声和架势惊住，回头一看，原来是角如紧紧地拽住了马尾巴。

茹格牡高娃让角如骑上来，角如就跨上马紧贴着茹格牡高娃，骑在马背上驰骋而去。一路上，角如黄黄的鼻涕一如既往地流了出来。这脏兮兮的样子，着实让茹格牡高娃嫌弃。她生怕角如的鼻涕粘在自己的身上，就使劲弓着腰向前倾，却怎么也躲不开。她恶心得想吐，就对角如喊："你能不能离我远一点，把满脸鼻涕的臭脸蛋给我转过去，或者你干脆倒着骑吧！"

角如恼羞成怒，"噌"一下子跳下马对茹格牡高娃说道："再高的山都有路可循，那高高的马背到底如何上去呢？"他边说边抱住马的头部，准备顺着脖子骑上去。茹格牡高娃见了赶忙制止："骑马哪有这样爬上去的道理？"

角如听后，立刻跑到后面，抱住马的两条后腿顺着往上爬。嘴里还说："难不成这样上去吗？"可谁曾想角如话音还未落，受惊的马儿就把他踢了个四脚朝天。角如索性纹丝不动地躺在地上装死。

茹格牡高娃心急如焚跳下马背，声嘶力竭地喊道："哎呀！角如，角如，快快起来！"角如却屏住呼吸一动不动继续躺在地上。

茹格牡高娃痛哭流涕，呼天唤地。角如也不忍心再装下去，微微睁开眼睛突然发话："我怎么做你都嫌弃，你到底要我怎么样才满意？以为死了你就安心，躺倒在地上，你还是大呼小叫！"

茹格牡高娃也不好再说什么了，默默扶起角如，让角如正坐，两人同骑一匹马回家来了。

角如再次回到茹格牡高娃家后，茹格牡高娃的舅舅和舅妈闻讯赶来，想看看仙女化身的外甥女到底找了一个何等夫婿，声称特意来把把关，识别外甥女的如意郎君到底是血性男儿还是一无是处。角如的岳父岳母闻到消息，给角如炒了一碗麦子，把他藏到黑暗的洞里，并叮嘱道："客人走之前不许出来！"

舅舅和舅妈到了茹格牡高娃家，便迫不及待地问："我们的外甥女婿到底是个什么样的人？"茹格牡高娃的父母没叫出角如，而是支支吾吾搪塞说："嗨，谁知道呢，还是个孩子，去别人家赴宴了。"

就在这时，角如流着金黄金黄的鼻涕，在鼻涕上还粘着几粒炒麦出来道："谁在找我，有事吗？"看了角如失望之极的舅舅、舅妈，最终还是忍无可忍咆哮了："原来你们就是这样光耀门庭的吗？这简直是对我们家族莫大的侮辱！我们要替祖先惩罚你们！"说完便赶着茹格牡高娃家的马群气势汹汹地回去了。

这到底是怎么一回事？为什么在茹格牡高娃的父母说完角如不在家的时候，他却突然冒出来的呢？原来，他们早就担心茹格牡高娃的舅舅和舅妈面前出丑，于是一听他们要来，就把角如藏在叠好的被褥后面，还给他炒了一碗青稞豆，再三告诫他客人回去了才可出来。谁知道，角如还是出来亮相让他们丢尽了面子。对于这个女婿他们也是失望到了极点。

角如却一副无所谓的样子，还理直气壮走上前来说："请给我准备铠甲和弓箭。我是战无不胜的男子汉，我去把马群赶回来。"

茹格牡高娃的父母以为角如又在信口开河，对他置之不理，更别说什么给他准备武器装备了。

角如也不善罢甘休，自己跑进了羊圈，牵走了两只种公山羊，轮流骑着它们去追赶茹格牡高娃的舅舅和舅妈。角如很快追上了他们，拳打脚踢一阵打了个人仰马翻。不但出了一口被嘲弄后的恶气，还轻松要回被抢走的马群，如数奉还给了岳父大人。

就这样，时间悄然流逝，不知不觉角如在这边度过了一段时日。有一天，角如提出要回家。岳父岳母坚决反对，叫他老老实实待在这里。无奈，角如继续留了下来。

整天无所事事的角如，有一天突发奇想：何不试探一下茹格牡高娃的心思呢？于是，就跟茹格牡高娃说自己要去套捕鼹兔，让她安心在家等着。走出茹格牡高娃的视线之外，就摇身一变，变成了超通老爷，并骑马返回到茹格牡高娃家。

角如假扮的超通老爷进来客套寒暄了两句，问了问角如的去向。茹格牡高娃："猎捕鼠兔去了。"然后超通说道："我是统辖吐伯特的大诺彦啊，却眼睁睁看着你嫁给角如这小子，可怜的茹格牡高娃你受委屈了。你想让角如消失，我就帮你干掉他；你想让他离开你，我就给他另娶；你想把他赶走，我就把他驱逐到荒野去。你告诉我，我一切听你的。

之后想娶你为妻！"

茹格牡高娃说："问我谁做主？归根结底，其实这还是你们家族内部的事情。"临走时，超通又老爷又一次坚决表态："我只有一个愿望，那就是做梦都想娶你！"

超通说完这些话刚刚走开，不一会儿角如变成原貌，随后回来。角如问道："刚刚从家门口启程的是谁？"茹格牡高娃如实告诉道："是你亲戚超通。"当角如问起他的来意，茹格牡高娃说："谁知道什么事儿？也没说，只是问起你的情况就走了。"角如也苦苦逼问："我们吐伯特鄂托克离你们部落那么远，他既然大老远来看我，为什么不等我回来再走呢？"茹格牡高娃指责道："别的我不知道，反正他只是问完你就回去了，我知道的就这些。"角如道："噢，我明白了。"茹格牡高娃一听火了，嚷道："你明白什么了？你以为我叫他来的？"角如也是一副得理不饶人的样子："你不就是想找个理由来吓唬？"说完扭头就出去了。

于是第二天，角如又以打猎为名，借故出来到了野外。再摇身一变，变成了巴达玛瑞的儿子巴姆·硕尔扎，并骑着马来到茹格牡高娃家。受超通叮嘱，说了一番叫茹格牡高娃意乱情迷的浑话后就骑着马走了。巴姆·硕尔扎刚走，角如回来了。

角如："刚刚骑着马疾驰而过的是谁，来意是什么？"茹格牡高娃："巴木希古尔扎，问问你的情况就走了。"角如："他既然找我来了，为什么不见面就走了？我明白了，你存心是想召集吐伯特群雄灭我呀，做的对！"说完就出去了。

第三天，角如又施法化身成吐伯特的三十名勇士来到茹格牡高娃家。他们背着弓箭，带着武器，跨上马，浩浩荡荡来到了僧加洛汗的家门口。他们派人进去跟僧加洛汗谈话。勇士说道："我们是吐伯特的三十名勇士，我们此行的目的只有一个——对角如的婚事做个了断。茹格牡高娃现在已经是角如的妻子，按理来讲，她早应该随夫君回吐伯特，但她迟迟不回。这到底是怎么一回事？如果你们想悔婚，直接说出来。总之，今天你们必须果断地做出抉择，给我们一个明确的答复。"

于是，僧加洛汗召集家人一起商量。面对这门亲事，他们也是进退维谷。同意把女儿嫁给角如吧，又实在心疼貌美如花的女儿，无法想象茹格牡高娃的未来将是如何地痛不欲生；不同意吧，这三十个勇士个个凶神恶煞，岂能容忍别人拿婚姻当儿戏，出尔反尔戏弄角如。经过一番商榷，他们终于想出了一个缓兵之策，对三十个勇士说："婚姻大事，绝非儿戏，我们当然不食言。但我们要把女儿风风光光地嫁过去，目前嫁妆还没备齐，你们还是先回去吧，我们备好嫁妆了随后就把女儿送过去。"

三十个勇士也没再为难他们，答应会耐心等待他们主动把女儿送过去。但临走时还是发出了最后通牒："还是那句话，我们喜欢痛痛快快办事，直言不讳交流，不喜欢别人拖拖拉拉敷衍我们。如果你们认为角如配不上你们的宝贝女儿，尽管提出来，我们帮她改嫁；但如果你们的女儿一心跟角如，不愿意改嫁，那你们也不要让角如在你们家耽搁太久。想必你们对我等三十人早已有所耳闻，对付你们简直易如反掌，你们好自为之吧，如果耽搁太久，后果自负！"说完大摇大摆地走了。僧加洛汗道："哟！这番话吓死我了！"没过多久，僧加洛汗带着全部落的人都跟着三十个勇士迁徙到吐伯特来了。

对于角如娶茹格牡高娃这件事，超通老爷一直耿耿于怀。为了达到拆散他们的目的，他真可谓绞尽脑汁挖空心思。居心叵测的超通终于有一天心生一计，召集大家宣布道："大家听着，近期我们要举办一次大型的活动——速度马赛。为了鼓励大家的斗志，参赛人数高达三万，希望大家踊跃参加。我想大家更关心的应该是奖品吧？听好了，比赛中赢得冠军的骑手，将获得丰厚的奖赏：一件薄如蚕丝却刀枪不入的铠甲、一顶誉满天下的宝盔、一把吹毛断发的神剑、一面万星宝盾。除了这一整套精湛的武器装备之外，更重要的是冠军还可以抱得美人归，可以带走美女茹格牡高娃。"听到这里，人群沸腾了。此刻，角如还迟迟不到比赛场地，他反倒潜心焚香祭祖。他向天上的娜布莎胡日扎老祖母祈祷说："祖母啊，祖母啊！为了造福百姓，我今生转世为人间圣主格斯尔可汗；来生我转世到阎罗王那里，去拯救罪孽深重的灵魂。我带着神圣的使命，一心为民消灾除害，但图谋不轨的超通老爷却想抢走我心爱的女人，对我百般挑衅千般刁难，今天又要举行三万人的大型赛马活动。求赐予我一匹枣骝宝驹，求您把它送下来，再差也从天宫的马群里送下一匹马！"天上的祖母听到尼素咳角如在祈祷，毫不犹豫地把枣骝宝驹变成一匹七岁枣骝马赐予了他。就这样，一匹神奇的千里马从天而降。但让角如始料未及的是，天马一骑绝尘疾驰如飞，角如使尽浑身解数也没能捉住它。眼看比赛就要开始了。情急之下，角如不得不使用了下下策——在神龛上焚烧了脏物。这下可好，神龛遭到玷污，天马瞬间变成了一匹浑身长满烂疮的两岁枣骝马。就这样，角如骑着满身疮痍的两岁枣骝马奔向比赛场地。

半路上，角如遇到了僧加洛。他奇怪地审视着角如的坐骑，阴阳怪气地说道："唉，我昏聩无能的女婿啊，你怎么能骑着这样一匹破马参赛呢，你此举居心何在？是存心让别人把我可爱的女儿从你身边抢走吗？"说完看了一眼角如，看到他满脸无辜的表情，又心生怜悯，善意地提议道："我有十万匹精良的骏马，你还是从中挑选一匹去参赛吧！"

角如谢过岳父的好心，但又没领他的好意，声称岳父的马群里没有一匹是驮得动自己的好马。于是他执意骑着他熟识的长满烂疮的两岁枣骝来到了比赛地点。

三万人聚集的赛马场上人马水泄不通。一声令下，比赛开始。三万匹马一起出动，奋勇向前，展开了激烈的角逐。一开始，角如那匹病怏怏的枣骝马跑在最后。但骑在上面角如好像很得意的样子。他那匹枣骝马好像在说："我先省点力气，到最后我再把你们全部超过。"果不其然，角如突然松开缰绳，枣骝马便向前飞跃起来，顷刻间超过了前面一万匹马；奔腾了一阵子，角如又开始拉紧缰绳，跑着跑着骤然松开缰绳，一下子如飞蝗箭梭，在观众的欢呼声中又超过了前面的一万匹马。轻松甩掉两万名骑手，角如又拉紧缰绳跑了一段路程。

这不，角如刚一松开缰绳，枣骝马奋蹄飞驰，呼啸着又飞奔过一万匹骏马。超通老爷的能够追赶到狍子的草黄马也不甘落后，几乎和它并驾齐驱。在超通的前面一箭之远的距离，有阿萨密诺彦的灰青马一马当先，犹如一支离弦之箭。角如对枣骝马下令说："今天我必须给他们看看英雄本色。你也要勇敢地冲上去，撞得他人仰马翻，然后一鼓作气，追上能追到狍子的那匹亮丽黄马，把它的桡骨踩折！"

枣骝马按照角如的旨意冲向前。超通老爷人仰马翻，望着冲过去的角如的背影，气急败坏地喊道："哎呀，角如你这个混账东西，给我滚开！"角如头也不回地回了一句："老爷让路！有人要抢走我的茹格牡了！"就一闪而过了。

角如拉着缰绳，保存着实力控制着速度不紧不慢地追赶着冲锋在前的阿萨密老爷的灰青马。有把三万名骑手甩在身后的疥疮枣骝驹，角如胜券在握。所以对于一箭之远的灰青马起初他是不屑一顾的。没想到，角如松开缰绳再穷追不舍也无济于事，始终未追上。

焦急万分的角如一把鼻涕一把眼泪地对枣骝马说："我的爱马呀，你今天到底怎么一回事啊？难道你就忍心眼睁睁地看着薄如蚕丝却刀枪不入的铠甲、誉满天下的宝盔、吹毛断发的神剑和万星宝盾都成为别人的囊中之物吗？你就忍心看着别人夺走我的娇妻茹格牡高娃吗？"

突然，长满烂疮的两岁枣骝驹脱口而出人言："我的主人啊，你可有所不知，我虽为天马，可比凡界的马少四个关节，绒毛也不如它们，实在是力不从心，我追不上的。你还是向天上的娜布莎胡日扎祖母祈祷求助吧！"

角如按照它的嘱咐，跪求祖母，虔诚祈祷："我亲爱的祖母啊，我的七岁枣骝驹虽为天上的宝驹，但跟灰青马相比简直相形见绌。您说，难道我就这么甘拜下风吗？我不甘心啊，不甘心马上到手的宝物和用法力赢取的茹格牡高娃，都被阿萨密诺彦占有。您说怎么办？快帮帮我呀！"

天上的圣母听了祷告道："我的尼素咳角如在红尘世界受凡人欺辱，正哭哭啼啼叫苦不迭，岂有此理，宝瓦·东琼，跟我前去，一定要助他一臂之力。你留住长满疥疮的两岁枣骝马，驾驭它，我去对付阿萨密的灰青马。"她们二人一起来在空中。宝瓦·东琼留住长满疥疮的两岁枣骝马，她骑上枣骝驹，勒紧枣骝马嚼环冲上去。阿萨密老爷灰青马即将到终点之际，娜布莎胡日扎祖母瞄准阿萨密老爷灰青马胯下射去了两支火箭，结果弄得是人仰马翻，灰青马翻了几滚，四脚朝天，当场毙命，阿萨密老爷爬起来扑到灰青马身上嚎啕大哭。枣骝马突然发话："首当其冲的灰青马已死，这回冠军非我莫属了。"就这样轻松赢得了比赛。角如把宝物统统赠与哥哥扎萨，自己带着妻子茹格牡高娃回家了。

第二天，居心叵测的超通又绞尽脑汁想出了坏主意。这次是比赛谁能射死疯狂的野牦牛，割下它十三节尾骨，谁就能娶茹格牡高娃为妻。

大家纷纷出动射杀野牦牛。角如更是不敢大意，当仁不让冲在最前面，拿起木弓掂了掂，又从箭筒里拿了一枝芦苇箭，按到了弦上。拉满，放手，他的箭从弦上飞走，飞向目标，就这样一箭射穿了野牦牛的脑门儿，也就如愿以偿地割下了野牦牛的十三节尾骨。

心怀鬼胎的超通岂能善罢甘休，还歹心不改，死皮赖脸凑到角如耳边，口是心非地说："哎呦，我的侄儿角如！你把野牦牛的十三节尾骨让给叔叔吧。叔叔日后一定记得你的好，给你吃香的喝辣的，待你如亲生儿子，再也不打骂你欺负你！"

超通在想什么，角如早已心知肚明。便顺势戏弄他："老爷，不就是一条尾骨吗？小意思，我给你，请你把飞箭给我一支用一用。"超通为了得到那条尾骨，爽快地答应了角如的要求。

法术无边的角如早已用隐身术从牛尾上割下十三节尾骨头藏了起来，把无关紧要的部分留给了超通。在众人狩猎时，并不知情的超通喜不自胜，一口气跑到人群中分享好消息："大家快来看啊，我一箭射中野牦牛，割下了牛尾骨，这回茹格牡高娃非我莫属了。"

角如看到超通得意洋洋的样子，指着他的鼻子骂道："哎呦喂，超通老爷，没到你居然有着如此可恶的嘴脸。你也不想想是谁射死了野牦牛，谁又求爷爷告奶奶跟我要牛尾骨。

作为条件我还跟你要了你的箭，你为了达到目的，毫不犹豫地给我掏出了你的箭。这些你难道都忘了吗？箭就在我手里，大家看箭说话。"角如从箭筒里抽出超通的箭，展示给大家看。超通当然死不承认，污蔑角如偷走了他的箭，到处信口雌黄。

角如对超通说："到底孰对孰错，孰真孰假，仅凭巧舌如簧很难评判，要靠证据说话。你把你手里的牛尾骨拿出来让大家看看，是不是完好无缺的十三节？"超通理直气壮地拿了出来，结果少了三节，超通无话可说了。

角如对大家说："对于这个无耻的骗子我早有防备，当初自己留了个心眼把三节骨头收了起来，大家看看吧！"边说边从怀里掏出了三节牛尾骨。超通自取其辱，羞愧难当，恨不得钻到老鼠洞里。

就在这一天夜里，又发生了一件让超通老爷吐血的事情。胆大包天的角如偷走超通老爷牺牲了一百零八头犍牛换来的爱驹黑骏马并宰杀掉了。

第二天，超通老爷到角如家搜查，轻而易举地就搜出了一堆马肉。超通终于抓住了角如的把柄，岂肯放过？于是带领人马大张旗鼓地找角如报仇雪恨。

角如远远地就看到超通率领吐伯特和唐古特的全部军队浩浩荡荡地逼近。只见大摇大摆走在军队前面的是超通老爷，他全副武装，一副挑衅滋事的架势，也可以说这是蓄谋已久的。

本领高超无所不能的角如摇身一变，变成了一个庞大无比的红脸娃，他以迅雷不及掩耳的速度取出名扬四海的神弓，振臂一拉，奋力一射，箭发如飞电，龙吟虎啸般的声音如雷贯耳响彻云霄，震得超通闻风丧胆逃之夭夭，全军不战而溃。

第二天，老奸巨猾的超通又宣布："谁能在一天之内猎杀一万头野牦牛，把一万头野牦牛的肉装进一头野牦牛的蜂窝胃里，并且能够在一天之内在大江上开出渡口，我们就把美丽的茹格牡高娃赏给他。"于是，猎人们心潮涌动，纷纷上山狩猎。

角如没有自己的弓箭，茹格牡高娃就去跟牧驼人借来了弓箭，再三叮嘱角如不要弄坏了人家的弓。角如应了一声，伸手接过弓，轻轻一拉，谁曾想弓就断成了两截。茹格牡高娃再去借来牧马人的硬弓，并好心规劝角如："角如啊！如若你拉断了它，下一步只能用你的肋骨做弓了，别无选择，你要好自为之。"话音刚落，角如手里的弓又被拉折了。就这样，众人都背着弓箭，而角如却两手空空上山狩猎去了。

角如到山上一看，看见山上到处是搜寻野牦牛的猎人。角如哪里会像他们一样四处寻觅野牛的踪迹？他魔法通天，稍稍一施法，便轻而易举猎杀了一万头野牛，并把它们剥皮剔肉，装进了一头野牛的蜂窝胃里。他又割下一头野牛的尾巴，系在长棍上高高举起雄赳赳气昂昂向前迈进。途中，碰到一时迷路的一群猎人，领着他们来到了大江边上。

过江必先找到渡口。这一群人都像无头苍蝇一样到处乱撞，谁都找不到。角如本领超群，毫不紧张，淡定自若地从山上赶来一群野牛、一群野驴和一群黄羊。又把它们赶进江水里，让其蹚水过去。一开始水位高得只露出野牛角，随后角如施法降低水位，让江水只漫过野驴的小腿。

角如对前来的超通等人说："三位老爷，我已经找到了渡口。你们自行起便吧！"

他们经过深思熟虑之后，超通选择了黄羊蹚过去的渡口，僧伦老头儿选择了野驴蹚过去的渡口，察尔根老爷左右为难之际，角如帮他做出了选择，让他跟僧伦老头儿一样从野驴蹚过去的渡口过江。就这样，僧伦老头儿、察尔根老爷和所有猎人都从野驴蹚过去的渡口安全过了江。

超通从黄羊蹚过去的渡口过江，差点把他吞了过去。超通在江中声嘶力竭地喊道："哎呦！角如，救我！"角如闻声赶去，手持马鞭跳进江里。角如用长鞭套住超通的脖子，把他拉到江边来。即将上岸的时候，超通忧心忡忡地对角如说："角如啊，我获救固然庆幸，但是从今往后众人耻笑我是'套上来的落水狗'可怎么办呀？"角如听了一脸不爽，说一句："那我就无能为力了。"随即把套在超通脖子里的鞭子收回去，放开了超通。超通又被大浪卷了起来，在水中苦苦挣扎一阵，又一次向角如发出了撕心裂肺的求救声。

角如听到呼救声，又不忍抛下他不管，一个猛子跳进江里游到超通身边，一把抓住了超通的头发，狠狠拽着他头发游向岸边，没想到由于用力过猛，超通的头发就这样被连根拔起。角如就这样连拖带拽靠近岸边的时候，超通发话了："哎呀，角如啊，你救我是小事，以后人们都叫我'秃子'，那可就惨喽。"

角如再也受不了他虚伪的嘴脸和虚荣的心理，一把推开超通，赌气地说一句："那你就自生自灭吧，祝你好运！"自顾自游走了。超通再一次面临被江水冲走的危险，又一次求爷爷告奶奶地呼救，角如视而不见听而不闻，头也不回爱答不理。岸边百姓见势不妙，纷纷替超通求情，说道："角如你快救救他吧，活活淹死怪可怜的！"在大家的劝说下，法力无边的角如才采取施救措施。他将手中的鞭子变成一把双刃剑，递给超通。超通握紧刀刃不放，超通心里只有活下来的念头。求生的本能欲望让他忘记了疼痛。而等到他被角如拖上岸后才感到一阵钻心地疼，低头一看才发觉自己的手掌已经被双刃剑割得血肉模糊。

超通满脸委屈地埋怨角如说："哎呀，角如啊，就算救我你也不能如此残害我的双手啊，你要赔我的手掌。"

角如对超通这副嘴脸早已熟视无睹，说道："给我闭嘴，悄悄地走就是了。"角如说得头头是道句句在理，超通理屈词穷无言以对。

当夜，猎人们露营在外，由于天公不作美，大半夜天气骤变，使得毫无防备的猎人们都冻得直打哆嗦。他们围坐一团说说笑笑，试图以此赶走寒冷。

超通有一条懂人语的狗，看见角如他们围成一团有说有笑，好像在商讨什么事情，就派这条狗前去打探消息，并命令狗有什么消息马上回来禀报。

先知先觉的角如料事如神，早就知道超通派狗偷听的勾当。于是故意提高嗓门大声对众猎人说："明天我们会经过弓箭河，河里漂浮着上好的弓箭，我们可以随意使用。所以一会儿大伙儿把手中的弓箭折断，用来烧火做饭吧，反正明天就有新的弓箭了。我们明天还会经过靴子河，那里有各式各样的漂亮靴子，我们可以任意挑选。所以，现在把你们穿着的靴子都脱下来挂到犍牛的角上吧。还有，你们每三人为一组，要用膝盖当着锅撑子做饭，记得吃饱了再睡，千万别饿着，空腹过夜很难受的。"超通便即刻召集全部落的猎人，并把刚才狗狗偷听到的好消息宣布给大家，并命令众人，学角如他们一样先把各自的弓箭拆了折了当木柴，然后三人为一组，用膝盖当锅撑子，烧火做饭。所有人都把靴子脱下来挂在了犍牛的角上开始做饭。火烧得很旺，烫伤了人们的腿，人们疼痛难忍，下意识地把腿一收，把锅一推，食物撒满了一地。就这样，超通手下的猎人们在痛不欲生和饥肠辘辘中熬过了漫漫长夜。

第二天天露出鱼肚白，万籁俱寂，破晓的晨光慢慢唤醒沉睡的生灵。超通就跑过去找角如问罪。超通推开门便大喊："哎呀，角如，你可把我害惨了。"角如假装万分惊讶的样子回道："老爷，到底发生了什么事？"超通劈头盖脸地问角如："你说的弓箭河呢，靴子河呢？难道是你胡编乱造出来的吗？"角如摆出一张十分无辜的脸说："老爷，我完全听不懂你在说什么。"超通瞪大眼睛说："你不是说，到了弓箭河会有更好的弓箭，到了靴子河会有更漂亮的靴子吗？"角如听了，问超通："这些不着边际的话，你是听谁说的呢？"超通说："我的狗听到你们的谈话，回去告诉我的。"角如听了捧腹大笑起来，对超通说:"现在你居然能和狗交谈,还相信狗话,你可真是一个了不起的人物了!"超通听了这番话,羞得无地自容无言以对,只好悻悻而归。但不一会儿超通又转身回来问道:"听说你昨夜做了一个梦,是真的吗?"角如便道:"不错,我真做了个梦,神灵托梦告诉我,射杀普通黑野牤牛预示天灾人祸,射杀白额黑野牤牛会大吉大利。"

翌日黎明时,众人出去开始捕猎。超通一心想着射杀白额头的黑野牤牛,遇到黑额头的野牤牛不射,四处寻觅白额头野牤牛之时,正瞧见前方有一头大黑野牛,额头上顶着一髻儿白色。超通兴高采烈地走过去。谁曾想黑野牤牛好像知道了有人对他图谋不轨似的撒腿就跑,超通更加心急对其紧追不舍。等他追过去一看,黑野牤牛额头上的白色一片居然消失殆尽。清晨的冷空气伴有霜冻,起初黑野牛额头上的是一大块白霜,现在化掉了而已。超通自讨没趣,准备回家。

就在这时,迎面又跑来一头黑野牛,超通不经意地瞧那么一眼,竟发现两角之间是白色的。超通脸上立刻多云转晴,开心地叫出来:"这才是我要找的白额头黑野牛。"说完便追了上去。受惊的黑野牛在前面风驰电掣,一溜烟跑到了老远。超通老爷快马加鞭穷追不舍。就这样,超通好不容易把野牛追到无路可走了,正想活生生擒拿它一解心中怒气,实现自己愿望,但又孤立无援力不从心之时,他的天敌角如居然出现在面前。

此时,超通心里只想着射杀目标——白额头黑野牛。于是,见到角如也显得十分友好的样子。热情地喊道:"喂,角如,我的好侄儿,快给我射死这头野牛!"角如见了他很是厌恶,故作担忧状说道:"老爷啊,还是别让我射野牛了吧,我不敢保证我的箭法有那么高超,万一我射偏了,不小心射死了你的爱驹和爱犬,那还得了?"

此时的超通急功近利迫不及待,脑海里除了野牛别无其它,于是拍着胸脯保证只要给他射死野牛,无论发生什么意外,都可赦免。

角如顺势以自己的马和狗不给力为由,把超通的马和狗借过来用。然后遵照超通的要求,追上黑野牛,开弓拉箭来了个一箭三雕。

眼前的一幕是超通始料不及的,他欲哭无泪,只连连叹息,对着角如歇斯底里:"哎呦喂,该死的角如,我让你射死黑野牛,你为什么连同我的马和狗都给杀掉了?你给我赔!"

角如毫不惧色理直气壮地说:"哎呀,老爷!你叫我说什么好呢?我早就该猜到你又会反过来埋怨我。可是老爷好好回想一下,我的箭法不精,跟您可是提过的呀!"接着,又领着超通老爷到野牛尸首跟前,指着说:"超通老爷,你仔细看看,你追杀的不是白额黑野牛，而是一头纯黑色野牛。"超通凑近一看，还真是。他痛心疾首，一方面害怕杀死黑野牛便遭殃的说法，再一方面为搭上两条心爱的牲畜而伤心欲绝。伤心之余难得向角如倒了一杯苦水："角如啊，今天我真是走霉运了。明明看见白额黑野牛，追了半天才发现原来只是额头上积了雪花的黑野牛。这下可好还把它射死了。我该惹祸上身了吧？而且还搭上了我的两个宝贝，你说我该怎么办啊？"此时的角如心中窃喜，因为他借故用法力除掉了超通身边通晓人言的灾星——坐骑和猎狗。但角如还是假装很是同情超通老爷的样子，顺势说道"老爷啊，你也别想太多了，就当是破财免灾吧！"超通也无奈地点了点头。

狩猎结束，众猎人纷纷回家。茹格牡高娃一心惦记着谁射杀了一万头野牛，所以急不可耐出来迎接。她从人群中一眼认出察尔根老爷，赶忙上前打探道："老爷，这次狩猎谁赢了呢？真有一天之内射杀一万头野牛的英雄吗，有找到渡江口的好汉吗？"察尔根老爷回答说："能够做到这些的除了我的西鲁·塔斯巴还能有谁？"

"西鲁·塔斯巴"是角如刚刚获得的英雄称号。茹格牡高娃并不知情。所以不知道"西鲁·塔斯巴"是谁，心里疑问重重，但也不好再问就走过去了。接着，她又碰到了超通，茹格牡高娃又上前问狩猎赢家是谁。不知廉耻的超通回答说："像这种神圣的使命，出色完成者非我儿子阿拉坦莫属。"茹格牡高娃听了，心里倍感不悦，无精打采地回家去了。

没过多久，角如骑着一头牛，驮着脏兮兮的蜂窝胃回到了家。兴冲冲迎面而来的岳母大人，并没见到女婿带来一万头牤牛肉，反而背着肮脏不堪的破烂东西，简直气炸了，这不是戏弄我吗？一刻也不想待下去，把蜂窝胃扔在天窗上，想要出去。

角如随手把野牛肉交给岳母，而岳母连正眼都没瞧他一眼，居然还把蜂窝胃扔到了蒙古包的圆形天窗上。圆形天窗外圈上的系绳断掉，整个房子都塌了下来。岳母惊呼："天啊，角如，这到底是什么东西？"角如如实告诉他们手里这个东西是带屎便的蜂窝胃。接着便跑进帐幕里，用一根粗大的柱子顶住把蜂窝胃推开。茹格牡高娃的母亲忙着挖了灶，搬来一口锅，准备煮肉吃。角如过来说道："岳母，我弄来的这些是带屎便的蜂窝胃，你这一口锅是装不下的，还是把周围邻居们的锅都借来煮肉吧。"岳母听后，真把左邻右舍的锅都借了过来，在外面挖了更多灶，锅里倒满水，把肉满满地装在锅里，开始煮起来。

附近的人们都过来大吃一顿，角如的母亲也坐在一旁，一口一口吃起香喷喷的肉来，并且越吃越香，停不下来了。就这样，角如用施法把一整头牤牛变成蜂窝胃的一半，让岳母吃光了。角如的岳母哪里知道这是角如施法搞的鬼。她只觉得自己成了圆鼓鼓的球，一时半会儿消化不掉，肚子撑得难受。过了一会儿，她实在疼痛难忍，无奈，她仰面躺着呼天喊地，呼唤角如过来救救她。听到痛苦的哀嚎声，角如也毫不含糊，手持白棍跑过来。看见岳母难受的样子，他说："妈妈，你可不能撑死啊！"同时便用庹长白木棍上上下下各按摩三个来回。说来也怪，经过这一番折腾，茹格牡高娃的母亲上吐下泻一番，就痊愈了。

就这样，超通又一次以失败而告终，美梦泡汤。但他仍未甘心。又想出一招："如果谁能射死大大鹏金翅鸟，取来大鹏金翅鸟的两根美丽羽毛，就有幸娶茹格牡高娃为妻。"人们为了得到美丽的茹格牡高娃而又一次意气风发地出发了。

角如采取分身术，化身在空中，以其貌不扬的模样来到大千世界。四处寻觅。看到人山人海，大家在争先恐后地朝着大鹏金翅鸟的巢放箭。可是没有一个人能够射中落在树上的大鹏金翅鸟，只有巴达玛瑞的儿子巴木希古尔扎一箭射穿了大鹏金翅鸟的巢。角如大声赞美大鹏金翅鸟："你的声音如此婉转动听，不知道头颈会是何等美丽动人。"大鹏金翅鸟听到赞美，心里美滋滋的，忍不住从巢里露出了头。角如接着赞美道："你的头颈如此优雅高贵，不知道你的全身是何等地光芒耀眼。"大鹏金翅鸟听了，头脑一热，从巢中露出全身，展示给角如看。角如见了更是赞不绝口，继续美言道："你的全身如此美丽可观，如果你展翅飞舞，更不知是如何光彩悦目。"大鹏金翅鸟听了更是得意忘形，便离开巢窝翩翩起飞。这时角如张弓扣箭，一箭射死了大鹏金翅鸟。用法力在空中将它身上最美丽的两根羽毛拔下来，插在了茹格牡高娃的帽子上。

大鹏金翅鸟从树上坠落，早就垂涎欲滴的人们一拥而上，哄抢羽毛。角如也假装疯抢的一员，挤进人群中。人们推来搡去挤挤撞撞，连连倒地，奋力挣扎爬起来又被挤出人群。角如就佯装被欺负的样子，嚎啕大哭起来。

茹格牡高娃见到人们抢到大鹏金翅鸟的片片羽毛，纷纷给老婆戴上，就心生不悦，带着哭腔说："角如啊，你要是有这等本事该多好，我也能在帽子上插上金色羽毛炫耀一番。你为什么就不能给我争一口气呢？"

茹格牡高娃哪里知道，她的帽子早已上插着了金翅鸟最美的两根羽毛。女人们羡慕嫉妒恨的目光随她移动，她成为了人们的焦点。

女人们看着看着，终于忍不住抱头痛哭。边哭边说："其貌不扬的鼻涕虫角如居然射死了大鹏金翅鸟，拔掉两根最美丽的羽毛，插在茹格牡高娃的帽子上。如果我们的丈夫有这种本事就好了。"一番感慨之后，所有人都陆陆续续回家了，唯独角如留了下来。

茹格牡高娃回到家，进门的时候，两支羽毛顶住了门框。茹格牡高娃很是奇怪，摘下来帽子一看，她喜极而泣。原来，帽子上插着两根羽毛。茹格牡高娃恍然大悟，原来自己的丈夫角如有神功，忙奔出去追踪角如。

此时的角如俨然变回了格斯尔的角色。正与众神灵正襟危坐在大山洞里，举行盛大的宴会。茹格牡高娃闻声赶来，站在洞口向内窥探。远远看到洞内英俊潇洒魁梧俊朗的格斯尔后，心想："如果我丈夫如此仪表堂堂该多好！"这个念头萦绕在心头之后，她就不由自主地往里走。此时，神通广大的格斯尔瞬间变成了鼻涕虫角如。

这时，阿日亚·拉姆女神把茹格牡高娃叫到近前，降下法旨道："哎，我的儿媳啊！今天诸天神聚会来给你完婚，在这喜宴上，不管人家给你什么食物，你都把它吃掉！能做到吗？"茹格牡高娃满口答应。盛宴结束之际，阿日亚·拉姆女神送来一个煮熟的婴儿，恭请她享用，茹格牡高娃看到形状如同人娃，感到极端，厌恶坚决拒绝吃掉。之后，阿日亚·拉姆女神又送来死人的手指头，想起神母叮嘱，茹格牡高娃也不好再推辞，勉强送到嘴里，顿感气味怪异，就觉得实在忍不住，胃里的东西翻滚上来，便吐出来。阿日亚·拉姆女神见了，摇摇头，一副无奈的表情。

宴席结束，众神纷纷离场。阿日亚·拉姆女神正准备离开的时候，茹格牡高娃一把拽住她的衣襟。阿日亚·拉姆女神："儿媳，怎么了？"茹格牡高娃苦苦哀求："尊敬的神灵，我向您求子！"

阿日亚·拉姆女神唉声叹气道："唉！媳妇啊，我刚才给你吃煮熟的婴儿和手指，就是赐给你生儿育女的福气的。如果吃了它，三个比格斯尔强大；三个和格萨尔持平；三个比格斯尔低下，共九个孩子。可惜你刚才执意不从，现在又纠缠着让我赐给你几个孩子！"茹格牡高娃回道："神灵啊，答应赐给我孩子吧，这事由您来做主吧。"阿日亚·拉姆女神看到茹格牡高娃如此请求，悲悯之情油然而生。就爽快地说："好，那就赐给你一百零八个子女吧！"说完把茹格牡高娃送到家里，自己便回去了。

回到家中，茹格牡高娃趁角如不在，跟婆婆倒了一肚子苦水。她说："妈妈呀，您听着。自从嫁给您的宝贝儿子，我简直是生不如死啊。您看看，我的白眼珠已经发黄，黑眼珠已经变白。现在每每想想他的种种不是，我真恨不得立刻死去，到阎王爷那里告他一状。"只等她说完离开后，角如的母亲叫角如过来，说道："你老婆茹格牡高娃想自尽，嫁给你至今，受尽苦难，说要去阎王爷那儿告你状。"并教育角如："与其让人家闺女寻死觅活，名声扫地，不如老老实实好好过日子。"

角如耐心地听完母亲的教诲，回到自己的毡帐，就变成格斯尔的原貌倒在卧榻上。茹格牡高娃从门外向内窥探，发现角如居然是格斯尔，情不自禁地跑进去压倒在他身上。格斯尔急忙命令道："自古以来只有男人偎压女人的道理，哪儿有女人偎压男人的规矩？"于是，格斯尔把茹格牡高娃扶起来，让她向诸神顶礼膜拜四九三十六次，然后详细讲述了他不凡的事迹："我刚出生后，有一只专门啄瞎一岁婴儿眼睛的黑乌鸦来害我。我在眼睛上套上九股铁索套，当它俯冲下来戳我眼睛的时候，乘势套住它把它灭掉了。我就是那个闻名遐迩的神眼格斯尔。"

"在我年仅两岁的时候，长着山羊牙和铁齿钢獠牙的狗嘴魔鬼变身为贡布老爹额日和苏隆喇嘛，企图害死我。他专门以给两岁婴儿灌顶祈福为名，借机咬断孩子的舌尖，从而达到让孩子变成结巴的可耻目的。那天，他的恶爪伸向了我，假装好心让我吃奶。我就咬紧洁白如扇贝的四十五颗牙齿不肯吃。于是，他把舌头伸进我嘴里让我吮吸。我配合着张开嘴吸了一口，他高兴极了，然后得寸进尺，一点点地把舌头全塞进我嘴里了。我就假装吮吸，用我白海螺般洁白而坚硬的四十五颗牙齿，把魔鬼的舌头连根咬断了。这就是两岁时候的神舌格斯尔可汗。

"在我三岁的时候，有一只造孽的鼹兔精，掀翻草皮，破坏草场，使蒙古百姓遭殃。我先知先觉，为了对付它，就变成一个放羊的老头儿，手持斧头跑过去，抡起斧头对准犍牛两只角中间的额头砍下去，结果了它的性命。我是三岁时就杀死了罪恶鼹兔的十方圣主格斯尔可汗。

"在我四岁的时候，去过名为'鸟道喉咙'的峡谷，在那里有七个恶魔，他们每天要吃掉七百个人和七百匹马。在人们对惨绝人寰的恶魔一筹莫展之时，我摇身一变变回角如的身份，致使七个恶魔活活被大海吞没掉。我还征服了萨日特嘎钦、阿亚嘎钦、布里亚格钦这三个部落的三百黎民百姓，并消灭了通胡日格蟒古思。我就是为人类彻底铲除凶神恶煞的十方圣主格斯尔可汗。

"在我五岁的时候，我们被驱逐到叫太平梁的罕无人烟的地方生活。在那里，我遇到了额尔德尼可汗派出的五百个商人，就施了魔法把三天缩成只有一天的长短，让天气变得酷热难耐，又派土蜂蛰得五百个商人四处逃窜，导致他们迷路，轻松威慑并控制了五百个商人。随后，利用他们建造观音菩萨庙。我就是让寸草不生的贫瘠之地变成沃野千里的圣主格斯尔可汗。

"在我六岁的时候，你——茹格牡高娃，闯进了我的世界。你简直是仙女的化身。你当初是带着三个神箭手和三个大力士前来物色夫婿的。为了选出一个优秀到能够配得上你的夫君，你召集一万个人在射箭和摔跤方面展开角逐。结果我是万人中的佼佼者，我摔跤摔死了你的三个大力士，射箭射赢了你的三个神箭手。又乘胜追击，在一万名竞争对手中脱颖而出，幸运地娶到了美丽贤惠的你。本来，我们俩可以过上幸福安稳的日子。但是，超通老爷心怀鬼胎。他为了从我身边抢走心爱的你，又公然挑衅。提出进行由三万人组成的大型赛马要求并制定冠军有重赏。谁的马若跑了第一，他就能得到一件薄如蚕丝却刀枪不入的铠甲、一顶誉满天下的宝盔、一把削铁如泥的神剑、一面万星宝盾，还可以带走美女茹格牡高娃。于是，三万个人纷纷参加赛马大会。我向天上的娜布莎胡日扎祖母求助，得到了盔甲和武器等宝物，并转赠给我的哥哥扎萨希格尔。我成了万众中的豪杰。难道那不是充满智慧的格斯尔可汗吗？

"在我七岁的时候，纠缠不休的超通又提出，谁若勇敢地消灭掉凶残暴戾的野牦牛并割下它十三节尾骨，就有资格娶漂亮的茹格牡高娃为妻。为了得到你，大家再一次倾巢而出，去猎杀野牦牛。我也不甘人后尾随其后。而且找准时机用木弓和芦苇箭射穿了野牦牛的额头让它一命呜呼。大家对射死野牦牛的神箭手显然钦佩不已，心悦诚服。并有人当众揭穿了超通的嘴脸，让他无地自容。我就是那个神箭手格斯尔可汗。

"在我八岁的时候，超通又耍新花样，大声宣布谁能一天之内杀死一万头野牛，并找到能安全过江的渡口，便把美女茹格牡高娃赏给他。那一天，超通带领所有人去了山上猎杀野牛。我当初骑的是长满烂疮的两岁枣骝马，但我也不甘雌伏，通过自己的勇气和谋略完成了超通提的要求。我就是那个打猎能手、征服江河的十方圣主格斯尔可汗。

"在我九岁的时候，超通又绞尽脑汁使出伎俩，这回说谁敢射死大鹏金翅鸟，并摘取金翅鸟两根美丽羽毛，就能得到美女茹格牡高娃。于是，所有猎人又兴师动众向森林进发，去寻找大鹏金翅鸟。角如肉身骑着马在凡间到处找寻，格斯尔化身在天上四处寻觅。当我寻寻觅觅来到森林深处时，只见大鹏金翅鸟筑巢的巨树下面，人山人海热闹非凡。走近一看，竟发现大家只是眼巴巴望向鸟巢，并没有人能把大鹏金翅鸟射下来。过了一会儿，人群中终于有自告奋勇出来，说能射穿大鹏金翅鸟的巢。此人便是巴达玛瑞的儿子巴木希古尔扎。当他拉起弓箭，一箭射穿大鹏金翅鸟的巢时，我便伶牙俐齿夸得它天花乱坠，最后它居然忘乎所以地从巢中出来,展翅起舞。我趁机一箭射断它的头,拔下金翅鸟身上最美丽的两根羽毛,插到了你的帽子上。我是万众神箭手之中的佼佼者格斯尔可汗。

"在我十岁的时候,建造了观音菩萨庙,为的是报答父母的养育之恩。

"十一岁的时候,我活捉并除掉号称'瘟鬼疫神'的如格玛·阿和布掉。我就是那个有口皆碑的迁善去恶的格斯尔可汗。

"十二岁的时候,我捉住了传播水肿病的罪魁祸首——戴一副铁耳环青面獠牙的怪物,并让它命丧黄泉。我是为人民祛病消灾远离水肿病的格斯尔可汗。

"十三岁的时候,我消灭了炭蛆之首、病魔巨头鬼。你难道不相信我就是那个断除了疫病的圣主格斯尔可汗吗?"

格斯尔十四岁的时候,有一天带着龙王的女儿阿珠莫尔根去打猎。途中受到七头野牛的突袭。格斯尔面不改色心不跳,一箭便射穿了七头野牦牛,箭杆深深地陷进了地里;不料,又有九头野牦牛袭击阿珠莫尔根。阿珠莫尔根也毫不示弱,一箭就射穿了九头野牦牛,箭头深深地扎进岩石里,她居然还在箭杆上挂起战果九头野牦牛,笑盈盈地迎面走来。格斯尔看得目瞪口呆,简直不敢相信眼前的一幕,甚至怀疑起阿珠莫尔根是不是男人。就在格斯尔陷入深思的一会儿工夫,又有一头野牦牛来袭击格斯尔,真是令人防不胜防。格斯尔下意识射出一箭没能射中,眼睁睁看着它逃之夭夭。格斯尔哪里肯罢休,对野牛穷追不舍,阿珠莫尔根紧随其后亦步亦趋。格斯尔心生一计,想以此刺激阿珠莫尔根,便回头对着阿珠莫尔根喊道:"我是一个无能之辈,连一头野牛都射不死。与我结伴而行的一定不会是所向披靡的英雄好汉,应该是个怕风怯雨的女流之辈。"阿珠莫尔根生怕他看出自己是女儿身,为了排除格斯尔心中的疑虑,就果断出手一箭射死了野牛。格斯尔率先跑过去,拔出野牛身上的箭,夹到自己的腋下,突然摔倒在地伴装死去。阿珠莫尔根随后赶到信以为真,就站在格斯尔"尸体"前喃喃自语:"昨天我杀死了阿玛台的儿子铁木尔·哈台,把他的红沙马据为己有。今天我又消灭了十方圣主格斯尔可汗,就这么轻而易举地得到了他的枣骝马。"边嘟囔边向前迈开步,就牵着枣骝马走了。格斯尔一动不动地躺在地上观察眼前的一幕。格斯尔施法变出一个陌生人大声叫嚷:"格斯尔的哥哥扎萨希格尔听说阿珠莫尔根杀死了十方圣主格斯尔可汗,召集了三个鄂托克的百姓,要来征伐阿珠莫尔根了。"

阿珠莫尔根听了害怕极了,把盘起来藏在帽子里的长发披散下来。她解开右侧的发辫,自言自语道："请保佑我的父亲和哥哥。"使头发顺着右手垂下来；解开左边的发辫，默默祈祷道："不要殃及我的母亲和弟弟。"任头发顺着左手垂下来；解开脑的发辫后，说一句："不要连累到我的奴仆。"就使头发顺着后背垂落下来。

格斯尔见到阿珠莫尔根果然是个女人，就跳起来和她摔跤。阿鲁莫尔根一下子就摔倒了格斯尔，让格斯尔跪在地上。格斯尔说："摔跤不能一锤定音，男人经得起摔跤三次，拍四次身上的尘土。"阿鲁莫尔根同意了。于是他们继续摔跤。这次格斯尔赢了。胜利者格斯尔大胆向阿珠莫尔根示爱求婚，阿珠莫尔根也欣然接受他的爱，同意嫁给他。格斯尔提出了怪异的要求，让阿珠莫尔根舔着他的小拇指发誓。阿珠莫尔根依旧豪爽答应。于是，格斯尔扎破了自己的小拇指，让阿珠莫尔根舔着小拇指发誓对他的爱。就这样二人私定终身。

一天，格斯尔和阿珠莫尔根去海边喝水。格斯尔突然看到水里箭影晃动。格斯尔想：莫非有人给我放黑箭？转过去一看，只见阿珠莫尔根正保持着拉弓射箭状，而箭头正好对着格斯尔站着的方向。

格斯尔大吃一惊，大声喝斥："你要干什么？"阿珠莫尔根赶忙解释："别误会别误会，我在瞄准海里的鱼。"阿珠莫尔根话音刚落，大海突然沸腾咆哮起来，海水瞬间被染成红色，原来海里的鱼顷刻间都被射死了。喝过了海水，格斯尔并没有急着返回，而是脱衣下水游了起来。他一口气游到彼岸，一屁股坐在了岸上。话说阿珠莫尔根一直在原地等待，许久还不见格斯尔回来。索性她也宽衣解带扑通一声跳进水里。在彼岸的格斯尔看得是一清二楚，还在那边吹起口哨，故意让大风肆意刮起，把阿珠莫尔根的衣服统统刮到树上去了。捉弄一番后，格斯尔才缓缓游过来穿上了衣服。只见阿珠莫尔根全身冻得瑟瑟发抖，牙齿都打颤。无助的她，居然主动游向格斯尔投怀送抱。格斯尔心中暗喜，趁机让阿珠莫尔根面向东西南北方向，给诸神顶礼膜拜了四九三十六次。这就是十四岁的格斯尔娶龙王的女儿阿珠莫尔根的有趣经历。

格斯尔接着讲："今天，十五岁的我顶天立地威风凛凛，可谓惊天地泣鬼神。"格斯尔话音未落，天上霹雳闪电雷声轰鸣，地上普降甘露旱苗得雨。

格斯尔训话的时候，茹格牡高娃时而恬然一笑，时而痛哭流涕，思潮腾涌悲喜交加。

十方圣主格斯尔汗根除十恶名扬天下之第一章结束。

第二章

镇压巨型黑斑魔虎

北方有一只由蟒古思妖魔变身的巍峨如峰的黑纹虎行凶，身躯长约一百波尔，右侧鼻翼火光冲天，左侧鼻翼漫天烟雾。它能遥望万里之外的行人，它能活吞千里之外的路人。它从远离隔宿（途中过夜才能抵达目的地的路程）的远处能看见过往的人，从远离半日（途中用半天才能抵达目的地的路程）的路程能跳过来把人生吞下去。

十方圣主格斯尔可汗的充满智慧的三个神仙姊姊之一叶尔扎木苏·达丽·敖达穆来到格斯尔家的上空，下达命令道："我的尼素咳弟弟呀！你可听说北方出现一只蟒古思化身的黑纹虎的事情？因为它，整个赡部洲的生灵都不得安宁无法生存了。弟弟你一定要降服它，但也要小心谨慎！"格斯尔听了怒火中烧："姐姐的指令及时，不过我不知居然有这样伤天害理的畜生，我现在就去降服它！"于是，格斯尔派使者去叫哥哥扎萨希格尔和三十勇士和三百名先锋，叫他们火速赶来听令。

众人到齐后，扎萨希格尔问："召唤我们大家来有何要紧的事，我们的圣主！"格斯尔说道："唉，扎萨，你没听说过北方出现了一只凶恶魔王的化身，巨大如山的黑斑猛虎吗？它从远离隔宿的远处能见过往的人，从远离半日的路程能跳过来把人生吞下去。听说它在盘踞之地横行，成为世界灾难，变为人间祸虫。我从降生到人间如今已有十五岁，在世间尽施展法术斩魔除妖。这回我决定以我的神像与大家同心协力来镇伏这只魔鬼的化身展示神勇，出发！"

十方圣主格斯尔可汗说罢，骑上那匹神翅枣骝马。身披光彩照人的宝兰甲，背插白如鹅毛护背旗，戴上镶嵌日月同辉的银白头盔。壶插三十支白翎宝扣剑，他将三十支神扣白翎箭插入箭筒中，将黑色硬弓插入弓袋，腰挂三庹长的青钢利锋宝剑，一身戎甲准备就绪后，格斯尔命令诸勇士道："人中之鹰扎萨希格尔，跨上你的飞翅褐色马，披上轻软宝甲，把你那奇宝盔戴在天灵上，带好三十支白翎箭和神力乌雕弓，带着青钢刀紧跟在我的身后不许稍离；被称为人中鹰的苏密尔，你必须紧随扎萨希格尔身后，骑上风驰浅褐色马、穿上青霜铁叶甲、也带上三十支白翎箭和神力乌雕弓、带上利锋青钢刀，跟着扎萨希格尔行列走，巴达玛瑞之子巴木希古尔扎，你要紧跟在苏密尔的身后，骑上你的灰青骏马、穿好宝蓝甲，全部整顿装备，让其他勇士们跟在你的身后顺次前进，谁也不许随便离队。"发布完命令，十方圣主格斯尔可汗带领着三十位勇士向北方进军了。

走到离黑斑猛虎还有一宿路程远的地方，格斯尔就看见了巍峨的黑斑猛虎，说道："快看啊！前面就是巍峨的黑斑猛虎。"扎萨希格尔顺着格斯尔指的前方举目远眺，问道："大老远浓烟滚滚的山顶上，冒着一股黑烟的就是它吗？"格斯尔回答道："是的，就是它！我的扎萨希格尔。"

三十勇士却纷纷叫嚷道："我怎么看不见？你看到了吗？在哪里？在哪里？"扎萨对勇士们说："大家安静，不要吵不要吵。你们现在还看不见没关系。格斯尔手握缰绳，自然能为我们指路，跟着他还怕找不到吗？"枣骝神驹也明白了大家的心意似的明显加快了速度。走到还有半天路程远的地方，巨大如山的黑斑魔虎闻风而逃了。格斯尔可汗鞭打神翅枣骝驹。枣骝神驹高高跃起，纵身一跳，疾驰向前。三十勇士连忙追赶，隔着半天路程远的距离，巨大如山的黑纹虎猛然张大嘴巴反扑过来，差一点把格斯尔可汗一口吞掉。格斯尔灵机一闪，巧妙避开了黑纹虎，绕到了黑纹虎的身后去包抄。

三十勇士从后面紧追不舍，格斯尔想要借助这个机会试探一下自己的三十勇士是否如人们口中夸赞的那么骁勇善战。主意已定，他便施展魔力，假装跌入了巍峨的黑斑猛虎张大的大嘴巴里。格斯尔两脚蹬住老虎的两颗下獠牙，用头盖骨顶住老虎的上颚，又用两只胳膊肘撑住老虎的双腮，半蹲坐在老虎口中，静观其变。

伯依通见势不妙，便带着三十勇士逃之夭夭。扎萨从后面大声喝斥："哎呀呀，伯依通你想干什么？"伯依通根本不予理会，一溜烟跑回自己部落边的交叉口。危急关头三十勇士中只留下英明的扎萨、无敌苏密尔和巴达玛瑞之子巴木三人。

扎萨急得哭泣着对两位同伴说："巨大如山的黑纹虎活生生吞掉了我们的圣主格斯尔可汗。在这千钧一发之际，无能小人伯依通也带着三十勇士临阵脱逃了。格斯尔可是根除十方十恶之源的圣主啊，在他有难的时候，如果我们三个也弃他而逃，圣主的颜面和名声何存？那几个凶神怪煞会怎么笑话？本与我们相邻，却世代为仇的锡莱河部落三汗会怎么贬低我们？接下来如何是好，你们两个有什么好主意吗？"

他们俩连连摇头，说道："我们两个没有什么想法。扎萨希格尔你来全权做主吧。"

扎萨见眼前两人都没什么主见，失望极了。便嗔怒道："你们两个以为这是让我主办酒席吗？反正进退两条路摆在你们面前，自己拿好主意，要拚还是要逃！"说罢，扎萨噙满泪水扬鞭策马，又以迅雷不及掩耳之速度抽出青钢宝刀，准备与黑纹虎决一死战。

来到黑纹虎跟前，扎萨心头掠过一丝顾虑："凭我十方圣主格斯尔可汗的神通广大，即使掉入虎口是死是活还不一定呢。如果他还活着，我如此冒失地刺向黑纹虎，岂不是会伤到格斯尔？"于是，他又把青钢宝刀插回刀鞘中。黑纹虎咆哮如雷纵身猛扑，扎萨趁机用左手抓住了黑纹虎的额头花皮，黑纹虎猛地跳起，他反手用力一拽撕下魔虎的顶花皮，顺势又揪住它的两耳，把它的头狠狠按在地上，令它无法动弹。见到扎萨在与老虎搏斗中占了上风，两个勇士也斗志昂扬地拔出钢刀赶来助阵。

这时，从黑纹虎的口中传来格斯尔的喊声："哎呀，我忠诚的扎萨，通过今天的事情我更加明白你的为人了，接着你听我的。咱要用计谋对付这家伙，既要它的命又要它的皮完好无损。它全身的皮可都是宝啊。拿这虎头皮能做成一百副盔套，拿它的身皮可以做成一百五十件上好的铠甲。别砍别射了我的扎萨呀，你快放开它！"

扎萨不解地嚷着："哎呀，圣主！这使不得啊，怎么可以这样？"但还是拗不过格斯尔，无奈地放开了老虎。格斯尔左手扼住黑纹虎的喉咙，右手抽出水晶匕首，一刀便切断了它的喉咙，然后说："扎萨啊，你不是手巧吗？你可以拿这只老虎的头皮给三十勇士裁制三十顶盔套，用它身上整张皮做三十套铠甲装。剩下的皮子就赏给三百名先锋中的勇士们吧。"

格斯尔可汗成功消灭了黑纹虎，带领三个勇士凯旋而归。途中扎萨禀报说："圣主啊，危难之际那贪生怕死的败类伯依通带着三十个勇士仓皇逃窜，有辱你的名声啊！"

十方圣主格斯尔可汗对扎萨说道："扎萨呀，不要再提这件事了。我戎马一生，摧坚殪敌的时候，他一直给我当向导，他能在伸手不见五指的漆黑夜里辨别方向，论谙熟地形无人及他。他还是能听懂万物生灵的语言的智者，智慧高于名望，我们要尊重他。以后不要再提他临阵脱逃的事情，也不要因此羞辱他。"

十方圣主格斯尔可汗十五岁时统率三十勇士镇压北方巨大如山的黑斑魔虎之第二章结束。

第三章

治理汉地贡玛汗部

汉地有个昏庸无道的可汗,名叫贡玛,他的妻子死后,悲恸欲绝的可汗为表其对妻的怀恋,下谕旨道:"此刻是全民追悼的沉痛时刻,人皆须持以原状表示哀悼——正站立者站着哀泣、正坐者坐着哀泣、未别去者原地哀泣、用膳者端碗哀泣!未用膳者空腹哀泣!"

因而使全国百姓遭到苦难。可汗的大臣们齐聚在朝廷外纷纷议论策略。"汗妃"与世长辞,早日入殓安葬,须召请喇嘛念诵佛经七七四十九天,竭尽全力,行功德善事。可汗也应走出悲痛,另娶妻子,以使国泰民安。

"人皆应为失其夫人而承煎熬之痛?此谕旨甚是不可理喻,需有人唤醒和劝解可汗!然而谁能做到这一点呢?"于是,大家四处探寻,但均无果。

可汗附近有秃头工匠七兄弟。其伯兄亦是个出言不逊的秃子,平日亏得他妻子管束着。工匠忙毕一日归家后,对其妻子说道:"今日可汗的大臣们都在商讨,孰能劝谏可汗?众人皆忧虑再没有人能让可汗重振士气,依我看,只有十方圣主格斯尔才能说服他。"其妻子听后连忙反驳道:"愚昧的秃子啊!连文武百官大臣们都束手无策的事,能轮到你这等无能之辈去提醒?闭上嘴安心做你的工匠活儿吧。"见夫唱妇不随,秃子便搪塞道:"快去担水做饭,乃夫饥矣。"言毕,他便趁妻子不备在水桶底部扎了几眼洞。

秃子打发其妻子担水后便行至诸位大臣面前道:"大臣们可找到能劝得可汗回心转意之人?"诸臣答:"尚未寻到。"秃子便趁机说道:"能劝解可汗者非十方圣主仁慈格斯尔可汗莫属。"众臣听便说道:"此事甚是困难。除非你去请他,否则无人能办到。"秃子大言不惭地说道:"我去便是了,这有何难?为我准备一匹马与一个马夫。"大臣们便为秃子备了马匹与马夫为其送行。

秃子在格斯尔可汗家门外的拴马柱旁下马时,格斯尔可汗就凭借其神力得知秃子的来意。于是,秃子尚未进门,便被格斯尔可汗的威力所震慑。进门后的秃子忘记了坐下,忘记了应对格斯尔可汗顶礼膜拜，只是瞠目结舌地望着格斯尔可汗。格斯尔可汗说道："你是谁的子民？何等愚蠢的秃子啊！不会坐下吗？若不想坐下，不会出去吗？为何只是呆立着？"秃子仍旧呆若木鸡答不上话来。格斯尔可汗收回了威力后秃子才渐渐恢复了知觉，跪下来禀告道："汉地贡玛汗的夫人去世。可汗下谕旨，正站立者站着哀泣、正坐者坐着哀泣、未别去者原地哀哭、用膳者端碗哀泣、未用膳者空腹哀泣！于是，可汗的大臣们商议，派我来请格斯尔可汗随我前去劝解，唤醒我们的可汗。"格斯尔可汗说道："世上所有可汗的夫人去世，莫非都要请我去劝说？"秃子被噎住无话可说。格斯尔可汗接着说："要我去也不是不可。在一座洁白的圣山上有一只洁白的绵羊羔在咩咩地叫唤，请你们把它寻来赠给我；在一座金山顶上有一个金磨盘，无人推动，它也能自行转动，请你们把它拿来奉送给我；在一座钢铁山上有一头铁青色犀牛在形单影只地奔跑，请你们把它捕来送给我；在有一座金山上有一根金筷子在四处敲击，请你们把它取来送给我；在一座青铜山上有一只铜嘴狗不分昼夜不停地吠，请你们把它捉来送给我；在一座金山上有一只金色母鹿在喧嚷，请你们把它捉来送给我；有能套住太阳的黄金套索，请你们把它送给我；还有蚁王蚁垤里铺着的一层厚厚的紫金，请你们把它送给我；能套住月亮的白银套索，请你们把它送给我；虱子的筋一把，请你们把它送给我；雄黑羽鸟的鼻血一角砚，请你们把它送给我；黑羽雌鸟的乳汁一角砚，请你们把它送给我；黑羽雏鸟的眼泪一角砚，请你们把它送给我；大海里磨盘般大小的猫眼石一颗，请你们把它送给我。若得不到全部这些稀世之宝，就给我送来七个秃子工匠的人头。若无这些宝物，我便无法前往。"

秃头听后说道："好吧！"便回去了。

秃头工匠回到汉地之后，如实回禀了格斯尔可汗的话。

大臣们一听商议道："哎呀！要去何处找齐如此多的宝物，如若要七个秃子的脑袋，倒是做得到。"于是，七个秃子被打死，大臣们派两个人把七颗秃头给格斯尔可汗送去。格斯尔可汗说："做得对，为正义，你们给我送人头是件好事。"格斯尔可汗命人在一口大锅里煮了满满一锅肉，另一口大锅里煮了七颗人头。贡玛汗的两个使臣见后，心惊胆战坐立难安，心想道："这七颗人头不会是煮给我们俩吃的吧。"格斯尔汗把七个秃子的头煮得烂熟，捞出头骨，刻成了头骨碗。然后，格斯尔汗对两个使臣说："你们回去等吧，我随后就到。"于是，两个使臣就回去了。

格斯尔汗将七颗人头骨削成七个人头骨碗，再用酒酿成了阿尔兹，用阿尔兹酿成了浩尔兹，用浩尔兹酿成了希尔兹，用希尔兹酿成了包尔兹，用包尔兹酿成了塔哈巴梯哈巴、玛尔巴、米尔巴等七种浩尔兹，用纱布过滤后盛到头骨碗里，再用风轮将七种酒送上天宫。奉献给他们可敬的娜布莎胡日扎圣母。七碗浩尔兹送到了天上的娜布莎胡日扎祖母面前。

那圣母喝了格斯尔可汗献上的美酒，喝得醉醺醺后，指着凡界，对格斯尔说道："我亲爱的尼速咳，你想回到天宫了吗？"说着就从天上俯瞰凡间土地。格斯尔可汗应声道："圣母，孙儿要见您。请为我放下天梯。"

"真是格斯尔！"说着圣母便放下了用绳子结成的梯子。

"圣母！您为我放下不结实的绳梯是想让您唯一的孙子从天上摔下来结束生命吗？请为给我放下铁制的天梯吧。"于是，圣母依言便给为格斯尔放下了铁制的天梯。

格斯尔顺铁梯爬上，参见圣母后，格斯尔可汗说道："您疼爱的孙媳——我的妻子茹格牡高娃说，在一座洁白的圣山上羊羔咩咩地叫唤，金磨盘、一头铁青色犀牛、一根金筷子、一只铜嘴狗、一只金色母鹿、虱子的筋一把、蚂蚁的鼻血一角砚、黄金套索、白银套索、黑羽雄鸟的鼻血一角砚、黑羽雌鸟的乳汁一角砚、黑羽雏鸟的眼泪一角砚、大海里磨盘般大小的猫眼石一颗，听说这些财宝皆藏在我父亲僧格斯鲁可汗的宝库里，我不信，于是来了天宫。"

"我亲爱的孩儿呀，就他那样一个凡夫俗子，哪里会有那么多财宝呢？那些宝物统统在我这里！"

"圣母啊，那么那些财宝都放在哪里？拿出来让我瞧瞧吧！"

"我的孩子，我有多少财宝，都不会对你吝惜的，那不是！都在那个带锁的箱子里。"并递过了一把钥匙让他自己取出来看。

格斯尔接过圣母递来的钥匙，把箱子打开，且趁祖母转身时，把所有的宝物都揣入怀中，锁住箱子转过身来，向圣母告别道："圣母，孙儿见过您慈悲圣荣已心满意足，现在该回凡间去了。"回过头来对圣母说着就顺着铁梯下去。这时祖母急忙过来叫道："哎呀，角如！你何必这么匆忙回去呢？来一趟不易，既然来了，为什么不用些茶饭再走呢？"

"圣母啊，拜见过您就足够了，茶饭就不必了。"格斯尔可汗说着就顺着铁梯下到人间世界去了。

在那个时候，送客人时有从背后扬土灰来送行的习俗。圣母边扬撒着灰边说着："我的孩子，平安回去。"据说，格斯尔祖母撒出那些土灰成为了天上漂浮的云彩。

格斯尔可汗回到凡界后，从衣襟里掏出那些偷来的财宝，仔细盘数这些宝藏，其他奇珍异宝都在，只少了四样宝物：黑斑羽雄鸟的鼻血、黑斑羽雌鸟的乳汁、黑斑羽雏鸟的眼泪和大海里的猫眼石。"匆匆忙忙，误事非浅，从圣母的宝贝中少拿了这四样。现在到哪去找呢？"沉思了一阵儿，在当天晚上就给黑斑羽雄鸟托了个梦。

天亮时，黑斑羽雄鸟醒来，对黑斑羽雌鸟道："夜里我做了梦，有生以来从未做过这样的好梦。梦见有一头八年未生犊的花母牛死在乃仁扎河岸，叫我飞过去独自美美地享用它的肉。"黑斑羽雌鸟道："天空中的飞禽不该吃陆地上的死尸，奔跑在陆地上的野兽也不可能飞上青天觅食。听人们说，十方圣主格斯尔在人间降生，是披了人皮的神灵的化身，神通广大变幻莫测。依我看是格斯尔想吃你的肉，把你的血当作甘甜的圣泉喝掉。难道你不知神人的计谋多端吗？你应防其圈套，快去快回。"

"我到乃仁扎河上空观察，若没有人，我就下去吃肉；若发现有人，我就飞回来。不论这梦是真是假，我得去看看。"妻子没能劝住他，只得看着丈夫飞去。

十方圣主格斯尔可汗在乃仁扎河的源头，宰了一头八年未生过犊的花乳牛，解完牛，把肉放在河岸上。在死牛的胸脯上布下九股铁套索，旁边又挖了个洞，自己钻进里面抓住铁索的绳头，静静地躺在里面等候。黑斑羽雄鸟飞来，在乃兰河上空盘旋俯瞰。果真见了一头花乳牛的死尸，周围不见人影，便飞下来吃了牛的大腿。等它钻进花乳牛的胸脯里啄食时，格斯尔可汗一拉那铁绳头，就套住了那只雄鸟儿。并打破了它的鼻子，灌了一角砚鼻血。

此时，黑斑羽雌鸟见丈夫去了这半天不会来，心里不安，飞到乃仁扎河上空一看，丈夫已被套住，它流着眼泪对丈夫说道："我曾对你说过，不要这样做，你偏不听劝告，非来送死！"

格斯尔用法力知晓此情，并下旨："黑斑羽雌鸟，我不杀你的丈夫，你若想保住你丈夫的命，就得给我一角砚你的乳汁；还要给我一角砚黑斑羽雏鸟的泪水和一颗大海里磨盘般大小的猫眼石。你把这三件东西通通给我送来，否则你丈夫将性命不保。"格斯尔一边说，一边折磨着黑羽雄鸟，雄鸟却只能扑扇翅膀。

黑斑羽雌鸟央求道："令人敬畏的十方圣主格斯尔可汗啊！我这就去找，请你留我丈夫一条命。"

黑斑羽雌鸟飞回去，没给雏鸟喂奶，挤出了一角砚自己的乳汁；又弄哭雏鸟，接了一角砚它的眼泪；然后飞到大海，钻进水里捞到了一颗磨盘般大小的猫眼石。黑斑羽雌鸟带来了这三样宝物，献给了格斯尔可汗，才赎回了自己的丈夫。

格斯尔可汗备齐了所有的珍宝异物，前往汉地贡玛汗的宫殿。格斯尔径直走入贡玛汗的帐幕一看，见到了正呆坐着抱着已逝夫人的贡玛汗。格斯尔可汗对贡玛汗说道："可汗，你不应如此！死人与活人不能待在一起，若这样是不利于活人的。让你的妻子下葬为安吧；请来喇嘛念经诵佛超度亡灵吧；积德行善对她有好处。可汗你应另纳妻子，使百姓安居乐业，只有这样才能使你举世闻名！"

贡玛汗说："这愚人是谁？别说一年，就是十年，我也要如此抱着她不放手。你也敢命令我这个可汗？"

格斯尔可汗便出去了。到夜深人静时贡玛汗酣睡时，又进到宫里，把贡玛汗怀抱中的妻子尸体，换成了一条死狗，放在原位。贡玛汗醒后看见怀中的死狗，大吃一惊，便说道："昨日那人说的话真灵验，我的爱妻躺在我的怀里，时间一久就变成了死狗一条，这是不祥之兆，快快把它给我扔出去。"于是，可汗命令就将死狗扔出去。正此时有位守灵的门卫进来把狗抬出去扔掉，禀报道："王妃的尸体是被有个叫格斯尔的人拿出去扔掉的，当时我惧怕他的威严所以没吭声。"贡玛汗大发雷霆："原来是这个格斯尔可汗把我的妻子扔掉的？他扔掉就扔掉吧，竟敢还拿寻我开心，把死狗放在我的怀里，实在是罪该万死，我要折磨死他。"于是，恼羞成怒的贡玛汗就把格斯尔可汗投进了毒蛇牢。

格斯尔可汗见那些毒蛇爬来将咬他时，就拿出黑斑羽雌鸟的乳汁洒在每一条蛇的身上。蛇就全部被毒死了。于是，格斯尔可汗找出一条大蛇当枕头，又拿些小蛇做褥子，在毒蛇牢里安然睡去。

次日早晨，十方圣主格斯尔可汗早早起来高声唱道：

"我以为这位可汗把我投进毒蛇牢，让众毒蛇吃掉我。可没想到，反而毒蛇被我毒死了，这下他可享受安乐了。"

守毒蛇牢的人跑到可汗面前，把格斯尔可汗唱的歌词说给可汗听，并禀报道："那个人不但没死反而把那些毒蛇杀净，还躺在那里唱歌呢。"

贡玛汗说："把他投进蚂蚁牢里。"格斯尔一进这蚂蚁牢里就把黑斑羽雄鸟的鼻血滴在蚂蚁上面，蚂蚁全被毒死了。杀死蚂蚁之后，格斯尔可汗唱道：

"我以为贡玛汗把我扔进蚂蚁牢里，想要杀死我。可没料到，这些毒蚂蚁被我杀得净光。这回可汗享乐无穷了吧！"

随后，守蚂蚁牢的人跑到可汗面前，把格斯尔的话唱给可汗听后并说："那个人杀光了我们的蚂蚁，躺在那唱歌呢。"

贡玛汗说："把他扔进虱子牢里。"于是，被投进了虱子牢后的格斯尔取出一点儿虱子筋撒在虱子的上面，弄死了洞里的全部虱子。杀光虱子后格斯尔唱道：

"我以为贡玛汗把我扔进虱子地狱是要杀掉我，可没想到虱子都被我杀光了，这下可汗可心满意足了。"

守虱子牢的卒子又跑到可汗那里禀报道："那人杀光了牢里的虱子，还躺着唱歌呢。"

贡玛汗又下达命令道："把格斯尔扔进毒蜂牢里。"被投进了毒蜂牢里的格斯尔放出虻虫把毒蜂都咬死了，唱道：

"我以为贡玛汗把我扔进毒蜂牢里是想让毒蜂折磨死我，可没想到，却是要让我杀光他的毒蜂，这下可汗可心满意足了。"

守毒蜂牢的人跑到贡玛汗面前，把格斯尔可汗的话唱给可汗听了。于是，贡玛汗又下令将把格斯尔投进猛兽牢里，要让猛兽把他吃掉，格斯尔放出了铜嘴狗，捕杀了所有的猛兽。格斯尔可汗唱道："我以为贡玛汗把我投进猛兽里杀死我。可没想到却是让我杀光牢里的猛兽，这下可汗可心满意足了。"

牢卒又跑到可汗面前说："那个人没死，还杀光了牢里的猛兽在那里唱歌呢。"

贡玛汗又下达命令道，把格斯尔投进暗牢里，想闷死他。但格斯尔汗掏出金索链和银索套来太阳和月亮，照亮了黑暗牢房。

第二天，格斯尔可汗早晨起来唱道："我以为贡玛汗把我投进黑暗地狱是想杀死我，可没想到却是要让格斯尔照亮黑暗地狱。这下可汗心满意足了吧？"

牢卒又跑到可汗面前把格斯尔的话唱给可汗听了一遍，可汗又下令道："把格斯尔扔进大海淹死他。"于是，格斯尔被扔进了大海。格斯尔立刻用猫眼石劈开海水分为两半，海水枯竭了。格斯尔就在猫眼石旁手舞足蹈，并唱起来："我以为贡玛汗把我扔进大海是要淹死我。可没料到，却是要让格斯尔使大海干涸，使百姓遭遇旱灾。这下可汗可心满意足了吧！"

把格斯尔抛入大海的人跑到可汗面前说道："那个人没有死，大海却干枯了，他还在那里唱着歌呢。"

可汗又下令道:"让格斯尔骑在铜炉子上,四周点上火,周围架起鼓风箱烧死他。"格斯尔可汗悄悄地用马头般大的无缝炭擦满全身。烈焰熊熊燃烧。但当大火烧到格斯尔身上的时候,格斯尔使出法术喷出水来,扑灭了大火。格斯尔又如法炮制,唱了一首歌谣。鼓风手跑到可汗面前说:"那个人没有死,在唱这样的歌呢。"那些人无计可施。

可汗又下令道:"用利剑、神箭,砍死、射死他。"于是,人们又用利箭射格斯尔、用利剑砍格斯尔。格斯尔用一只金筷子将其打断了。他们使尽了办法杀死格斯尔,图谋未能得逞,就跑到可汗面前说:"这人妖术极高,我们是杀不了他,请可汗自己想办法吧。"

贡玛汗听后,命令道:"那就弄些刀和枪来,让众人把他挂在枪尖上杀死他。"大家把格斯尔汗带去行刑时,格斯尔可汗取出来金磨盘,假装说道:"这回我的死期将临,必死无疑了。"此时,贡玛汗的女儿固娜高娃凭借法术知晓了一切,说道:"哎!这可怜的家伙每次都要这样遭受如此苦难。"

格斯尔在一只鹦鹉的足上系了根一千庹长的丝线,并用手抓住线的一端,派此鹦鹉为使者给家里报信。格斯尔爬上城墙,嘱咐鹦鹉道:"去传信汉地的贡玛汗杀死了十方圣主格斯尔可汗。请带来三位比我更高强的勇士、三位与我能力相当的勇士、三位不及我能力的勇士,且让十三个勇士随后到来,最后让那九个勇士前来,攻破贡玛汗的城堡,用极刑杀死贡玛可汗。在我转眼间,把贡玛汗的城堡踏成灰烬;在我眨眼间,把贡玛汗的城堡烧成黑炭,把贡玛汗举国上下的黎民百姓掳掠到我们的部落去。鹦鹉请你速去!"鹦鹉飞走,格斯尔汗抓住系在其足上丝线的另一头。

贡玛汗和大臣们听到这话,连忙哀求到:"一个格斯尔,我们都没能杀死他;若再来九个勇士,大家都必死无疑。格斯尔可汗,快叫鹦鹉回来吧!您要什么我们都给。"

格斯尔回答道:"鹦鹉已飞远,无法叫回。"

贡玛汗与他的众臣们跪地求饶,说道:"您有何旨意,请讲吧,我们一定照办!"

格斯尔可汗道:"你们答应把公主固娜高娃许配给我,我就试试把鸟儿叫回来。"

贡玛汗回答说:"给您。我就把女儿许配给您吧。"于是,格斯尔可汗用法术召唤鹦鹉说:"鹦鹉啊,回来吧!"并拉一下那千庹长的丝绳,把鹦鹉收回来了。

随后,贡玛汗摆了家宴,盛情款待格斯尔可汗。贡玛汗悄悄地对女儿固娜高娃说:"我答应了把你许配给格斯尔可汗,你若不答应,他将把我们统统杀掉,最后还是要把你抢走的!"

固娜高娃对父亲说："父亲啊，既然威震十方的格斯尔可汗要娶我为妻，并且您已面临被杀之祸，我不会拒绝这个良缘的。"就高兴地答应了。贡玛汗对女儿说："说得有道理。"于是，贡玛汗非常高兴，大摆酒席，把固娜高娃嫁给了十方圣主格斯尔可汗。格斯尔可汗娶了固娜高娃，在汉地不知不觉过了三年。

过了三年之后，格斯尔可汗对固娜高娃说："我在这里过了这么久，你父汗也回心转意，百姓也安居乐业了。现在，我想回去看望家眷和牲畜了，之后再回来和你享受同居之乐。"固娜高娃听了，回答说："十方圣主格斯尔可汗啊，我没有理由留住你不放你回去。且若你不反对，就让我和你一起走。为何还要我留于此地独守空房呢？"

"可以，那我们占卜决定。今晚就去城外住一宿，占卜下再决定。"

格斯尔跨上枣骝神驹，固娜高娃骑上了玉顶青骡。两人到了城外，打赌说："今晚咱俩到城外去住，把你那头玉顶青骡和我的枣骝马驹栓在一起。天亮起来后，它们俩的头要是朝城池睡着，我就依你，不回去了，和你过一辈子；若是我的枣骝神驹头朝家乡睡觉，我就得回去。"二人商量好便住在城堡外了。

到了第二天黎明的时候，十方圣主格斯尔可汗一觉醒来，出去看了看，枣骝神驹和青骡子都头朝城池睡觉呢。格斯尔叫道："我的枣骝神驹啊！你真是的，你快快把头朝我家乡的方向去！"于是，枣骝神驹依他所言立刻把头转过去，朝着家乡的方向站立。

格斯尔回来后叫醒固娜高娃说："天亮了快快起床吧，咱们快出去看看马和骡子的头朝着哪个方向。"

固娜高娃出去一看，知道自己输了，再也无法挽留他，就说道："你赢了，你是对的，我错了，我无理由拦你！要回去你就回去吧。"于是，二人骑上各自的坐骑动身出发了。

格斯尔可汗感觉到固娜高娃依依惜别的情意，不忍心，就把她送到城墙近处，而后一个人驰向故乡。

格斯尔离开汉地走了许久，途中遇到一座风景优美的高山，他回想起自己的作为，到现在为止，他有不少杀生害命的罪孽，感到忏悔，便希望在深山打坐洗净罪孽。正在这时，他的圣慧三姊之一宝阿·东察布·嘎尔布，来到格斯尔的上空劝他道："亲爱的尼素咳！你的上身附有十方佛尊的神通和法力；中身附有四大霍日穆斯塔腾格里的神通和法力；你的下身附有四海龙王的神通和法力。你为正义而战斗。因此你杀的人马都会脱离苦海，灵魂会超度此生，转轮极乐世界。你就是赡部洲的主人格斯尔可汗，除了这以外你还要有什么成其他佛的心思？"格萨尔道："姐姐说的对，我身心俱疲，想休息一阵，也该启程回家了。"说罢动身赶往家中。

格斯尔翻山越岭走了许久。一天黎明之时，赶到了自己的家园。走进洁白的帐幕一看，只见茹格牡高娃一人冷冷清清地蜷缩在貂皮被子里熟睡。格斯尔走到她卧榻前，叹道："我心爱的茹格牡高娃呀！你孤独得如此可怜，与其像蜷缩在草丛里睡懒觉的二岁牛犊，倒不如像一只饥肠辘辘的鹿，黎明即起奔上高山之巅左顾右盼，寻找食物哟。"

茹格牡高娃闻声醒来，赶忙穿衣服，并与格斯尔相见。在茹格牡高娃所住的帐幕里有个汉地仆人叫安冲，一直服侍她。茹格牡高娃急忙叫醒安冲吩咐道："聪明的安冲呀，我那亲爱的圣主格斯尔汗回来了。你去快快烧茶拿过来。烧茶时炉灶内层烧上金色的牛粪，外层烧上银色的牛粪。水就像奶茶的母亲，要多倒一些；茶叶就像奶茶的父亲，少放一些香气才足；奶子就像奶茶的娘舅，得多掺一些才能使它的颜色洁白；盐就像奶茶的外甥，略少加一些味道才鲜；黄油就像奶茶的臣佐，可少放些。要把奶茶烧得像滚滚不停的海浪；手持铜勺扬奶茶时要如众僧诵经那般喋喋不休；你要把奶茶煮得使喝起来的人感到犹如黄雀归来那样畅快爽口。"

安冲听后，对茹格牡高娃道："夫人呀！我听不明白你这般旨意是什么意思，况且你凭什么这样命令我？看起来你长得像一个金柜，里面却像装满了筋头烂皮一样；虽说我的外表像个驽马的皮囊，但里面却像装有锦绣绸缎美丽聪慧。只拿一锅奶茶来迎接圣主成何体统？我认为，要派人请来他那住在狮子河上源的伯父阿尔斯楞诺彦；请来他那住在象河上源的叔父扎干诺彦；召请他的哥哥扎萨希格尔；还有他的三十勇士和三百名先锋、三大部落的百姓才行。让他们带上丰盛的酒宴来参见圣主格斯尔可汗。我的这些话也许粗鲁冒犯了。"

"聪明的安冲啊，言之有理！那赶紧飞马传书，告知他们过来参见圣主。"众人接到命令，备好酒宴，纷纷赶来参见格斯尔可汗。大家吃呀、喝呀、唱呀，满心欢喜，喜宴结束，夜幕降临时，众百姓欢欢喜喜地回去安居乐业。

格斯尔治理贡玛汗的汉地之第三章结束。

第四章

黄金塔旁安居乐业

　　十方圣主格斯尔可汗不想让鄂托克人知道阿尔鲁高娃夫人的居住地，所以让她隐秘地居住在离部落一个月行程的位置。人们都不知道阿尔鲁高娃夫人住在那里，超通诺彦却找到她的居住地。然后，他就去找阿尔鲁高娃夫人。超通诺彦带上跟蚂蚁形状一样的箭袋，骑在虎斑黄马上，去见图门吉日嘎楞（指阿尔鲁高娃）夫人了。

　　超通诺彦见到图门吉日嘎楞后便怜惜地说道："唉，我可怜的侄媳妇儿啊！十方圣主格斯尔可汗真不地道，见你如登天一样难。他治理汉地贡玛汗的朝政，还迎娶了固娜高娃公主过了三年。现在又回到茹格牡高娃身边，跟她一起逍遥呢。他是铁定忘记你啦。像你这样回眸一笑，就会让你身后的万人都因你的笑容而满心欢喜，与你这样面面相对，就会让人动容。貌美如花的宝贝却被冷落，一个人住着真是不应该。与其如此难受地等他，不如我娶你吧！"

　　图门吉日嘎楞听后理直气壮地对超通诺彦说："哎呀，超通老爷！说什么胡话呢？即便一万个超通诺彦来取悦我，也不如我的格斯尔陪我一夜来得开心啊！让头上的长生天以及脚下的大地为证，如果有生灵听到了你的这句话，就让它们听不见也看不到，你就别胡说啦，喝完茶吃完饭就回家吧！"

　　超通诺彦过了七八天，又来找图门吉日嘎楞。他对图门吉日嘎楞说："哎呀，可怜的你夜夜虚度，太可惜了。让我来娶你吧！"图门吉日嘎楞对超通诺彦说："哎呀，超通老爷！我上次跟你说的你没明白吧，我说的是人话吧？长生天的儿子十方圣主格斯尔可汗不要我了还是把我推给你啦？十方圣主格斯尔可汗、高洁的兜率天的儿子是抛弃了我丢给了他叔叔吗？你以为我看不起你才拒绝你的吗？你以为我是一个放荡的女人吗？既然你不在乎自己的名声，我一个女人还跟你谈什么名分？"图门吉日嘎楞让院内的男童找来棍棒，把超通诺彦棒打了一通，夺了他的坐骑把他撵走了。

因为超通诺彦被夺了马,所以本来要走一个月的路,他足足走了两个月才回到家。超通诺彦回到家以后通过饮食调理和皮肤调理才慢慢地恢复了元气。

超通诺彦在家休息七八天后生气地自言自语:"如果不把你图门吉日嘎楞和格斯尔拆散,就算我超通没能耐!"有一天超通带着口粮,怀着一定要拆散格斯尔与阿尔鲁高娃的狠心,去"咒人禅洞"。是福是祸,托梦来告知我呀。超通到了"咒人禅洞",住了三个多月。但超通诺彦的梦里什么也没有出现。超通诺彦心想:难道"咒人禅洞"失灵了?难道我超通就这样眼睁睁地等死?接着,超通诺彦连续九天不吃不喝地在"咒人禅洞"里躺了九天。就在第十天的夜里,"咒人禅洞"终于给他托了个梦,对他说道:"你去买通图门吉日嘎楞的一个牧人,同时找三个大皮桶来,一个装满血,一个装满酒,一个装满酸奶,三个都不要封口,然后把它们系在图门吉日嘎楞的裙带上。等夜晚熄灯睡觉后,你在帐幕外喊:'夫人,奶牛的奶都被牛犊吃了!'夫人会问:'有几头牛犊吃奶了?'你就说:'有一百头!'她说:'没关系!'就会接着睡去。等她睡后,你再喊:'夫人!奶牛和牛犊又合群了。'夫人会问:'有几头牛犊吃奶了?你回答说:'有一千头牛犊把母牛的奶都吃完了。'她说:'没关系。'就会接着睡去。等她睡了,你再叫:'夫人,奶牛和牛犊又合群了。'夫人会问:'有几头牛犊吃奶了?你就说:'奶牛牛犊全部在一起了!'她听了就会说:'这下不好了!牛犊把奶全吃完了,没有了牛奶,就做不了奶食给父母吃了。'她一起来,就会把系在她裙带上的三个大皮桶给拽倒洒掉,自己也会被摔倒,这样就可以让图门吉日嘎楞和格斯尔永远分离了。"超通诺彦听了兴高采烈地跑回家去准备实施了。

牧马人正把马群赶进一个盆地里,盆地被马群填满了,就意味着马匹全部都在;如果填不满盆地,就意味着有马匹数量不够,需要去把走失的马匹找回来。超通诺彦偷偷摸摸地来到牧马人身边问:"马群都在吗?变得肥了还是瘦了?"牧马人没给超通好脸色,说道:"多了又不分给你,少了又不说我,瘦了叫你来打我们吗?肥了要赏赐我们吗?"超通诺彦听了之后生气地说道:"滚得远远的!怎敢对我如此出言不逊!"说完就用鞭子抽打牧马人的头。此时,远方的牧马人们看见了超通,就互相传信:"超通老爷来偷马匹了,我们赶紧赶过去。"牧马人们从四面赶来围住超通,用套马杆狠狠地抽打了他一顿,吓得超通诺彦狼狈地逃回家了。

超通诺彦不服气,又去图门吉日嘎楞的牧驼人那里,照旧重复了一遍对牧马人说过的话。放骆驼的人很是生气，叫来他的同伴一起捉住了超通诺彦又把他痛打了一顿赶回家去了。

超通诺彦又逃跑了，他又到放牛人那里去，但是又受了一顿抢白闹到自讨苦吃。

超通诺彦又去找了图门吉日嘎楞的牧羊人，跟前两次说了同样的话，结果还是一样，超通以身体受伤为由，从羊群里偷了一只大肥羊，拿到山上去，宰了吃掉。

超通诺彦好不容易恢复了身体。傍晚时分，他来到替图门吉日嘎楞放牧牛犊的仆人家里。见到放牛犊的人后，超通诺彦找话题问道："在牧人当中谁最幸福？谁最辛苦？"放牛犊的牧人回道："我们哪里有什么幸福可言，下雨不能避雨；艳阳高照不能避暑，我们还得不顾浑身的泥水跟在牛犊屁股后面赶牛。那些牧马人是最幸福的，骑着好马，喝着好酒，想干嘛就干嘛。放牧其他四种牲畜的牧人也差不多。说到辛苦，就数我们了。"超通诺彦顺着他说道："如果我能让你过得舒服，你准备怎么感激我？"放牛犊的牧人说："只要是力所能及的事，我们一定全力办到。"超通诺彦神神秘秘地说道："你要是有这份心，我一定让你过上好生活。"于是，放牛犊的牧人高兴地宰了一头牛犊款待了超通诺彦。超通诺彦对放牛犊的牧人说："你准备三个大皮桶，一个装满血，一个装满酸奶，一个装满酒。"具体的事情说完之后，超通诺彦就回家去了。

放牛犊的牧人按照超通诺彦的阴谋要求在三个大皮桶里装好血、酒和酸奶后偷偷地进入图门吉日嘎楞的毡帐，把以上三样东西系在了她的裙带上。灯火熄灭睡觉后，牧人从外面喊："夫人，夫人！牛犊和母牛合群了！"图门吉日嘎楞问："有多少头牛犊和奶牛合群了？""有一百头！""没关系。"夫人就接着睡了。就这样连续叫了几次之后，当图门吉日嘎楞听到牛犊和全部奶牛都合群了，就开始着急了，边说"奶牛的奶都被牛犊吃完了，用什么做奶食"，边跳起来往外走。不料，图门吉日嘎楞把系在裙带上的三个大皮桶拽倒在地，随之那三个坛子里的东西全部撒出来。

血、酒和酸奶三种液体混合后就变成了有魔法的毒液。气味随风飘到了有十二颗头颅的魔鬼那里。让魔鬼头痛得无可忍受。魔鬼用红线来占卜让他头痛的原因，结果显示：十方圣主格斯尔可汗在一处隐蔽的地方藏着一位美丽的夫人。咒人禅洞教这个夫人在三个大皮桶里灌满了诅咒的东西，把它们混合成毒液熏到了魔鬼。占卜知道了缘由，魔鬼自言自语道："你以为就你会用这种害人的法术吗？"魔鬼就以眼还眼以牙还牙，如法炮制，也把血、酒和酸奶分别灌在三个大皮桶里，对着格斯尔可汗居住的方向念了诅咒，并把毒液倒在了地上。

格斯尔可汗病倒了，恐怖的疾病很快就蔓延了整个部落。茹格牡高娃和超通诺彦去找格斯尔的毛阿固和唐波占卜师。

"请两位占卜师占卜一下格斯尔可汗和整个部落病倒的原因。"占卜师占卜之后，告诉他们说："是这样的，格斯尔可汗在另一个地方藏着一位美丽的夫人。格斯尔的黑心亲戚对其夫人图谋不轨，为了报复他去诅咒的黑洞里学了邪门歪道去诅咒图门吉日嘎楞夫人，用不干净的毒液熏到了十二头魔鬼。被熏的魔鬼占卜得知真相后，用同样的手段来报复格斯尔可汗。"茹格牡高娃和超通诺彦问占卜师有没有解决的办法。

占卜师们答道："从占卜的结果来看，唯有把夫人赶走方能解决此事，这真是罪过啊！"

茹格牡高娃和超通诺彦到了住处后，马上派人赶到图门吉日嘎楞住处，向她传令："格斯尔可汗和全部的百姓都染上了疾病，占卜结果显示都是因为你。只有你离开这里，格斯尔的病才会马上好起来；如果你不走，格斯尔的病就不会好起来。"图门吉日嘎楞对使者说："你的话我明白了，赶我走是格斯尔的意思吗？这恶毒的主意肯定是茹格牡高娃和超通二人的主意。"使者回答说："是格斯尔可汗要赶你走。"回道："这般恶毒的主意肯定是超通出的。我的格斯尔不会赶我走的，定是茹格牡高娃和超通合谋赶我走。既然这样，我会走的！今天所发生的一切都不算啥，愿我的格斯尔早日康复！如果有缘，我和格斯尔最后一定会在一起的。使者你回去吧，我自己会走。"

图门吉日嘎楞把自己的下人和附近的穷苦百姓都叫到一起，对大家说："我要走了，在我走之后你们还是与往常一样好好饲养牲畜料理家园，精心经营好五种牲畜和家业。我的格斯尔病倒了，超通设下圈套赶我走。你们要守护好这里。"图门吉日嘎楞把多年经营累积的财产分给了大家后就依依不舍地离开了。

驻地的穷苦百姓们都不愿意让图门吉日嘎楞离开，就一直跟在她后面，伤心欲绝地求图门吉日嘎楞："哎呀，我们尊贵的夫人呀！你怎么舍得离开大家独自离开呢？我们愿与你有福共享，有难同当，就是为你而死，我们也是心甘情愿啊！"

图门吉日嘎楞对大家说："他们针对的人是我，如果你们跟着我走，反而对格斯尔可汗不利，你们快回去吧！"图门吉日嘎楞把准备在路上用的钱也给了他们，头也不回地走了。大家没有办法只好回家去了。

图门吉日嘎楞途中路过一个白色的国度。那里的所有生灵都浑身洁白，整个国度都是白色的。有一位白兔使者前来迎她，举国上下大摆宴席款待她，给她穿了一身白色，又赠给她一匹白马，然后送走了她；图门吉日嘎楞接着走到了一个花白色的地方，有一位喜鹊使者上前来迎接她，并举办了宴会盛情招待一番后送走了她；图门吉日嘎楞来到一个黄色的地方，一位狐狸使者到前迎接她，并为她举办一场盛宴，盛情款待一番后将她送走了；她来到一个蓝色的国度，一位狼使者前来迎接她，并为她举办一场盛宴，盛情款待一番后将她送走了。

有一天，她到了一个黑色的地方。在黑色的沙漠中，没走多远，忽然从一匹骟马才能跑完的距离之外刮来一阵热风。"哎呦，这是怎么回事啊？"她心里感到特别害怕；又从四岁马才能跑完的路程之外刮来一阵冷风，吹得图门吉日嘎楞差点飞到天上去。图门吉日嘎楞哭喊道："我的圣主格斯尔可汗，保佑我，快来救我啊！"此时从两岁马比赛的路程之远，上唇顶到天、下唇触到地的蟒古思等着她的到来。

图门吉日嘎楞见到恐怖的魔鬼，虽然很恐惧但还是故作镇定，跪在魔鬼面前说："难道您是天上的霍日穆斯塔腾格里安排来救助我的可汗？在昨天休息的时候做了一个梦，不知道梦是真是假？四周骤然一片漆黑，好像有谁把我带到天堂了。难道您是霍日穆斯塔腾格里吗？怎么才能认出呀？今天早晨，当我来到海边，走不动了，便在海边休息，梦见突然有谁从大海里冒出来，像一条巨大的鱼张口吞下了我。我想您不是巨大的鱼，而是龙王。但是我怎样才能确定您是龙王呢？"边说边不停地磕头。接着又说："我离开了十方圣主格斯尔可汗，来投奔十二头魔鬼。莫非您就是魔鬼可汗？我愿意做您的挤牛奶的女仆，愿意做您的倒灰的丫鬟。"魔鬼哈哈大笑道："走走，我的心肝不要怕！我不会吃你的。这就是缘分，格斯尔可汗有一位绝美的夫人，我听闻已久，只不过因为十方圣主格斯尔可汗不可冒犯才一直等到今天。你可能会成为挤牛奶的女仆，也可能成为我心爱的妻子。"说完蟒古思一把拎起图门吉日嘎楞把她带回家去了。魔鬼回去后吃掉了他原先的三位美貌夫人。最后魔鬼让图门吉日嘎楞做了自己的夫人。从此，十方圣主格斯尔可汗疾病痊愈，部落的百姓也过起了安居乐业的日子。

十方圣主格斯尔可汗对茹格牡高娃说："我在汉地治理贡玛的朝政已有三年了，来你这里生病，这场病也拖了很久。现在我要去找图门吉日嘎楞，令人去牵来我的枣骝马。"

当枣骝马备好，格斯尔准备出发时，茹格牡高娃禀报道："十方圣主格斯尔呀，听说图门吉日嘎楞背叛了你，你还去那里做什么呀？"格斯尔惊讶地问道："什么？她那儿会有什么变故,无论如何我一定要去。"

十方圣主格斯尔可汗问道:"你怎么知道她背叛了我?我得去亲眼看一看。"茹格牡派人去把超通叫过来,两人商议后,超通出面对格斯尔说:"哎呀,圣主啊!我们实话告诉你吧,在你生病之时她就变了心,跑到十二头魔鬼那儿投入他的怀抱啦。人马要休息好,不要再去找她啦。"

格斯尔回复道:"如果是夫人的过错,我就把她杀了;如果是魔鬼在从中作梗,我就把魔鬼杀了夺回我心爱的女人。我一定要去。"就这样,格斯尔往魔鬼所在的方向出发了。

超通诺彦不怀好意地对格斯尔反复说道:"主宰十方的圣主格斯尔可汗!我从小就折妖降魔,很熟悉妖魔的情形。让我去把夫人夺回来吧!"格斯尔劝阻超通说:"叔叔,谢谢你的好意,那魔鬼很厉害的,还是我自己去夺回来吧。"超通诺彦翻了一下白眼说:"那东西没有传说中的可怕,还是我去吧。"格斯乐拗不过超通,于是对他说:"那叔叔你就快去快回!"格斯尔大办酒席款待超通老爷登程,并把自己部落的一半财产赏给了他。

超通对格斯尔说:"我回家去取弓箭,然后就出发去战魔鬼。"然后就回家去了。没过两天,超通诺彦在自己的部落中假称自己生了病。不到两天超通诺彦生病的消息就在整个部落传开。

十方圣主格斯尔可汗骑上了枣骝神驹,戴上了闪闪发光的头盔,穿上重如千斤的黑色铠甲,带上所有武器,去讨伐魔王,寻找图门吉日嘎楞夫人。

出发前一天晚上,格斯尔听说超通诺彦已经死了,于是说:"与无情抛弃他的女人相比血亲更重要。家里的叔叔死了,我要去送送他,把他的灵魂超度到天上。"便去了超通诺彦的家。

格斯尔到了超通诺彦家一看,超通诺彦躺在床上:瞪一只眼,闭一只眼,摊开左手,紧握右手,伸直左腿,蜷曲右腿,摆明了是一副装死的样子。

格斯尔见了故意说道:"哎呀,我的好叔叔死得好惨啊。不过,死去的是我的亲叔叔啊,而不是我们家的长子阿拉坦兄弟。听说,如果死人瞪一只眼,闭一只眼,那是不祥之兆。"格斯尔边说边从地上抓起一把土,就朝他瞪着的一只眼扬去,准备洒在超通诺彦睁开的一只眼睛里。超通急忙闭上那只眼睛装死。格斯尔又说:"听说,如果死人一只手紧握拳头另一只手展开,是向他的子孙两代乞讨东西,那更不吉利。"说着,去合拢他的手。超通诺彦赶紧握紧了那只手。格斯尔又说:"听说,死人如果弯曲着一条腿,伸直一条腿,对后代人也是不幸的。"说完，去搬直他的腿。超通诺彦赶忙自己伸展了那条腿。

格斯尔接着说："叔父啊，我要找一棵大树把你吊起来，收集柴火点燃，用大火来把你的灵魂送到天宫后，再去找图门吉日嘎楞！"谁敢违背可汗的命令？于是大家把超通吊在一棵大树上，拾来一些干柴堆在树下点火。火焰升起来，超通一看情况不妙，急忙挣脱绳子跳了下来准备溜走。格斯尔急忙往前上去就叫道："听老人们说，死人被火烧，筋肉一收缩尸体就站起来。"说完格斯尔拿起一根燃烧着的木棍，还是往火堆里推。超通诺彦这才边哭便大叫起来："好烫呀，好烫！你叔父没有死，我的侄儿！"格斯尔不慌不忙地拖着超通诺彦在火堆里转了一圈，才把他拖出来。超通诺彦的须发烧掉了，手脚都烫焦了，看了真是让人哭笑不得。

格斯尔问超通诺彦："叔叔，你为什么要自讨苦吃呢？"

超通不好意思地说："哎呀，我的侄儿！据说十二头魔鬼天下无敌。怕你去了以后会小命不保，才想出这个招来阻止你。"格斯尔嘴角微微露出一道不屑的弧度说："叔叔，你这办法可真妙啊。"说完就回家去了。

格斯尔准备出发时来了几个喇嘛和师傅，劝说格斯尔不要出征。格斯尔对他们说："常言道：上等喇嘛来家，能超度亡灵；中等的喇嘛来了，能诵佛经；下等喇嘛来家，只会惦记着门外的牲畜和家里的金银财宝。这就像两个瞎子走路，谁也帮不上谁的忙；如同被拴住的两岁牛犊绕着桩子围着打转，越转缠得越紧，叫人什么也不去干。劝诸位还是回去安心念你们的经吧！"

官吏和讼师来阻拦格斯尔。格斯尔对他们说："你们治理好朝政，执行好法律，不要营私舞弊，让百姓过好日子。"

三十位勇士和三百名勇士也来阻拦，格斯尔说："在我出征之后，如果有敌人来侵犯我们的国土，你们要担负起保家卫国的职责，备好你们的盔甲，时刻警惕。不可懈怠。"格斯尔交代完之后，让他们回去了。

见所有人的劝阻都无济于事，茹格牡高娃夫人亲自前来劝阻道："在我降生的时候，东方有瑞兽舞蹈，西方也有奇兽戏耍。空中虽然没有太阳，却格外明亮；天上虽然没有云朵，却下着绵绵细雨；鹦鹉盘旋在诺彦·图拉嘎上方婉转地鸣唱；布谷鸟飞来在哈屯·图拉嘎的上方动听地歌唱。从乌梁海[1]来的可爱的鸟儿盘旋在神地图拉嘎上方愉快地鸣叫。

---

[1] 乌梁海：旧时蒙古族部落之一。

雪山是外赡部洲中心，白狮是内心世界的珍宝，它的青铜鬃毛装饰了这个世界。这三者自古以来是吉祥的化身。如今，请它们赐予格斯尔和我福寿的吉兆。黑山是外赡部洲中心，黑野牛是内心世界的珍宝，它的角和尾巴点缀了这个世界；这三者自古以来是祥瑞的代表。如今，请它们赐予格斯尔和我美满的缘分。我是如此完美地具备九种仙女瑞兆的茹格牡高娃。我现在劝你不要出征十二头魔鬼。"

格斯尔却对茹格慕说："如果你能让旱地汲出清凉的泉水，让苦干的树枝结出鲜果，就能证明你是九仙女的化身，我就不走了。"茹格牡高娃真的做到了。让旱地汲出了清凉的泉水，让苦干的树枝结出了鲜果，世界显现出一片生机。十方圣主格斯尔可汗就这样被茹格牡高娃劝诫又耽误了三年。

三年后，格斯尔执意要出征。他穿戴好镶嵌着各种宝物的盗甲，骑上了枣骝神驹。茹格牡高娃对枣骝神驹说："如果枣骝神驹你不能帮助格斯尔打败魔鬼，等你回来后，我就把你的鬃毛和尾巴剪下来做成扫帚。如果因为自身的原因，格斯尔你不好好施展枣骝神驹的本领，回来以后就割掉你的拇指！"茹格牡高娃说完，将途中吃的圣洁物装入格斯尔的行囊里，把枣骝马吃的糖果盒葡萄挂在它脖子上。

格斯尔出发了，但枣骝神驹见格斯尔忍不住地回头望故地，就很神奇地用人语对格斯尔说："你还在留恋什么？连一个女人都能说出这种坚定的话呢。"于是，格斯尔就一往直前，不再回首。

格斯尔骑着枣骝神驹翻越了一座又一座的山峰。枣骝神驹腾空一跃便能从山的这头跳到那头，格斯尔在马背上向自己的三位神慧姊祷告："宝阿·冬琼·嘎尔布、阿日亚·阿瓦洛迦·沃德嘎利、嘉措·达拉·敖德，我的三位神姊呀！请告诉你们的尼素咳走哪个方向才能找到魔鬼？"三位神姊的本尊化身成蓝色的小鸟从天上飞下来叫道："尼素咳！跟我来！"就带着格斯尔奔向了东方。

途中，本尊化身的蓝色小鸟对格斯尔说："亲爱的尼素咳！离这里不远的地方，你会遇到十二头魔鬼化身的非常凶猛的野牛。这头野牛一只角顶天，一只角插地，它吃草的时候舌头一卷，就能把一片草原的草全部吃光；它喝水的时候只要嘴唇一动，就能把一座山里流出来的泉水全部吸干。是个很难对付的恶敌，你要多加小心才是。"

格斯尔说："记住了姐姐们说的话！"就驱马冲着野牛奔过去了。野牛一跳能跳出十里远，而枣骝神驹一跳只能跳出七里远。格斯尔去追赶野牛，隔着三座山，用三十支绿松石箭杆的白翎箭射野牛。格斯尔很遗憾没有射中野牛，按路去找自己的箭却没有找到。原来是三位神姊帮格斯尔捡走了箭。格斯尔放声痛哭道："这头野牛怎么对付才好啊，姐姐们！我的枣骝神驹和野牛的弹跳相差几里远，我追野牛始终追不上，方才隔着三座山射了野牛，射完了三十支绿松石箭杆的白翎箭也未能射中野牛，反而箭都不见了。"智慧的三位神姊的本尊蓝色小鸟飞过来对格斯尔说："哎呀，尼素咳！为什么哭鼻子，你是女人吗？你还是不是男人啊，男儿有泪不轻弹的。三十支绿松石宝扣白翎箭我给你捡回来了。也给你准备好了圣洁的食品和喂你枣骝神驹的谷物。你带上这些启程吧！"小鸟便把格斯尔带到放有食物的地方。格斯尔就把三十支绿松石箭杆的白翎箭重新插入箭筒里，吃了圣品，用谷物喂好枣骝神驹，继续追那野牛。

格斯尔追了一整天，天色已晚，就在外面找了个临时休息的地方，拴住枣骝神驹，自己用前衣襟盖住头，面朝东北躺下睡着了。半夜，那头野牛追随过来，伸出舌头扑过来，把枣骝神驹的长鬃和尾巴舔得一根都不剩。再扑过来一舔，把三十支绿松石宝扣白翎箭的箭翎舔了个精光，一片羽毛都没有留下。枣骝神驹警告它说："你要这么逍遥，我要叫醒十方圣主格斯尔可汗！"野牛说："如果你叫醒你的主人，明天我叫你们追不成。"说罢，便在格斯尔的脸上拉了堆积如山的屎跑掉了。

次日早晨，格斯尔可汗醒来一看大吃一惊。用力掀开脸上大山般的野牛屎，野牛屎立刻布满了整个大川。格斯尔又一瞧，枣骝神驹鬃毛也被舔光，成了癞疮两岁枣骝驹，三十支绿松石宝扣白翎箭翎毛也不见了，都成了秃尾箭。格斯尔抱怨自己的保护神，伤心着又向他们祷告："连平凡的人都有他的保护神庇佑，我那智慧的三位神姊啊，你们怎么不保护我呀？半夜里野牛来偷袭了我们，它把我的枣骝神驹枣鬃毛舔光，成了光秃长满烂疮的两岁马；三十支绿松石宝扣白翎箭翎毛也不见了，都成了秃尾箭。我该怎么办为好？"

智慧三位神姊的本尊蓝色小鸟飞到格斯尔身边，对他说："哎呀，我的弟弟！你真没出息，老这样就不如回家去了！女人爱嫉妒，男人好争胜，悬崖不塌便不能成为崇山峻岭，如果男人不受挫折，怎能成为战无不胜的大英雄？我已经准备了一小袋谷物，喂枣骝神驹吃了会长出鬃和尾巴。给你备好了圣洁食品。你那三十支绿松石宝扣的白翎箭也修好了。怎么样？你看一看。"说罢，仙姊飞走了。格斯尔一看箭比原来还强多了，把三十支箭插入箭筒里。他吃过食物充满了元气，从早晨到中午连续喂了三次之后，枣骝神驹的马鬃和尾巴全长出来了，于是格斯尔又出发了。

第四章　黄金塔旁安居乐业

　　格斯尔沿着野牛的行迹一路追赶，他对枣骝神驹说："哎呀，我的枣骝神驹呀！你要是追不上野牛，我就割掉你的四只蹄子，自己背着马鞍回家！"枣骝神驹回他主人道："哎，我的主人十方圣主格斯尔可汗你说得对，当我跑到野牛前面时，你要射中它前额上的白斑，并且让你的箭从野牛的右腮颊穿过去。如果你做不到，让野牛跑了，我就把你踢飞到天上，去见你的三位神姊去。"格斯尔听了，便举起神鞭，朝它的左大腿猛抽了三下。枣骝神驹挨了鞭子生了气，四蹄子架起神轮旋风，拖着主人立刻腾空而起，在空中拼命奔飞。格斯尔拉缰绳也驾驭不住，慌忙喊道："唉哟，我的枣骝神驹呀！你又不是那天空中追捕灰鹤的凶猛海青鹰，为什么不在大地上好好地追赶野牛呢？"于是，枣骝神驹从天上降下来，四蹄落地，地动山摇，踩踏过的地方，山石横飞，地陷三尺。格斯尔对枣骝神驹说道："唉，我的枣骝神驹！难道你是个掏洞的土拨鼠吗，为何把地皮都踏破了？咱们快去追捕野牛，让我射死它。"

　　枣骝神驹这才出了气，慢慢地开心起来，在黄金世界上飞奔。格斯尔加鞭疾驰，很快就追上了野牛并跑到了野牛前面。他拉满弓转身一射，射中了野牛额头上的白斑，由它右腮穿过。格斯尔见野牛倒下，便勒住马从马背上跳下来，跑过去割下野牛的三节尾巴，含进嘴里。这时圣慧三神姊从天而降，对格斯尔说道："哎呀，我们的尼素咳弟弟！追赶野牛的时候，你真不愧万夫莫敌，骑射野牛的时候，你真不愧百步穿杨。但是你把枣骝神驹抛在远处不顾独自跑过来；看你的模样很笨拙，当你把野牛尾割下几节，放到嘴里的时候又像匹饿狼一般凶猛，像个饿死鬼。你应该先祭祀天上的诸神、圣慧三神姊、天地十方神灵后，然后自己享受才对。"格斯尔听了三位神姊的话，连连说："你们说得对，我宁肯饿坏也不能冒犯你们。"说罢，他把牛肉制成圣洁的供品，按照次序祭祀天上诸神和地上十方神灵。自己也吃了一顿久违的大餐。

　　格斯尔启程的时候，三位神姊贴心地叮嘱："唉，我的尼素咳弟弟啊！你离开这里，往前走不久就是魔王的领土，那里混沌不堪、肮脏破烂，我们不能跟你去了。从现在开始就只能孤军奋战了。再往前走一会儿，就有一条妖魔变成的大河挡住你的去路。那里急流奔腾，乱石滚滚，有很多人马，它们相互碰撞互相厮打，嘶叫声震耳欲聋。你到了河边，嘴里念说一声：'恩赐我！'而后用你神鞭朝河里指点三下，便可以顺利度过那条妖河。再往前走，又有妖魔变成的两座山峰，人马到了两山之间立刻被挤死。好弟弟！再往前走遇到什么困难，也要见机行事。"叮嘱完便回了天宫。

格斯尔记住圣慧三神姊的嘱咐，送走了她们，继续朝前走。不一会儿，果真有一条河横在前面，他按着圣慧三神姊的话，心想："姐姐说的没错啊！"嘴里念着咒语"咕噜•咕噜•素格！"拿鞭子指点三下后就安全地过了河。

往前走不远，见到了两座山峰。他心想："这就是圣慧三神姊说的由妖魔变成的两座山了。"心生一计，便把枣骝马驹变为一匹两岁的癞疮马驹，自己摇身变成一个瘦子，赶到两座山跟前便赞美道："瞧这山峰多么美丽壮观呀！它们这一胀一缩这么快，是由于见到了从吐伯特骑着一匹两岁的癞疮马驹远道而来的我太瘦而这么迅速呢？还是原来就有这样的习惯呢？我们家乡也有这么两座山峰，它们从一天或半天的里程突然一靠拢，就能夹死许多人，哎呦！吓死我了，还是回去为好。"听了格斯尔的话，两座魔山相互说道："他说的有理。"格斯尔趁它们向后退远，在枣骝神驹的腿上抽了一鞭子就飞快地从两座山中间飞奔过去了。愚笨的两座魔法山崖本想夹死格斯尔的，却不料就从远处飞奔过来奋力相撞，反而把自己撞成了石头碎块。

格斯尔继续赶路，到了魔王领土以后，经过很多不同颜色的国度。他遇到什么样的妖魔国度，就变成什么样的妖魔蒙混过去。

格斯尔再向前走，遇到了魔鬼的牧驼人。见到放骆驼的人正拿着一块骆驼般大的石头磨弹子，格斯尔也模仿他磨起了牛一般大的弹子。魔鬼的牧驼人问格斯尔："喂，朋友！你是从哪里来的？"格斯尔回答说："我是给妖魔王放牛的人啊，咱们俩抛石子玩好吗？"牧驼人说："可以呀！"格斯尔问："我们往上身打，还是往下身打？"牧驼人说："我往上身打，你往下身打。"牧驼人从地上拿起一块骆驼般大的石头，朝格斯尔上身打过来。格斯尔立刻变成角如那么小的矮个子，石头从他头上飞过去没打中。格斯尔说："喂，朋友，你没有打中我，该轮到我来打了！"说罢，格斯尔捡了一块牛一般大的石头，装出打他下身，却朝着牧驼人的胸口打过去，抛出去后正中牧驼人的胸口，牧驼人立刻晕倒，格斯尔就跑过去抓住牧驼人的衣襟，问："魔鬼城在哪里？走哪条路比较方便？魔鬼平时在哪里打猎？"他回答说："魔鬼的城堡就在这附近。前方有飘在空中的白色山岭，那里有天神的儿子们放哨；再过去，有一道人间黄色岭，由世间的人守住；魔王城的这边还有一道妖魔黑色岭，由魔王的小妖们在那儿防守。别的事儿，去问天神的孩子们吧。"格斯尔问完了就杀掉了牧驼人继续往前赶。奔到摩天岭，天神的孩子们哭哭啼啼跑过来喊叫：哎呦，这里不允许两条腿的人间活人来。哪怕是来一个，魔王也一定把我们杀掉。你是哪一路人呀？怎么认定您啊？"格斯尔说："孩子们不要怕。我是十方圣主格斯尔可汗，你们这些天神的孩子们怎么在这儿呢？"天神的儿子们就回格斯尔的话说："都怪我们自己，因为在父母面前撒娇、淘气就跑到人间，玩耍时不料被十二头魔鬼捉住了。魔鬼预测格斯尔要来，就让我们在这里放哨提防。"格斯尔说："那样的话，我来除掉这十二头魔王，让你们回天宫好不好？可你们拿什么来报答呀？"天神的孩子们说："哎呀，圣主啊！我们为你不吝惜一切！"一同叩拜之后道："圣主格斯尔，往前走，有一道人间黄色岭，由世间的人守住；魔王城的这边还有一道妖魔黑色岭，由魔王的小妖们在那儿防守；魔鬼的黑色山岭上有魔鬼的儿子们在站岗放哨。那座黑色山岭上是错综复杂的密林以及遍布各地的乱石，上面笼罩着一层黑雾，即使是白天也没有一点光明。到了那里您可能用得上这个。"便拿出个火光宝镜递给了格斯尔："到过那里人都用这个照着逃出来的。"孩子们接着说："翻越那妖魔山岭时，用它一照立刻会有闪亮的金光，你就顺着光下去就行了！"还有一个天神的孩子前去跟格斯尔讲："这魔王山岭前头有三座高山，它们中间的峡谷里住着一个身高一尺的小矮人。他用红线卜卦，了事不差。你可求他卜一卦。他说'凶'，你就按他的话别轻举妄动；他说'吉'，你就放心地往前继续赶路吧！"格斯尔告别了天神的孩子们，走到了凡人驻守的黄色山岭，按照孩子们说的那些话说了一番后，驻守的人们放他走了过去。格斯尔继续往前赶，来到了魔鬼的黑色山岭。确如天神们的儿子所说那样，这里寸草不生、漆黑一片。格斯尔在山脚下了马，摆出供品，向佑护自己的诸神祈祷道："天上的诸神和圣慧三神姊请听：求你们派来一条神龙，让它在天空飞舞吼吟雷雨大作，降下拳头大的冰雹，好让我顺利通过这可怕的魔鬼黑山岭。"不一会儿，果见千龙吼吟、电闪雷鸣，下起大雨、降下拳头大的冰雹。于是格斯尔右手举起火光宝镜，骑上枣骝马神驹，左手拉着缰绳，一跳就跳过了这黑色妖魔山岭。

格斯尔征服了魔王岭之后，来到了三座高山中间的峡谷，果真见了一个一尺高的矮人在那儿站着。格斯尔把枣骝神驹变成两岁的癫疮枣骝马驹，自己变成一个相貌不出众的失意者，心里犯着嘀咕，对之前天神儿子们所说的话将信将疑，来到占卜师面前坐下来说："占卜师啊！请为我算个卦。我要溯着白色河而行，去抢骟驼的驼群；我要溯着黄色河而行，去抢亮鬃草黄毛的种马的马群；我要溯着黑色河而行，去抢黑毛白脸种马的马群。"身高一尺的小矮人抽出一根红线，瞧了瞧说："你不要溯着白色河而行，因为这是佛门之路；也不要溯着黄色河而行，因为那里是凡间之路；沿着黑色河而行吧！你是冲着魔鬼来的，虽然会历经磨难，但最终你会如愿以偿。"

格斯尔听过占卜师的话，骑上马儿准备出发时，小矮人叫住他："等等，还有一条线没卜给你看呢。"说着便上下打量了一眼格斯尔，然后娓娓道来："依我看呀，你上身附有那位威震十方圣主格斯尔可汗的神通力量；你的中身充满四大霍日穆斯塔腾格里的神通力量；下身充满四海龙王的神通力量。你一定是那赡部洲的主宰者十方圣主格斯尔可汗啊！我猜得不错吧？你就瞧不起我，探试我这小矮人的红线卜卦灵不灵，还撒谎欺骗人吗？"格斯尔跳下来谢罪道："哎呀，神灵卜卦者，请不要介意，我一向是爱开玩笑的人。"占卜师说道："我不会生你气的，你走这座高山下面中间的那条路，会遇到一棵奇形怪状、参差不齐的树。那是魔鬼的妖树。从它下面经过，可要当心啊！它将伸出锋利的锐刀砍死下面的人。你收拾这棵妖树时要注意。"

格斯尔走到妖树前就把枣骝神驹送到了天上，自己化成一个乞丐，把三庹青钢宝剑变成三庹拐杖，把随身带的所有装备变成两袋面扛在肩上，又把水晶把手的匕首藏进右袖子里。

格斯尔来到妖树底下，装作在树荫下乘凉的样子，背地里用匕首在树根底下挖了起来。妖树突然变成了一个可怕的人，手里举着大刀，将要从格斯尔头上砍下来的时候，格斯尔装出一副楚楚可怜的样子，大声说道："刚刚我这乞丐来到这里坐下乘凉的时候，明明是棵树，现在怎么突然变成了手里举着大刀的人？莫非这是一棵神树？我是云游四海的乞丐，见的东西多了，听说天上有一种神树，遇到敌人，把敌人给杀死；遇到穷人，大发慈悲，施舍物品，还指给一条生路。这要么是霍日穆斯塔腾格里的神树，要么就是赡部洲圣主吐伯特的格斯尔汗的神树。你是万物圣主格斯尔可汗的神树吗？怎么认定你？十二头魔鬼也有棵神树，那就我无法揣测你的习性了！实话告诉你吧，我来这儿主要是想挖几个土豆吃，填饱肚子的。"妖魔听了便道："你说的这番话好听啊，好吧，就在我的阴凉下挖土豆吃吧！"格斯尔假装在那儿挖土豆，却用水晶匕首挖断了它的根，最后把树推倒，再举起三庹长青钢宝剑把树砍为数段，用火烧毁。

魔王的灵魂被砍死后，他感到头痛，就来到海岸边冲凉。魔鬼躺着躺着，不知不觉就睡着了。十方圣主格斯尔可汗趁机变成一只大紫鹰，在魔鬼的左眼上抓了一下就飞走了。魔鬼想翻过身去抓住他，但紫鹰脱险。魔王正来追赶时，格斯尔已经飞到高山顶上等着了，而后摇身一变，变成个一尺高的小矮人来挑逗魔鬼。魔鬼扑过来想抓他，小矮人又瞬间变成大青雕，飞到天上去了。就这样，魔鬼追来追去，被戏弄得筋疲力尽，有气无力地回家去了。

魔鬼回到家里，对图门吉日嘎楞说："哎！今天我这是怎么啦？有生以来我就没有这么倒霉过。"于是魔鬼气喘吁吁，义愤填膺地跟图门吉日嘎楞仔仔细细地说了一遍。从他的表情上可以看出有多生气，眉毛拧了一起，眼睛瞪得差点要出来，头发都竖起来，感觉全身的骨头都快要散架了一样。他说道："莫非是十方圣主格斯尔可汗来了？莫非是霍日穆斯塔腾格里里来了？还是龙王来了？亦或是阿修罗来了？到底哪一路凶神来作祟？除了他们四个，没有人敢冒犯我。其余的人，我都战胜了他们，占领了他们的领土。"图门吉日嘎楞回答说："我的好丈夫，十方圣主格斯尔可汗可没有那么多化身，阿修罗们变成各种禽兽，他是神佛转生，不会变作鸟类的，想必是阿修罗无疑。我看呀，肯定是阿修罗天尊下来折磨你，你说呢？"魔鬼听了说道："我想也是。"

第二天魔鬼又出去打猎。十方圣主格斯尔可汗骑着枣骝神驹，来到了魔鬼城下。见到魔鬼的城无比高大，十分坚固。格斯尔绕着转了一圈。连城门在哪儿都没找到，就对枣骝神驹说道："你要拖着我跳过这城墙轻轻稳稳地落到城里。要是不按我说的带我进魔鬼城，就砍断你四只蹄子，背着你的鞍和嚼子独自回家去；飞进时若我从你背上摔下来，就让我成为魔王的狗食。"枣骝马驹对格斯尔说："哎呦，我的圣主呀，可别说这么泄气的话，你说行，我绝不会反抗，照你的旨意来做。"格斯尔骑着枣骝马驹奔出城外三十里处，再往城墙疾驰过来，到了离城一箭射程远的位置，"你要竭尽全力勒住马嚼子，驮着你飞越蟒古思城墙的任务就交给我吧！"他左手攥着缰绳，紧紧抓住马鬃，两腿夹紧，右手举起鞭子就在枣骝神驹的右胯上抽了三鞭，大喝一声，就驾马向前冲去。在离魔鬼的城堡一箭射程远的地方，格斯尔紧紧勒住马嚼子，喊了声："冲！"枣骝神驹四蹄腾空，从城墙上飞跃而过，稳稳地落在了魔鬼的城堡里。格斯尔把枣骝神驹送到天上，自己变成一个独眼瞎，又把所有的弓箭和武器变作面粉，装在两个囊里，把三庹长的金刚宝剑变成三庹长的黑木拐杖。格斯尔站在城墙垛口，边赞叹边走到跟前："啊，这座城堡真是雄伟壮观。我这个四海为家的乞丐见多识广。我见过天上霍日穆斯塔腾格里的城堡，也见过地下龙王的城堡。他们俩的城堡也比不上这座城堡雄伟、坚固。我听说西藏的十方圣主格斯尔可汗有一座城堡，但很遗憾的是我没见到。我还听说十二头的魔鬼可汗也有一座城堡，我也没有见过。我这是误打误撞地来到这两座城堡中的其中一个了吗？我真想见一见这座城堡的主人，看是哪位可汗和妃子，不知过得有多么幸福！"

　　格斯尔来到一座巨大的红顶白色宫殿前，宫门的两边各守着一只足足有两岁牛犊大的蜘蛛。图门吉日嘎楞听到了格斯尔的声音，兴冲冲地从房间里跑了出来。原来，门口那两只两岁牛犊大的蜘蛛是魔鬼的灵魂，专门看守在门口，看着图门吉日嘎楞，不让她逃走的。如果图门吉日嘎楞敢踏出宫殿一步，巨大的蜘蛛就会扑过去把她一口吞下去。一见图门吉日嘎楞跑出来，两只大蜘蛛就张开血盆大嘴，挥舞着长满黑毛的八条大长腿，从两边扑过去，想吞掉她。变成乞丐的格斯尔挥动三庹长的黑木拐杖，打死了这两只大蜘蛛，并变出同样的两只蜘蛛，放到宫门的两侧。图门吉日嘎楞跑到格斯尔的怀里哭着说："哎呀，我的圣主！你终于来了。"格斯尔安慰图门吉日嘎楞说道："你是所谓的短见夫人吗，你这样放声大哭会引来魔鬼的注意的，不要哭了！快告诉我魔鬼有何本领，快告诉我怎么对付它？"图门吉日嘎楞这才放开格斯尔。格斯尔问道："你右腮上抹了胭脂，右半身穿戴美丽的饰品，而左腮上涂抹锅灰，左半身的穿戴破烂不堪，这是为什么？"图门吉日嘎楞回答说："右腮上抹了胭脂，右半身穿戴美丽的饰品，是象征着我神勇的格斯尔可汗快过来擒拿凶恶的魔王，解我心头之恨；而左腮上涂抹锅灰，左半身的穿戴破烂不堪，是预示着魔王的穷途末日即将来临，早日被你打败。昨晚魔王回来后，一说被青雕抓了他的眼睛，我就知道是你。因此，我今天就特意这副打扮来迎接你的到来。不过，我的圣主啊！十二头魔鬼凶得很，你不是它的对手，还是回去吧！"

　　格斯尔听了，气愤地回应道："哎呀，我的图门吉日嘎楞！你怎么可以说出这样的话？你不鼓励我消灭十二头的魔鬼，反而说这样泄气的话，如果十方圣主格斯尔可汗被魔王霸占了自己心爱的妃子，夺走了美丽的夫人，我还能称得上是威慑十方的圣主吗？那对我来说是件非常可耻的事，如果魔鬼打败了我，那我也就认了；如果我战胜了魔鬼，我就可以带你回家。"

　　图门吉日嘎楞对格斯尔说："我该如何知道这个可恶的魔鬼的行踪呢？从我来到这里后，就一步也没有踏出过宫殿。每天早上他骑着那头青骡子，出去打猎，太阳落山时驮着驼鹿回来。那头青骡子可不是一般的畜生，若它发现城内有敌人，它就响鼻子，啃嚼子，四蹄子刨着疯狂地奔来。魔鬼还有平时进出骑的叫敖日朗、嘎日朗的两匹褐色马，一看青驴子那般跑过来，就到处寻找敌人。魔鬼的红线卜卦，卜得也非常灵，料事不差。把你藏在哪里才好呢？"格斯尔对图门吉日嘎楞说："这对我来说小事一桩，你只要探清魔鬼的阴谋和妖法，告诉我，我就能消灭他。"

不一会儿的功夫，二人挖了一个七尺深的坑，格斯尔藏在里面，上面压了白石板，白色石板上再铺上写了六字真言的布；石板上铺了些隔年枯草；枯草上摆放了些青草；青草上放一口锅，锅里盛满水。在盛水的锅旁边铺上从各种鸟类身上拔下来的羽毛，上面系着红白两种颜色的线丝。

落日时分，魔鬼骑着青骡子，驮着驼鹿回家来了。今天，那头青骡子一到城门就打响鼻、啃着嚼子，四蹄刨土，气势汹汹地跑进来了。魔鬼的两匹青马敖日朗、嘎日朗也跟在青骡子两侧，甩着头警觉地奔跑，像是在四处搜寻着什么。见状，魔鬼顿时心生疑虑说道："这莫非是因为这狡猾奇怪的女人做了什么事，我的鼻子闻到了蜣螂的味，莫非是敌人来了？哎呦呦！快把占卜用的红线拿给我！"

图门吉日嘎楞埋怨魔鬼道："你这话是什么意思？你知道我是嫌弃格斯尔才奔着你来的。我在你的家大门不出二门不迈，你还指责我，我要让我足智多谋的格斯尔过来，找个完美的理由把你这作恶多端的魔鬼千刀万剐！要让我那英勇无比的格斯尔过来，一刀就让这狡猾的魔鬼身首分离，再用你的身体祭奠佑护自己的诸佛好了！"

魔鬼在青骡子背上，对图门吉日嘎楞喝斥道："别多嘴，快去拿卜卦红线，要记住，拿来时，千万不能从女人两胯下和狗头下面经过，那样卜卦就不灵了。要顺着西墙轻轻走来递给我！"图门吉日嘎楞进了宫帐，取出占卜用的红线，把魔鬼说的忌讳事都做了一遍。之后递给魔鬼。

魔鬼骑在青骡子上卜卦一看。大吃一惊喊道："哎呀呀！不好啦，十方圣主格斯尔可汗来了，藏在一个深坑里。上面还压上了石板，撒上了黑土，怎么办为好？"图门吉日嘎楞说："哎呀呀！你在说什么呀，谁埋了格斯尔？难道是我在自己家里埋了格斯尔？上天啊！大地呀！为我评评理吧。"格斯尔的灵魂化身成人，从天上叫道："你嫌弃格斯尔来到这里的话现在可以回去了！"格斯尔在地底下回应道："你这魔鬼真能瞎说！"魔鬼听到天地传来的话，就无奈地笑了笑说道："哎呀呀，怎么会如此奇怪？"魔鬼接着说："还有一条占卜红线没有看呢。"便重新又卜了一卦卜出：格斯尔死有一年，如今埋在地里拿石板压着，上面撒上了一层雪，再上面用黑土盖住，又摆放了些隔年的枯草，土上长出了好多青草。埋格斯尔的坑离这儿不远，形成了个海洋，海岸上集聚着许多乌鸦和鹊雀，叽叽喳喳地嘲笑着他，他死掉已有一年了。魔王见两次卜卦结果不同，魔王疑惑不解地下了骡子，非常高兴，对图门吉日嘎楞说道："把我的大牙签拿过来！"图门吉日嘎楞把大牙签给我拿来，魔鬼用牙签剔牙，牙缝里剔出三个人，掉下来。魔鬼又吩咐："快给我拿吃的！"图门吉日嘎楞给魔鬼炒了些死人手指，魔鬼狼吞虎咽地吃了起来。

晚上，图门吉日嘎楞钻进魔鬼的被窝，说道："哎哎，我的好夫君啊！你狩猎回来后就开始胡说八道。我嫌弃格斯尔，格斯尔怎能跟你比呀？你比他强多了，我才死心塌地地跟你的。你的这座城堡连城门都没有，你每天出去狩猎，从早到晚我就待在城堡里。那个可恶的格斯尔找上门来，一定会杀了我。如若知道他来了我一定会告诉你的，你每天又不在家里。"魔鬼说道："你没有听说过人间有三个不可信吗？不可把木棍子当作树，不可把麻雀当作鸟，不可把女人当做作诚心朋友。"听完图门吉日嘎道："娶我过门时，你把原来漂亮的妻子吃掉了，现在要把我也要吃掉？被罪恶的格斯尔杀掉是死，被你吃掉也是死，横竖都是死，又有什么区别呢？看我运气吧！"

魔鬼听完发出震耳欲聋的笑声，说道："图门吉日嘎楞，你说得有道理，让我抱紧你！"说着便搂住图门吉日嘎楞，掏出两枚戒指给了她，便说："如果你想出城，就把一枚金戒指放在鼻尖上，城门就会自己打开了；你回来的时，把另一枚金戒指戴在小拇指上，门又会打开放你进来。还有我出去打猎时常常说反话，说是往南走，其实朝北走，接着又说了自己常走的路。"把去处和习性等详细告诉了夫人。听完图门吉日嘎楞对魔鬼说："哎呀，我的好郎君呀！我和格斯尔一起生活过，那家伙神通广大本领高强，我全知道。一旦他来了你怎么打败他？给我说说你都有什么神奇的法力吧！"

魔鬼不假思索地说："如果他真来了，我不费弹指之力就能宰他。我家门口有三色的大海。在海边有五道竹林。大海岸边和竹林之间的空地上有黑、白两头牦牛在相互顶着角打架。白牦牛是格斯尔的化身，早晨白牦牛斗胜黑牦牛；黑牦牛是我的化身，到了中午，黑牦牛就斗胜白牦牛。如果把黑牦牛杀死，那就等于杀掉了我的一个化身，否则别的还有什么办法杀死我呢？而在我们城堡的北端有座城堡。里面住着我的三个妹妹，她们坐在九颗红树顶梢上，杀死了她们三个，就等于杀死了我的一个灵魂。东端三个大海里有游戏的三只母鹿。中午太阳炙热，口渴难耐的时候，三只母鹿会从大海里出来蜷卧在岸边。倘若谁一箭能射死三只母鹿，再一刀切开中间母鹿的肚子，取出母鹿肚子里的金匣子踩烂并从中取出一根铜针，把铜针折断，就能杀死我的一个灵魂。西边还有一座大城堡，那里住着我神通广大的姐姐，她手上握着一罐蜢蟖，那代表着我的一个灵魂。出生迄今，我都没看到过，据说那是我命根子。如果把我神通广大的姐姐杀死，并把那一罐蜣螂杀死，等于杀死我了。除非姐姐和虫子被杀死，不然我不会被人杀死的。我把我的所有秘密都告诉你了。"说罢，魔鬼就要睡觉。

图门吉日嘎楞说道："看你这个傻瓜！我只想记住格斯尔你们俩哪个神通广大而已，你却把全部秘密都给我讲出来了。"

魔鬼说道："我睡了之后，我左鼻孔里跳出来一条大金鱼；右鼻孔里跳出一条小金鱼。分别游出大小不一的金鱼，它们在我的双肩上嬉戏；如果把他们杀了，那我就会像失去了左膀右臂，战斗不到半天就会被打败，但是这样杀死我也无妨。我还有一个能念咒的喇嘛哥哥、我的母亲夜叉，我还有一个名叫哈日荪的独生女。他们三个合体能重新组成一个全新的我，继续和敌人搏斗。若是杀死掉他们三个，才能最终彻底杀死我。我才会被彻底打败。"

图门吉日嘎楞说道："哎，我的好丈夫呀！知道你这么法力无穷我就放心了。有你这般丈夫，真是我的福分。我现在终于可以踏踏实实睡上一觉了。能遇到如此神通超凡的你，真是我的福气。"

魔鬼听了哈哈大笑，就睡着了。

第二天，太阳还没有露出山头，魔鬼就骑着青骡子出去狩猎了。魔鬼说要朝南走，却往北走打猎去了。图门吉日嘎楞让格斯尔从洞里叫出来，把魔王的两枚金戒指交给格斯尔，并详细告知了魔鬼的秘密所在。格斯尔说："这回我就不用担心战胜不了魔王了。"说着便把枣骝神驹从天上召唤下来。照着图门吉日嘎楞夫人告诉他的做，出城时，鼻尖上放了一枚金戒指，城堡门就打开了。格斯尔经过三色海。穿过五道林而去，前面果然有两头牦牛在相互顶架，那头白牦牛前两条腿弯曲，通红的眼睛不停地转动，嘴里冒出白沫，死命顶着黑牦牛不放，气势非常凶猛。而黑牦牛则向西歪着身子竭力招架，但眼看就要招架不住的模样。格斯尔看准时机，一箭射穿了黑牦牛的胸窝，拔出三庹青钢宝剑，跑过去把黑牦牛砍成数段，接着又一把火烧了五色的竹林，急急忙忙回到了城堡。

到了城堡前，格斯尔把另一枚金戒指戴在小拇指上，轻轻松松地就把城门给打开了。格斯尔猛然一回头发现，只见三色的大海正波涛汹涌扑面而来。眼看就要被大海淹没，格斯尔策马一跃跳到城门内，挡住了扑面而来的大海，大海无奈只好退了回去。

格斯尔告别图门吉日嘎楞说："我已经把黑牦牛杀死了。"中午，久别重逢的格斯尔和图门吉日嘎楞二人好好地享用了一次欢宴。格斯尔又转进了原来的坑里。

晚上，魔鬼回家后一直说身体不舒服，头感觉像是要炸了一般，并问图门吉日嘎楞："是不是格斯尔来了？"图门吉日嘎楞回答说："哎呀，我的好丈夫！头疼是不是因为没吃东西呀！""我吃了一些。今天突然头嗡嗡地响个不停，疼得很是厉害。"

第二天早晨，魔鬼说要去北边打猎，却到南边去了。格斯尔钻出深坑，赶到北面那座城。

格斯尔来到北边的大城堡，见到了坐在九棵红树树梢上的三个魔鬼姊妹。格斯尔摇身一变，就变成一个年轻美男子进了城堡。到了九棵红树底下，格斯尔就又唱又跳地引诱魔鬼的三个妹妹。格斯尔唱道："哎呀，坐在红树树尖上的三位美丽女子究竟是谁呀？我听说上界霍日穆斯塔腾格里有三位美丽的公主，莫非就是她们？听说龙王有三位美丽的公主，莫非就是她们？听说格斯尔可汗有三位美丽的姑娘，莫非就是她们？听说魔王可汗有三位美丽的公主，莫非就是她们？你们是哪一家的？如此美丽的公主们为什么不从树上下来和我一起玩耍呢，你们又不是乌鸦、喜鹊，整天呆在树上多没意思呀！"

魔鬼的三个姊妹听了，连连点头道："这人说得有道理啊。我们又不是飞禽，整天呆在树上干什么呢？"说罢，三个姑娘就从树上下来和格斯尔一起跳舞唱歌，玩得非常开心。并问格斯尔道："你从哪里来的？"格斯尔回答说："我从西方极乐世界来的。当我上路时，有位黑帽高僧给了我一百零八条彩符，你们喜欢戴上不？"魔鬼的三个姊妹听了异口同声地说道："有高僧赠送的护身符为什么不戴？给我们吧！"格斯尔又问："你们想要戴在哪儿呢？戴在脖子上？还是戴在脚腕上？"魔鬼的三个妹妹说："哪有把高僧的护身符戴在脚腕上的道理？我们当然要戴在脖颈上呗，请拿来吧。"于是，格斯尔就说："过来！我给你们戴上。"说着，等她们到跟前用三条弓弦，套住她们狠狠一拉，就结束了她们的生命，接着砍倒了九棵红树，又烧毁了三棵红树，骑着马返回了魔王大城，转进坑里藏起来。

晚上魔鬼回到家里大喊头痛。图门吉日嘎楞假装关切："身子不舒服吗？只是头疼已经是万幸啦，又不是没有吃的。明天在家休息一天好吗？"魔鬼说："你为什么要我停止狩猎？没事，明天我还是去打猎！"魔王说完，就睡着了。

第二天，魔鬼说要东边去打猎，却往西走了。魔鬼一走格斯尔就立马就去了东边。中午，格斯尔来到海边，见到三只母鹿蹲在海岸。格斯尔一箭射死了三只母鹿，把卧在中间的那只母鹿的肚子扒开，从肚子里取出个金匣子。他踹碎金匣子，从金匣子里取出一根铜针折断。格斯尔消灭了魔鬼的一个灵魂，就回到了魔鬼的城。

魔鬼晚上回到家，大喊头痛不止。图门吉日嘎楞就假装关切地说："你明天好好在家养养病吧！"魔鬼生气地说："你为什么要我停下来？我明天带你去看看，我的财富有多少，你就明白了。"

第二天黎明，魔鬼裹好头，带着图门吉日嘎楞走进一座很大的金屋，里面堆着很多死尸；又到了一座装饰得十分华丽的银屋，那里放满了牛肉、鱼肉和其他野兽的肉；最后魔王又把她带进一间木屋，房中堆满了琳琅满目的金银财宝以及金银首饰。魔鬼对图门吉日嘎楞说："这些东西一天当然是吃不完，但我们也不能坐吃山空，必须要日积月累才能积累更多的财富和食物，为我们的子孙后代留下点什么东西。头疼算不了什么。还是照常打猎。"魔鬼说完，就朝东边打猎去了。

格斯尔知道他去东边打猎，就从坑里钻出来，直奔西面那座城去。半路上，有一只白色的老母鹿迎面跑来。格斯尔一箭射去，射中了它的前额。箭从额头一直穿到了尾巴。母鹿带着箭拼命逃跑，格斯尔紧追不舍。母鹿逃进城紧紧关住了九层石门。格斯尔赶到，拿两把钢斧砍破城门，进去一看，那只母鹿变成一位白发苍苍的老太婆，下面獠牙顶到天，上面獠牙顶到地，两个乳房垂到地面，坐着哼哼不休。

格斯尔变成一位美男子，进近问老女人："哎呀！老婆婆您这是怎么了？"老女人回答说："唉！我生来喜欢行走于金色世界，捕猎各种各样的人类来当我的美餐，哪知今天如此倒霉，碰到一个人，他用箭狠狠地射了我，弄得我这般模样。我抓住留在额头上的剑翎朝上拔，用尽全力扯也没能拔出来；我再抓住从臀部露出来的箭镞朝下拔，筋疲力尽也没能拔出来。鲜血流个不止，差点要了我的老命！哎呀，美男子，你是谁？你帮我拔出来好吗！"格斯尔对老女人说："老婆婆呀！我能替你拔出来这箭啊！它也许是霍日穆斯塔腾格里的神箭？也许是中界阿修罗天尊的箭？我实在拔不出来啊！"老女人又哀求道："小伙子，你给我拔出这箭，我们俩做个朋友吧！无论如何，你得帮帮我吧！"又问道："你到底是谁呀？"格斯尔回答说："我不是你弟弟魔鬼吗！"老女人问道："你什么时候变得这么英俊帅气了？"格斯尔回答说："我娶了格斯尔可汗的夫人以后就变得这么英俊了。"老女人听了，愤怒地问罪道："那你为什么射姐姐？想杀我吗？"格斯尔回答说："姐姐呀！你保管着我的灵魂一坛虫子，放在你处，可你一直不让我看。我生下来以后你就没有让我见过。因此，为了让你把我的灵魂还给我，我就射了你。"老女人就说："哎呀，弟弟！我这不是怕你一不小心就让外人发现了你的灵魂，伤及你的性命，这才没有给你看的嘛，这么做是为你好，怕你把它拿去后被外人看见惹出祸来。不料你就为这事要杀我，是岂有此理，现在我还给你！"便说将坛子扔过来。罐子滚落到格斯尔面前，格斯尔接到坛子便说："姐姐，我帮你把箭拔出来。"格斯尔假装拔箭，趁妖魔不留意，操起箭杆搅动身躯杀死妖魔。之后把装在坛子里的虫子逐个儿抠出来，弄进残缺不堪的破房子里烧光。

晚上十二头魔鬼一回到家，大叫头疼，折腾了一阵儿就睡着了。不一会儿，果真从蟒古思右鼻孔钻出一条金鱼，爬到他右肩上戏耍；从左鼻子孔钻出一条金鱼，爬上他左肩上戏耍。图门吉日嘎楞磨了几袋子炭粉悄悄地放在了魔王身边，并叫格斯尔从洞里出来。格斯尔赶忙动手磨他的大钢斧。魔鬼被磨刀声惊醒，问道："什么东西在嘎吱嘎吱响？"便张口就把面前装炭粉的口袋吞进肚子里去了。图门吉日嘎楞说："哎呀，你是不是又做梦了，梦中打算等我睡熟以后吃掉我呀？嘎吱嘎吱响的不是别的东西，是刚才我纺线时，不小心把锤子掉进锅里的声音。"魔鬼不相信，就让图门吉日嘎楞纺线给他听，魔鬼听了之后，跟刚才的响声一模一样，这才安心地睡去。

接着格斯尔把剑尖磨得更加锐利，魔王被惊醒后，又抓起身边的一袋灰粉吞了下去。图门吉日嘎楞看见魔王又被惊醒，便假装说道："你又想干什么呀？是不是想吃我？如果想吃的话，比起在暗中吃掉，要在灯光下吃掉为好。"魔王问道："有什么东西在响？"图门吉日嘎楞说："我刚才拉了帐幕的坠绳。"魔王说："再拉拉给我听听！"图门吉日嘎楞站起来拉了一下帐幕的坠绳，魔王听后，声音与刚才的声响一样，他再次安心地睡着了。格斯尔可汗磨好斧子和剑走进宫里，递给图门吉日嘎楞两把木炭说："我砍倒后，你把这两把灰塞进魔王伤口里。"说罢，他举起金刚斧子，砍断魔王的左右双肩，又斩死了那两条金鱼；图门吉日嘎楞按格斯尔的嘱咐把灰塞进伤口里。魔鬼爬起来和格斯尔搏斗。格斯尔用力一推，又把魔王推倒，然后，举起双斧砍他十二颗头颅，砍到最后一颗头颅时，魔王苦苦哀求道："威镇十方的神勇圣主呀！请饶了我吧，我们原本无怨无仇，我没有入侵你的领地，并不是我不尊重你抢来了你的夫人，你的爱妃是自己跑来的。我们结拜成兄弟吧！哪里有仇敌，我们一起征战应敌。冬天在这儿暖和，我们在这儿过冬，夏天你那儿凉快，我们在你那儿度夏。"格斯尔一听，信以为真，觉得有道理。此刻，这时，天上的三位神姊听到魔王的这番话，就从天空中叫醒格斯尔，说道："喂，我们的尼素咳弟弟呀！

别相信他的话，不一会儿他的身体变成生铁，那时候你就杀不了他了。此时不杀更待何时？"格斯尔用匕首去割魔鬼的喉咙，匕首却发出铿锵之声，根本割不动。格斯尔又过去举斧向魔鬼的腋下劈去，还是没有劈下去。最后顺着他的腑胳劈下去，才把他的肚子剖开，从魔王肚子流出了一地生铁水，生铁水流尽，格斯尔接着又一斧砍下了魔王的最后一颗头。

格斯尔杀死了魔鬼后变成魔鬼的样子，骑上魔鬼的黑色纹脸马，立刻赶到了魔王的咒人喇嘛哥哥的住处，他下了马进屋，格斯尔假装叩头受戒，趁老喇嘛闭上双眼诵经之机，将他的肚子剖开，结束了他的性命。这喇嘛在临死之时忘了念"唵"字，而只念了"叭哒"二字，黑色纹脸马也倒下了，但格斯尔把喇嘛的血灌进马嘴后，那马便又站起来了。

格斯尔杀掉魔王，接着又去找魔鬼的女儿哈尔荪。到了哈尔荪住下的七重城墙外面喊道："哈尔荪在家吗？"魔鬼的女儿就出来了。格斯尔说："女儿，给我开门！"魔鬼的女儿以为是自己的父亲来了，就给格斯尔打开了城门。格斯尔假装要亲吻她的手，却一把握紧她的手拽过来，把她按倒在地上，一斧子砍断她的手。她痛苦地喊道："爸爸！你这是要干什么？"这时格斯尔便显出他的原相，跑上去骑在她的身上。魔鬼的女儿苦苦哀求道："爸爸给了我一万匹白马，其中有一匹雪白的骏马，你把它牵走，放开我留一条生路吧！"格斯尔说："知道了！"魔鬼的女儿接着又哀求道："我从格斯尔那里抢来的一万匹黑骏马，其中有一匹墨黑骏马，把它也牵走，求你放开我吧！我还有一万匹青马，其中有一匹如蓝宝石般的青色骏马，你把它也带去，把我放了吧！我还有一万匹枣红马，其中有一匹如红珊瑚般的红色骏马，你把它也牵走，就把我放了吧！你喜欢的东西全都给你，只要你饶我一命。"格斯尔听完之后骂了一句："废话，你这混蛋！你以为我像你父亲一样是傻子吗？杀或不杀你，那些马还不是属于我的了吗？"魔鬼的女儿还不死心，不断地磕头求着格斯尔可汗："我做你的女儿，只要不杀我，怎么都行。"格斯尔说道："那好，这话可当真，但你要告诉我，你怎么去见你的奶奶？平常见面时都说什么话，你要详细地告诉我！"等魔鬼的女儿一五一十地说完之后，格斯尔便一斧将她砍死。

于是，格斯尔又变成哈尔荪的模样，就去了魔鬼的母亲老夜叉住处。便问："奶奶，不好了，听说格斯尔来了。快告诉我，你把铜针和金印放在哪里？让我来保管。"老夜叉信以为真，告诉格斯尔铜针和金印藏在哪里了，拿起一个铁皮梳子，嘴里不停地嘟哝着"咕噜，拉嘎沙咕噜，拉嘎沙！"往外走去，打算给女儿准备吃的。这时格斯尔取出铜针和金印就逃走了。老夜叉回来一看，孙女不见了，就发现上了当，起身追过来。格斯尔把铜针一掰，折成两截儿，杀掉了魔鬼的母亲老夜叉。就这样，格斯尔除掉了十二头的魔鬼，以及他的诸多化身，救出阿尔鲁高娃夫人。阿尔鲁高娃夫人就对格斯尔说："你已彻底消灭了十二头的魔鬼。我们就在魔王黄金宝塔边过幸福的生活吧！"阿尔鲁高娃怕他思念故乡，在金碗里盛了一碗黑色迷魂食物给格斯尔吃。格斯尔吃了这些食物后忘掉了一切，就和阿尔鲁高娃夫人一起住下，过起了美满的日子。

格斯尔消灭十二头魔鬼，英勇救回阿尔鲁高娃夫人，从此两人在黄金宝塔旁边安居乐业之第四章结束。

第五章

攻取锡莱河三汗部

　　那时候，锡莱河三位可汗聚集在一起时，正商议给白帐汗的白度母妃子生下的阿拉坦格日勒太子寻找妻子，商讨决定后，派几个使者去探查，去看看附近每个王汗的公主能不能配得上这位太子，于是便用兔肉豢养雪鹰，让它夫天界看看天神的女儿们是不是貌美如花；用昆虫豢养鹦鹉，让它去汉地探查，看看汉人皇帝的女儿是不是美人；用水豢养美丽的孔雀，让它去巴勒布汗国，看看那里的公主能不能说是闭月羞花；还用牛羊的皮筋豢养狐狸，让他看看印度汗的女儿是不是倾国倾城；还用泔水和污秽豢养渡鸦，让它看看吐伯特汗的女儿们的容颜，使者们便前往自己的目的地。

　　雪鹰飞上天以后，再也没有回来。

　　鹦鹉回来说："汉人皇帝有一个女儿叫固娜高娃，格斯尔可汗曾替他父亲治理汉地朝政三年，在那里跟固娜高娃成亲，逗留了三年，现在正往自己的部落里赶，但她姿色依旧。但还是等到其他使者回来，听听它们的见闻再说吧！"

　　孔雀回来说："巴勒布可汗的女儿也美貌动人，但她却不会我们人间的语言。想必把她娶回来之后会很难相处。"

　　狐狸回来说："印度汗的公主也倾国倾城，但她总趴在地上，数一堆黑白两色的豆子。"

　　渡鸦一去就是三年，在第四个年头回来，路过黑帐王可汗家时，鸣叫了一声，飞过黄帐汗家时，又大声鸣叫了一声，到白帐汗家外时，扑闪着翅膀，说："去远方的渡鸦使者我回来了，应该听听我的见闻吧！"

　　白帐汗定睛一看，还真是三年前派出去的渡鸦，便马上派使者给他的两个弟弟送信，集合所有兵马。

　　白帐汗看了看渡鸦，同情地说："这渡鸦好生可怜，翅膀都折断了，脚指甲也磨损了，喙尖也被弄脱了。"便给它杀了一只羊，说："可怜的渡鸦啊！你就下来停歇在这只羊上吃羊肉，给我们说说你的见闻吧！"渡鸦说："我才不会因为你这么些稀汤寡水就下来！"白帐汗觉得言之有理，又为它杀了一匹骒马，对它说："那你就下来坐在这匹骒马上吃着马肉，给我们讲讲你的见闻吧！"渡鸦又说："我为了完成你们的任务，弄断了翅膀，喙也脱落了，还磨坏了我的脚指甲。"白帐汗说："这可怜东西的诉苦应该都是真的吧！"便杀死了希曼比儒扎的八岁女儿，对他说："你坐在这上面说，总该可以了吧！"乌渡鸦还是不答应，在空中扑闪着翅膀，说："我去过霍日穆斯塔腾格里那里，他有三个美丽的女儿，若是可汗诚心求亲的话，可以得到一个，另外一个只能靠抢，而最后一个只能靠偷了。因为霍尔穆斯塔腾格里脾气太暴躁。可汗你一个也娶不到。"

白帐汗拿出一个带金索套的架子，对渡鸦说："你快下来，停歇在这上面说吧！"

渡鸦还是盘旋在空中，说："下界龙王有三个美丽的女儿，中界阿修罗也有三个美丽的姑娘，但是龙王的力量无人能挡，阿修罗们也很易怒，无论哪个，都和那面目狰狞的霍日穆斯塔腾格里的情况相差无几，所以你一个也求不到。"

他们听渡鸦这么说，又给它放了带银索套的架子，说到："你快下来，歇在这上面说吧！"

渡鸦依旧没下来，又说："哎呀！我去了吐伯特，十方圣主汗的父亲僧格斯鲁可汗说格斯尔可汗有个叫茹格牡高娃的夫人，她站立时的身姿像用绸缎裹起来的青松一样苍翠笔直而又曼妙，坐姿像五百人能起居的宽敞的银色毡包。她右肩上有一只金色的昆虫盘旋，左肩上有一只银色的昆虫盘旋，她右面对着阳光坐下后，就好像会被融化，她在左边的月光中时，就好像凝脂般润滑。她在夜中也光彩照人，夜间发出的光芒能守住万匹骏马，真是无比美丽，她所住的房子，能容纳五百人有余而洁白广大。帡幪用蟒缎做帷子，四股金丝结成的绦绳永不断开，又有金银的梁柱为支撑。她家里有一座白塔，如意宝，她念的书是用金粉写成的《甘珠尔》《丹珠尔》两部圣经，家里还有无缝的煤炭。格斯尔汗不在家，去追十二头蟒古思，救回阿尔鲁高娃，至今未归。天上的腾格里，中界的的阿修罗，下届龙王的姑娘们都不及茹格牡高娃。"

可汗听了大喜："哎呦！渡鸦！快下来到这！"说着，又拿出一个木夹板，但渡鸦始终没下来。

白帐汗勃然大怒："你又不是天界使者，只不过就是我们饲养以后放出去的渡鸦罢了。"说着就拿出弓箭来，要朝渡鸦射击。渡鸦害怕极了，降落到煤渣堆上。白帐汗说："你怎么描述的茹格牡高娃？快重新说一遍！"渡鸦便重说了一遍。

"哎呦，要是乌鸦说的是真的话，那茹格牡高娃是多么漂亮啊！若是假话，这渡鸦也还真是油嘴滑舌。渡鸦，你去吃点饵食吧！"白帐汗说。

他们说："这回我们要派人马过去了，但走的时间太长，多久能回来啊？"

三个可汗的保护神变成巨雕，打算过去探探虚实，白帐汗的白色保护神巨雕变成白色头部胸脯，黄帐汗保护神变成身为黄色躯干，黑帐汗的保护神变为巨雕的尾巴，便启程去一探虚实。

天蒙蒙亮时，巨雕落在了格斯尔可汗银色帐幕的木圈定上。以前坚如磐石的宫帐，此刻却摇晃了一下；从不断开的绦绳也断了两根；从不弯曲的金房梁也被压歪了。

茹格牡高娃听闻动静后吓了一跳，赶紧起身整理衣装，跑到住在宫廷的格斯尔的三十勇士之一巴尔斯巴特尔面前，哭喊道："哎呀！我的巴尔斯巴特尔呀！都说，男人贪睡，耽误行程和捕猎；女人贪睡，定会耽误家务和女红；大树倒下了，蚂蚁定会将其掏空作蚁穴使。现如今这奇怪的巨鸟飞到我睡的帐幕上来。莫非是我那十方圣主格斯尔可汗被那蟒古思杀害了？又或者蟒古思来抢我？还是想杀死我们这扎萨希格尔和三十勇士？有一只从未见过其身影的鸟飞来，落在我的帐幕上了。我非常害怕！巴尔斯巴特尔，你快拿起黑硬弓，扣好白翎箭，把那只鸟射下来！"

巴尔斯巴特尔手握大黑硬弓，上好弦，走了出来，可一看见那遮天蔽日的巨鸟时，便吓破了胆，连黑硬弓都掉到了地上，白翎箭的箭羽也掉到了地上，他就站在那，呆看着那只大鸟。

茹格牡高娃见了，哭着说道："哎呀！杀掉那把你称为'虎将'的人，往你头上浇水，你堂堂七尺男儿竟怕只鸟，成何体统？我虽然是一介女流，但胆子不比你小。把弓箭给我，你做不到，我来射它！"

巴尔斯巴特尔心里想道："若是把弓箭交给一个女人来射击，十方圣主格斯尔可汗知道了该怎样想？他的哥哥扎萨希格尔和三十个勇士会嘲笑我软弱无能的！不行，我还是要自己射击才是。"他便重新握紧弓臂，搭好箭，开始瞄准。

茹格牡高娃说："快瞄准它的脖颈，握紧压环！失手了就没有下次了。"

结果巴尔斯巴特尔未能握紧压环射失了，只射断了它一侧的肩胛。

这时巨鸟飞起，盯着茹格牡高娃看了三次，茹格牡高娃也抬头看了它三次，巨鸟又在她的头上盘旋了一会儿，就飞回去了。

巴尔斯巴特尔和茹格牡高娃两人把将射落的羽翼捡了起来。羽毛成了三十个驴的驮子，羽管成了三个骡子驮子。

白雕飞回锡莱河，就向白帐汗说道："渡鸦讲的并非空穴来风。格斯尔还未回来，那里只有格斯尔的三十个勇士和他的哥哥扎萨希格尔。它讲的都是真的。"

白帐汗往两个弟弟那儿派出使者，下达号令："十三岁以上的男人，不论是僧是俗，一律离家出征，不得抗命。如若有谁不从，杀无赦！"

二弟黄帐汗听闻此事，匆匆赶来说道："我的哥哥呀！那十方圣主格斯尔可汗，披着人皮诞生，变化莫测。听说他所向无敌，他的三十个勇士也是个个厉害得无可匹敌。我们为了社稷黎民，还是不要出征了吧！"白帐汗听了，痛骂了他一通："你就装作瞎了眼的病患，呆在家里吧；我替你率领你的大军出征！"说着，就把他赶走了。

小弟黑帐汗希曼比儒扎也前来阻拦："哥哥，我亲爱的格斯尔是霍日穆斯塔腾格里的儿子，在天界所向无敌的人，更何况在凡界呢？他的弟弟扎萨希格尔和三十勇士都是天神所化。别说夺走十方圣主格斯尔可汗的妻子，连夺走三十勇士妻子中的一个都不可能啊！我们不如让大军分头到其他汗国物色公主，若是没有，就从我们自己达官贵人的女儿中找出一个合适的请进宫来，再把她打扮得与茹格牡高娃一样，再称呼她为茹格牡高娃，难道不是如出一辙吗？"

白帐汗一听，又怒骂道："你就装成耳聋、染上恶疾的病号待在家里吧！"

黑帐汗挨了骂，怕被人嘲笑贪生怕死，就匆匆离开了。

第二天，白帐汗调集人马，整装待发时，小弟黑帐汗又手捧金杯前来劝酒："哥哥，我不是那种胆小如鼠的人，反而英勇善战，你率军作战，小弟一定出生入死，跟去冲锋陷阵。但我们受天帝宠信，本应满足于现在拥有的权势财力，但你为何一意孤行，要和独霸天下的格斯尔可汗一竞雌雄？这难道不是送死吗？我们身为天子，应该治理自己的疆土。

"我们要去征讨格斯尔，既然决定了就去吧！但是带这些孩童、喇嘛、班弟和老人、奴仆去，像什么话？格斯尔可汗、扎萨希格尔和他们的三十个勇士会说我们锡莱河懦弱，连班弟、老人、孩子、妇女和家奴都带出来打仗了，会嘲笑我们无能，从而更助长了他人的士气。我觉得还是少点杀伤总比多点死亡好吧。您说是吧，可汗！"

白帐汗回答说："你昨天说得我甚是不满，不过今天说得却非常有道理。"

白帐汗不再要求出动所有人,而是开始挑选人马了,最后精挑细选,选出了三百三十万精兵。

就这样,锡莱河三汗率领大军从大营出发了。

扎萨希格尔的家驻牧在澈澈尔格纳河上游的古尔班图拉嘎地方,离格斯尔可汗的宫帐很远。

巴尔斯巴特尔和茹格牡高娃二人想把巴尔斯巴特尔射落的大鸟羽毛送给扎萨看,或许他知道什么。于是就带着羽毛走了一天一夜,到第二天破晓之时,才匆匆赶到了扎萨的家。

扎萨希格尔有个习惯:清早起来,就到澈澈尔格纳河去喂马。

扎萨见了他们,叫道:"长久不来的茹格牡高娃,怎么今天有空一大清早过来了?可是有什么事难住了你?"便命令荣萨:"快去捉来我的那匹飞翅青骏马!"

荣萨捉来了灰飞马,给它配上了马嚼子,备上鞍子。

他佩着青钢锋刃宝剑,催马迎上去。

"哎呀!我的茹格牡高娃!"他老远就喊,"你手里拿的到底是什么?是根棍子,还是鸟的羽翼啊?"

"哎呀!好好看,这哪里是棍子呀?是羽翼。"

"哦,我明白了!还好我能预见未来啊;我还能猜知不在眼前的三件事。"他说着便过来与他们会面。

扎萨问:"告诉我那只鸟儿的头是什么样子的?"

茹格牡回答说:"是白色的。"

扎萨问:"那只鸟儿的身子可是黄色的?"

扎萨问:"还有尾巴是什么样子的?"

茹格牡回答说:"黑色的。"

"想来锡莱河三汗趁着十方圣主格斯尔可汗不在家,想抢走茹格牡高娃,嫁给白帐汗的察干·额尔克哈屯生的阿拉坦·格日勒图·台吉做妻子,如果所料不错的话,现如今正领兵前来。那只鸟儿是锡莱河三汗的保护神变成的。他们变成那只刚噶鸟,是专门为了察看你的容颜而来的。"

扎萨说:"如果我所说不错的话,锡莱河三汗的保护神变成刚噶鸟,是因为那天我看见一只乌鸦在夫人您营上来回盘旋,因为有事耽搁了,我没能射死它。现在明白了,那只该死的乌鸦引起了这一切。好吧！十方圣主格斯尔可汗虽然不在家，他亲爱的哥哥扎萨和三十个勇士，以及我们三个鄂托克的兀鲁思都在家呢。他们太狗眼看人低了，就让他们打来吧！茹格牡，你不要畏惧！有我们在他们不会得逞的，给超通诺彦看看这羽翼，看他有何反应！"

巴尔斯巴特尔和茹格牡高娃二人将羽毛带回去，给超通诺彦看了。

超通诺彦看了，说道："我想啊，这锡莱河三汗与我们往日无冤近日无仇，他们只是为了抢茹格牡高娃呵，你先去找个藏身之处藏起来；你去那长长的黄草甸里藏起来；只要他们找不到你就行了。然后我们把一个女仆打扮成你的样子，让她睡在你的宫帐里。如果他们找不到你，也没办法的，定不会硬闯的。"

茹格牡高娃和巴尔斯巴特尔又回到扎萨那里，把超通的话转告给他。

扎萨说："哎呀呀！瞧这家伙说了些什么！现在倒是说起好话来了，还说锡莱河三汗与我们无冤无仇呢。那你就不会问问，他们怎么就来了呢？他们都带兵前来打仗了，还无冤无仇呢，真是的！"

巴尔斯巴特尔想不出原因，就说道："自从那只鸟儿惊吓了我，我就一直心神不宁，居然想不起来。"扎萨希格尔说："他呀，局势太平时，说自己是英雄，爱慕虚荣，还使劲炫耀自己；可是敌人一来，就只会退缩，当个缩头乌龟；没有贤人的时候，就说自己是贤人；贤人来了，就他躲得快。我们来什么就与什么拼命战斗；敌人来了，慌什么？我们跟他们浴血奋战。黑花纹的毒蛇来了，慌什么？我们变成大鹏金翅鸟将其擒拿不就好了；咆哮的猛虎来了，惊惧什么？我们就化作青铜鬃狮子把他战胜！去吧，把三十个勇士和三个鄂托克的兀鲁思，还有吐伯特、唐兀特的兵马都叫来！让骑兵和步兵大部队在澈澈尔格纳河集结！到红草滩上格斯尔可汗的家里来我们一起战斗！"说着，就命传令兵去报告消息。

说罢，扎萨希格尔带上武器，率领自己的将士，同茹格牡高娃和巴尔斯巴特尔一起出发征战了。

到了格斯尔的家，人中之宝安冲也被叫来。

三十个勇士和吐伯特、唐兀特的士兵、骑兵和步兵，都被叫来了。

浩浩荡荡的大军如群蚁排衙，集结完毕。

扎萨希格尔振声："都到齐了吗？"

"都到齐了。"苏米尔道。

茹格牡高娃急于抽签下令箭让大军进发,被扎萨希格尔拦住:"我的茹格牡高娃,先别抽签。我们得探清敌情,看锡莱河三汗有多少人马?等敌情明了,我们才可以安心战斗,所谓知己知彼百战不殆啊。苏米尔,你和安冲一起去吧!"

扎萨跨上了飞翅青骏马,把刀枪不入的铠甲穿在了身上,把名满世界的头盔戴在了高昂的头上,把三十支白翎箭插入了箭筒,把黑硬弓插入了弓袋,挎上了锋利的纯钢缺月宝刀。

苏米尔骑上了云青马,披上了闪亮如晨露的黑铠甲,也插上了三十支白翎箭,带上了威猛的黑硬弓,还挎上了永不卷刃的青钢宝刀。

人中之宝安冲也骑上了云青马,披上了黑鳞片铠甲,装上了三十支白羽箭,带上了威猛的黑硬弓,挎上了不卷刃的黑钢刀。

准备完善后扎萨希格尔大手一挥,三人就一同出发了。

他们登上了沙子头山的山顶,站在那里瞭望锡莱河三汗的大军。山前漫山遍野的野兽都异常焦躁不安,正在朝他们冲来。世界上所有的野兽,不论是否受伤,都在拼命逃窜。

扎萨希格尔见了,说道:"看那边,那边尘土飞扬,漫山遍野的野兽异常躁动地朝这边涌来!可能是锡莱河三汗的大军此刻正杀过来了。"

此时锡莱河三汗的军队离他们足有一天路程之远,扎萨瞭望到的只是走在前面的三百名探子,但却离他们只有半天路程远了。

苏米尔和安冲二人迎上前去,仔细端详。苏米尔说:"哎呀!这下可糟了,扎萨说得对啊!来的军队真多啊。扎萨啊!我们什么时候才能将他们斩尽杀绝?他们的军队气势恢宏,令人悚惧呢。"

人中之宝安冲用责备的口气对他说:"哎,苏米尔!你说的是什么话?你不要长了别人的气势灭了自己的威风,怎么知道我们的军队比他们少?你怎么能这样空口无凭地乱说?好好想一想,苏米尔!男人出门狩猎,不能不装备好自己,女人参加婚礼,不能不好好打扮自己,敌人这样是在虚张声势!我们三人披挂的盔甲和武器,难道还比不上敌人的吗?我就不信了。"

"我的安冲说得对。刚才我言重了。白帐汗的大军虽然像沸腾的牛奶在锅中跳跃,我们的扎萨你就会像一把铜勺把它舀起来平息;黄帐汗的大军就算像野火一般袭来,我苏米尔也会将他们扑灭；黑帐汗的军队如洪水般滚滚而来，我们的安冲就会像排水力士让他们干涸！来什么，我们都拼尽全力将他们打得找不着牙！这有什么呢？我们三人一同迎战他们三汗，让他们见识见识我们的厉害！"

听了苏米尔的话，扎萨下令道："你们二人言之有理。我们就先灭掉他们的三百个探子。再抢过其中一个的战马。若是他们发现了，就会偷偷撤回去报告。待到那时，看他们是否继续来犯，咱们再做决定也不迟。苏米尔、安冲，你们二人杀出去到这边，占据那边的有利地形！我从后面吼叫着冲过去，冲散他们的阵型。你们来杀死从我这边逃出去的敌人！从你们那边逃出来的，我来杀掉！我们这样默契，一定会旗开得胜。"

他们三个人开始商量行动计划，然后，按着计划实行，所幸没有一个人发现他们。然后看到三百匹战马在山上拴着。战马被他们牵走后，为了掩人耳目，他们就用石头在原来拴马的地方垒起了个小石堆，把战马的空盔甲套在了上面。然后，顺道又抢了白帐汗成千上万的战马，驱赶回来。

锡莱河三汗中的幼弟黑帐汗希曼比儒札骑着四条腿上绑上了砧子的白马，生怕这有烈性的马瞬间腾空而起，便在手里挥舞着一块砧子，追赶而来了。

扎萨希格尔看见身后有人追，就对两个同伴说道："有个人从后边追上来了，如果他跟我好好交谈，我就跟他讲道理；如果他想动粗，我就不跟他客气了，你们两个尽量赶着马群往回走！"

说罢，扎萨就迎了过去。

希曼比儒札问道："哎呀！好多马，怎么赶这么多的马呀？你们是从哪里来，又到那里去啊兄弟？如果是朋友，还请报上你的名字！"

扎萨回答道："我们是吐伯特格斯尔可汗的放牛人和牧羊人。我们丢失了一千五百头牛。在我们沿蹄印寻找丢失牛群的路上，遇到了你们的三百个探子。我们从探子那儿得知牛蹄印的方向，就追踪着那群牛的蹄印继续寻找，却发现这群牛的蹄印进了你们两个可汗的大营里以后就不见了。我讨还我们的牛群，他们不但口出秽言，还说吐伯特非常穷没有牛群，并且与我们拳脚相向。难道你们身为七尺男儿，就可以把别人当作任人宰割的绵羊来欺负吗？所以他们的马群就被我们赶过来了。"

希曼比儒札问道："牛群为何被你们弄丢了？"

扎萨答道："哎呀，还不是因为我们的十方圣主格斯尔可汗去讨伐长着十二颗头颅的蟒古思，夺回了自己的阿尔鲁高娃夫人。如今他杀掉了十二头的蟒古思，带着夫人回来了。一回来便举行了盛宴，不论是牧羊人、放牛人，还是打柴的、拾牛粪的，都承蒙圣恩去参加宴会去了，却不料都因开心而酩酊大醉，这才把牛群弄丢了。"

希曼比儒札听完消息火速回到军营，把这件事一字不漏地唱给白帐汗听。

白帐汗听了，说道："哎呀呀！马群被抢去就抢去了吧！如果那个可恶的格斯尔真的回来了，我们就没什么胜算了。不要做什么无谓的事情了，我们还是退兵回去吧！以免生灵遭涂炭之害。"说完低声抽泣了起来。

希曼比儒札说了："你就权当自己迷了心智，患了重病吧，是我召集军队并率领他们到这来的，我会自己做主的，我可不像你那么胆小怕事，待我唤回草黄八骏马再说！"

说完他登高呼唤草黄八骏马，唱道：

从长生天有幸降生的，
我的草黄八骏马呀！
你的主人黑帐汗希曼比儒札。
在这里等着你们。
你们为什么还不回来？

从至高的长生天有缘降生的草黄八骏马，
你的主人可是
人中之宝希曼比儒札呀！
我在这里等着你们！
请快点回到我身边！

当草黄八骏马听到主人的召唤，好似回应般发出了长长的嘶鸣。与此同时，正被驱赶着的群马也跟着纷纷啼鸣起来。

扎萨希格尔听了，下令道："苏米尔、安冲，你们二人看出来了吗？可能这草黄八骏马通晓人言呢！主人一召唤，它们和马群就跟着回应呢！接下来，它们要耍什么花样，谁也不知道。我怕无法对付突发情况，也只能防微杜渐了！路上要当心点！"说着，他们就让马群靠拢。

驰过黄色的山岗时，草黄八骏马变成八只黄羊跑进了马群里，搅乱了马群。

扎萨希格尔立刻说："滚！出去！"实在没办法，三人便一起开弓搭箭射向黄羊。因为草黄八骏马正肩并肩一起钻入马群，所以三人开弓射箭，就使草黄八骏马纷纷倒地不起。马群受惊，四处逃散，一时合拢不过来了。三个人一不做二不休就把它们赶下了黄河的悬崖，摔死了马群。

他们三个人失望至极，只能站在悬崖边鸟瞰。

希曼比儒札回去，向白帐汗报告说："我们都被骗了，他们其实不是什么牧牛人，是格斯尔著名的三十个勇士当中的三位。他们的马踏过的地方树折石裂。更可恨的是我们的战马被他们杀光了。"

白帐汗问道："哎呀，弟弟！若此事当真，我们没有胜算，就班师回朝吧！"

希曼比儒札责备他说："难道你是傻了吗？大军是我带来的！与其撤退落得个臭名昭著，还不如血洒疆场，死得其所！"

扎萨希格尔为了试探另外两人，就说道："我们先回去，随后让其他的勇士们过来吧！你们两个觉得如何？"

安冲说道："苏米尔，稍安勿躁，请听我说！聪明睿智的十方圣主格斯尔可汗给予了我们三十勇士名号，我们怎能就此折返，甘心过着娱妻弄子的生活，一生碌碌无为？所以别多说了，现在，让我们喝下这碗滴血盟约茶，与敌人浴血奋战吧！"

苏米尔说："安冲说得对。扎萨，你去讨伐白帐汗！我去讨伐黄帐汗！安冲去讨伐黑帐汗！我们三个人将那锡莱河三汗打个措手不及，落花流水！"

扎萨希格尔说："你们两个说得对。苏米尔你摆出祭坛，点燃煨桑，安冲你举行祭祀！"苏米尔和安冲依言去办。

扎萨希格尔、苏米尔和安冲三人跪地礼拜，祷告道："我们恳请霍尔穆斯塔腾格里聆听我们的倾诉！请神力无限的梵界十七天尊听我们祷告！上界的各位大仙，众神在上！扎萨希格尔在此依次献上我们的供品，来向你们一一参拜祭祀！这赡部洲的主人格斯尔可汗从不夺别人之妻子。可是锡莱河三汗却要来抢夺格斯尔可汗的茹格牡高娃夫人。所以，我们三个人决定前去与他们大军厮杀。如果众天神施恩，敬请慷慨出手、鼎力相助，以锐不可当、所向披靡的威力为我们壮胆助威！祈求四方四大霍日穆斯塔腾格里赐甘露法雾、耕云播雨，助我们一臂之力！"

祭祀完毕，扎萨立刻道："扎萨我去攻伐白帐汗，杀他万人，割下敌人的脑袋收集起来！苏米尔，你去攻伐黄帐汗，割下一万人的大拇指带回去！安冲，你去攻伐黑帐汗，杀得敌人屁滚尿流，割下他们一万人的右耳！以此作为我们的战利品吧！"

随后，他们又为三匹坐骑祈祷，说道："沿着山行下坡路时，你们要像山上的滚石那般锐不可当；沿着山坡向上跑的时候，你们要像獐鹿一样不费吹灰之力。沿着山坡横跑的时候，你们要像狐狸一样巧捷万端。"

三匹坐骑伸展了三次脊椎，将尾巴又翘又甩了三下，抖动了三次身躯。

三人给三匹骏马上了两道鞦带，绑了两道攀胸，扣了两条肚带，这才上马往大军驰骋而去。

苏米尔问："对了，我们得胜归来后要到哪里会合？"

安冲说："我的苏米尔，你就安心地去吧！一来我们没带妻儿，二来都是单枪匹马了无牵挂。咱们眨眼间就会再次相见的。你还担心什么？"

他们都按事先想好的那样得胜而归。诸天神造出了万马奔腾的浩大的阵势，了了他们的心愿。还把敌方探子的三百匹战马也抢了回来。

凯旋而归的三人，如期而会，杯酒言欢。

而那边，锡莱河三汗被洗劫一空，军队被杀得溃不成军。

第二天一大早，锡莱河三汗本打算相互通报各自的损失，却因为士兵伏尸百万，流血千里，弄得身心疲惫焦头烂额而未能相聚。当收拾完遍野的横尸，三个人聚到了一起的时候，早已是烈日当头。

白帐汗哭着说道："今天来攻打我们的敌人，七分像大军，三分像强盗；而且最为神乎其神的是，说他孤军奋战，可那进攻的蹄声又像是千万雄师一般。这到底是怎么回事啊？"

希曼比儒札说道："哎呀！我不是告诉过你吗？你真是个大傻瓜！这就叫做天神！今后，要是三十个勇士全军出击，你将会看到我们的军队就像待宰羔羊。现在，他们三个早已走远，还不如将战死沙场的将士安葬，让他们的魂灵得以宁静！"说完，他回去了。

苏米尔对扎萨、安冲二人说道："我们弄来这些人头、人耳和拇指做什么用呢？互相铭记住自己的功绩不就好了！"

但是另外二人不同意："苏米尔，这些不过这么重，你就要舍弃它们？就是重，锡莱河三汗的战马也会帮我们驮运，咱们用不着背。要让驻守营地的其余勇士看看，好让他们能像男人一样去和敌人战斗；能让他们变得坚强起来，一心一意地去对付外敌；把这些带回去，堆在缩头乌龟超通诺彦面前，让他也知道知道什么叫做男人的战斗！"

不久之后，三人便回到了自己的部落。

苏米尔搬来战利品，倾囊倒在超通面前。

"哎呀！这是什么东西啊，孩子们快拿开！"超通惊恐万分地向后畏缩。

"哎呀！超通叔叔！你莫不是连人的脑袋、耳朵、大拇指都不认得了吧？敌人打来的时候，即使格斯尔可汗不在家，作为全军统帅的你也不在家吗？没想到你口口声声说他们与我们无冤无仇，让茹格牡高娃藏起来。这个样子还能叫作堂堂男子汉吗？"

扎萨希格尔说："叔叔！我们是想让你明白人不能胆小怕事才这样做的。这些好事也算是你干的！"

抢来的三百匹战马，首先挑最好的，送给茹格牡高娃和阿鲁莫尔根两位夫人各一匹；其次分给三十个勇士各一匹；余下的分给了缺马的军士，唯独没有分给超通。

茹格牡高娃问道："该谁担任探子了？抽签吧，谁抽到，谁就去。一两名勇士先去吧，其余的再抽签决定。"

扎萨说道："安巴里的儿子班珠尔，我觉得还是你第一个去！"

班珠尔跨上黑骏马，穿上鳞片黑铠甲，插上三十支白翎箭，带上威猛黑硬弓，挎一把钢宝刀，来到扎萨面前，问道："我的扎萨啊！我是按照你平时的作风去攻打敌人呢，还是按照自己的作风去打仗呢？"

"我们的步伐有些迟缓，有点拖延时间了，你还是按照自己的作风去打仗吧，越快越好！"

班珠尔随即出发。他登上沙子头山的山顶，向神灵祈祷，接着就冲向白帐汗的大营。突破了九重阵地，砍断了九杆大纛，折断了九杆军麾，砍死了九个火头军，赶回来了九群战马。

第二天破晓时分，白帐汗派了使者去叫他的两个弟弟。两个弟弟到了之后，白帐汗哭喊着告诉他们："昨天那些可恶的人又来偷袭了！照这样下去，可怎么办啊？"

希曼比儒札劝道："你就不用详细说给我们听了，我们已经知道了。你现在这样也解决不了任何问题，还是想想如何去对付吧！"

"现在，应该派个人去，那该派谁去追讨呢？"

"我觉得还是叫莫日根的儿子朱尔干·额日黑图来，让他去讨伐吧！"

于是，朱尔干·额日黑图被传唤到了帐前。白帐汗把自己的坐骑灰飞马交给了他，并在马背上驮了两袋沙子，说："追上班珠尔的时候，把白帐汗的话一五一十地转告他。"

朱尔干·额日黑图沿着班珠尔坐骑的蹄印，跟他到了沙子头山的山坡上，追上了他。

"喂！吐伯特的穷酸小偷，快留下我们的马群！谁许你带走我们的马群了？不许你让肥马掉膘！不许你让失明的马迷失方向！你为什么要偷袭我们白帐汗的大营？为什么突破九重阵地，砍断九杆大纛，折断九杆军麾，砍死九个火头军，赶回来九群战马？为什么要在万人面前令我们的国威不振？为什么你要折损我们的士气？我们的白帐汗你是无法比拟的。凭借他的神通，能够使日月同辉！我是莫日根的儿子朱尔干·额日黑图。我只用一张弓能齐发六支箭。不过我也不是乱杀无辜的人，不能杀生。我曾发誓，一旦破戒，我的灵魂会坠入地狱。所以，你还是老老实实地把马群还给我们吧！"

班珠尔说："哎呀！去你的！你真是糊涂透顶！你以为哄三岁小孩啊，我又不傻，我弄来这群马，又不是为了交还与你！"他又说："你这个富有的锡莱河人，怎么来跟我这个贫穷的吐伯特人讨要马群呢？真是枉费口舌。你说你们的可汗神通广大，不假。可是我们的格斯尔可汗就一无是处？哼，你们又不是不知道我们可汗的本领。"话音刚落，他又往营地走。

三只黑雕飞过班珠尔的头。

朱尔干·额日黑图说："哼，看着吧，吐伯特的乞丐！我要射下这三只黑雕最中间的那只，让它坠落到你的身上。如果做到了，我就割下你的脑袋当枕头使；如果没做到，你就割下我的脑袋当枕头使，怎么样？"说着黑雕便中了箭，掉落在了班珠尔眼前。

班珠尔却说道："去你的头！七尺男儿是用射杀飞禽来炫耀自己本事的吗？你才说完你是受戒之人，不是不杀生吗？竟夸下海口，授戒于你的喇嘛没告诉过你射杀飞禽算造孽吗？你这表现根本就是胆怯的行为！懦夫的行为。这回看我的吧！有三只鹿在北边的三座山上，我要朝中间的山那边射击。但鹿不是目标，我要射那座山，一箭掀翻那座山的半截山头！臭小子，睁大眼睛看好了，看着那剩下两只鹿朝哪边掉下去吧！也给你看看什么叫真本事。"

开弓搭箭时，他心中祷告道："我这把神弓，上弓弰用野鹿角制成，下弓弰用狍子角制成，两侧弓面用黑皮制成，弓臂是白海螺，弓弦是青彩虹。请格斯尔可汗和十方神佛庇护上弓弰！请四海龙王守护下弓弰！请四大霍日穆斯塔腾格里守护内外弓面！请青彩虹之神守护弓弦！勇士班珠尔紧握弓臂就要射箭了！请无形的黄风引领我这支箭矢！"

话音未落，他射出一箭，如他所说的那般掀翻了半截山头。东山上的鹿倒向了山的阳面，西山上的鹿倒向了山的阴面。

朱尔干·额日黑图心惊肉跳，紧紧地抱着马鬃观看。

班珠尔捡起箭矢，赶着马群将欲离开。

朱尔干·额日黑图看他要走了，就从后面追过来，说道："哎呀！你叫班珠尔啊？常言道，不要与英雄豪杰和神射手为敌，也不要与可汗诺彦作对，多一个朋友少一个敌人。我不跟你比试了。现在我求你把马群还给我吧！"

"唉！就是践踏过你的身体，我也要赶走马群。我凭什么给你马群？"

"哎呀！班珠尔！俗话说当自惜羽毛。你若不想把马群还给我，那就请把那匹像两岁绵羊一样可爱的白马和那匹毛色光滑得像绸缎一样的黑骏马还给我吧！为此，我再向你展示一次我的本领，这样总该可以了吧！"

班珠尔恼怒地说道："你射了箭，你说那是你的一种本领。现在，你又要我给你两匹马，又说给我看你的本领。你有什么本领？要是杀了你，锡莱河三汗就知道到底谁是好汉。你想跟我结为安达，好啊，就把你骑着的灰飞马给我啊！它神似我们扎萨的神翅灰骏马。你答应了，我就给你要的那两匹马，再加上九匹马。你看怎么样？"

"哎呀！我的班珠尔，你怎么生气了？给你就是了。"说着，朱尔干·额日黑图就把自己的灰飞马送给班珠尔了。

班珠尔把那两匹马和外加的九匹马给了他，便嘱咐了他如何向锡莱河三汗转告自己的话。

朱尔干·额日黑图回去后，把自己所经历的一切原原本本地唱给三个可汗听了，还说道："他们那么厉害，一个勇士就能把一座山射成两半，若是三十个勇士一齐过来，我们就真的是什么都不可能剩下了。"班珠尔回到家，送给扎萨灰飞马，马群也照旧规矩分了，但是没有超通的份。

扎萨随后下令道："现在，有苏穆的儿子乌兰尼敦前去挑战！"

乌兰尼敦骑上了红青斑马，穿上了锁扣白铠甲，拿起早已准备好的弓箭和刀剑，觐见了扎萨。

扎萨将之前班珠尔说过的那些话重复了一遍。

扎萨说："你像黄河源头上的一只海东青冲进鸂鶒群一样，去让他们见识见识！"

随后乌兰尼敦便出发了。

他同班珠尔一样，杀入了黄帐汗的营帐，杀人如麻后，抢了马群就往回走。

黄帐汗派部下洪古尔的儿子希木珠去追乌兰尼敦。

乌兰尼敦走到山坡上时，希木珠也尾随而至。

乌兰尼敦依照以前班珠尔对朱尔干·额日黑图说过的话又说了一遍，说完赶着马群继续往前走。

希木珠挡在他前面说："哼！如果你不还我的马群，你就拿出英雄的本色接住我射的箭，或者你拿出神箭手的本事射箭，我接箭。"

"那好！让我来接箭，你可得拿出神射手的本领！不然我就胜之不武了。"

希木珠竭尽全力地引弓搭箭。

乌兰尼敦张开了他那木盘般大的嘴，瞪着眼睛说："来啊！射吧！"说完，就大笑起来。

希木珠有些发抖了，射出的箭从乌兰尼敦的头顶擦过去了。

"好啦！现在该轮到我了吧。"乌兰尼敦说道："麻烦你走远一点儿，到终点等着。我会射中你那项上人头，像剖开羊头一样凿开你的天灵盖！不过你不会马上死掉。我箭上的毒会慢慢发作的。"

于是乌兰尼敦就放箭了。果真跟他说的一样，箭射中了希木珠的脑袋。

希木珠爬起来，苟延残喘地上了马，抱着马鬃摇摇欲坠地跑回大营，把他刚才的经历唱给锡莱河三汗听，随后喊一声："可恶的，箭毒发作了，啊啊！"就死去了。

乌兰尼敦照例把战利品分给了大家，但仍然没有分给超通。

"现在该谁去当探子？"

通过抽签来看，是年长八十岁的察尔根老爷。

人中之龙安冲说道："怎么可以让老爷爷去当探子呢？还是年少的我去吧！"说着，便拿了所有的武器，跨上了云青马，整装待发。

而在此前不久，安冲刚娶了一位当地可汗的女儿蒙古勒金高娃为妻。

蒙古勒金高娃劝说他道："亲爱的！并不是为妇的我阻止你，多管闲事啊，但我同父母告别的时候，做了一个非常不吉利的梦，所以，这次你还是别去了！"

安冲正觉得妻子说得有道理，想就此作罢。

这时，超通诺彦说道："孩子！你是条好汉，为什么要听信妇人之见，做大事者岂能妇人之仁，贪生怕死？莫让人们取笑，我超通诺彦十五岁时，什么事没干过啊，对吧？"

安冲听了，说了声："说得对！要像男人一样战斗。"就跨上了马背准备出发。

妻子哭了，说："亲爱的！你已经当过一次探子回来了。听我的就不要再去第二次了！"

安冲再没听妻子的劝说，出发了。

他到了沙子头山，在山顶上观望。

他同乌兰尼敦一样，杀进了黑帐汗的大营里，旗开得胜，随后黑帐汗派拉哈的儿子阿拉木珠前去追击安冲，在沙子头山山顶，阿拉木珠追上了安冲。他们还是沿用老规矩，一个射箭一个接箭。

阿拉木珠先用箭射向安冲。安冲默默向格斯尔的神灵祷告。

阿拉木珠的箭刚射出去，忽然就狂风大作，箭从安冲头上擦顶而过。

"现在，该到我出手！"

安冲心里想到："我还只是个孩子，没必要在意什么名誉的。"于是一箭就把阿拉木珠拦腰射穿了，便收缴了他的盔甲和坐骑。

在回去的路上，安冲突然想："若是知道我只杀死了一个敌人，其余的勇士一定会嘲笑我；他们会认为我安冲不是男儿，因为我只杀死了一个敌人就回来了。"于是，他勒住马头，回身又杀进了被誉为"山中闪电"的比儒瓦的大营，成功斩杀了他们一万人，将他们的辫子割下来拴在了自己的马尾巴上，还斩杀了九名火头军，砍倒了九杆旌旗，最后往回走时，赶着九群马。

"山中闪电"比儒瓦随后追击安冲，到沙子头山的山坡上就追上了他，说道："吐伯特的盗贼你莫要走！你来进攻大开杀戒，不找锡莱河三汗，为什么要来找我？难道你没有听说过我的名号吗？割断我们的辫子侮辱我们的精神，你最好赶快放了我们的马群！"

"喂！说大话谁人不会！如果你是'山中闪电'比儒瓦，我就是神父的儿子人中之龙安冲。我想你早听说过我们天下无敌的格斯尔可汗的勇士们吧？格斯尔可汗哪里对不住你了，你要与锡莱河三汗一起攻打我们？上次我和扎萨、苏米尔三人一行的时候，若是知道你在这里安营扎寨，早就把你的项上人头给取了！"

这时，安冲这边飞来三只大雁。

"山中闪电"比儒瓦看着大雁说道："喂！盗贼小儿！我要射下这三只大雁居中的那只。我射出的这支箭射中它以后，弹射的箭镞能杀死前面那只雁，箭翎能拍落后面那只雁。如果我能一箭射死三雁，你就得把我的马群留下。要是我射不中，你可以把马群赶走！"

安冲兴奋地说："好！"

"山中闪电"比儒瓦假装正在拉弓对准飞雁，却趁安冲不注意时拉弓一箭射穿了安冲的肋骨。

安冲被射倒后很快起身，解下九庹长的白绸巾，扎紧两肋止血，骂道："混蛋！你这样做难道不是畏惧我吗？这与妇人吵架，一个用剪刀刺伤另一个有什么两样？我绝不会屈于你的一支暗箭，现在就让你见识见识我安冲的本领，你离我远点，在你的头盔缨上插一根芨芨草，在芨芨草尖上扎一粒羊粪蛋，我能把缨子和羊粪蛋中间的芨芨草一箭射断。你就带着惊讶去禀报你的三个可汗吧：他在两肋被射穿之后，还有如此的箭技！"

"山中闪电"比儒瓦听了安冲一席话便走到远处，背对着他等他射箭。

安冲边拉弓边想："该死的！被你骗了还会乖乖射箭吗？我从来都是有仇必报的人。"于是，便一箭射死了他。接着，砍下了比儒瓦的脑袋，并挂在坐骑的脖子上，又抢了他的战马，赶着马群，沿着沙子头山的山岗往回走。

在往回的路上，他血流如注，又渴又累，险些摔下马背。不过，当他往右倒下时，云青马竖起右边的鬃毛托住了他，当他往左倒下时，云青马又用左边的鬃毛托住了他；当他往前倒时，云青马想用它的头托住他，但还是晚了一步，安冲便重重地摔下去了。

这时，有两只狼跑过来了，想要吃了他的肉；同时还有两只乌鸦想啄他的眼珠。

云青马将四条腿岔开把他护在胯下，不断呼唤安冲，哭道："雄鹰翱翔于蓝天，难道是坠入猎人的网了吗？鳌鱼在深海畅游，难道也被渔网困住了吗？在这大千世界上所向无敌的格斯尔可汗的侄子天之骄子安冲啊，难道你被妖魔上身了吗？我们主人的三十勇士，正是因为像琴音一般和谐，像竹节一样首尾顺畅，所以才走到了今天；我们三十匹骏马，因为像翅膀一样亲密无间，所以才走到了一起，成为了各勇士们的坐骑。尊贵的腾格里的儿子安冲啊，难道你真被这赡部洲的人给害死了吗？托生于神圣的腾格里的安冲啊，你被杀害了吗？如果让它们毁掉了你这尊贵的躯体，我就不是那曾经追风的云青马。"

云青马泪如泉涌，拼命地保护着它的主人。两头狼从背后击袭，云青马就用后腿刨它们；两头狼从前面攻击，云青马就用前腿踢它们，张大嘴去撕咬它们。

此时的安冲还没有完全昏死过去。他被保护在云青马的胯下，用眼角瞥了瞥两只乌鸦说："两只乌鸦啊！我身上除我这两只眼珠以外，谁还能占有我的身躯啊？请你们在要我的眼珠之前，请先飞到扎萨希格尔和三十个勇士旁边，告诉他们一声，就说是人中之宝安冲杀进了敌人军营中，把他们杀地得血流成河，俘虏了他们的很多子女往回走。安冲赶着他们，眼看要越过了沙子头山的山梁了，可因为路途遥远又没有水喝，所以快渴死了。叫他们赶快送水过来！"安冲如此这般叮嘱了许多，然后说："唉，乌鸦呀！我忘记三十个勇士们不会鸟语，你俩还是去找伯依通说吧！他能听懂各种语言。"

两只乌鸦很快飞走了。飞到大营上方盘旋着。

伯依通听懂了乌鸦的鸟语，止住吵嚷的众人，激动地站起来说："快，这两只乌鸦是来报信的！"

扎萨希格尔急忙问道："伯依通，发生了什么？快给我们说说！"

"我知道了。男子汉大丈夫的胸膛中能装得下一个穿戴盔甲的女人，同样，女人的肚子里能装得下有骨骼和头发的孩子。两只乌鸦一五一十地传了安冲的口信！"伯依通把安冲要让乌鸦传达的话一字不落地转告了所有人。

扎萨和茹格牡高娃二人听完后默不作声地哭了出来。

"听说人中之龙安冲缴获了很多的牲畜，正往回走呢！我们赶紧给他送水去吧！"说完，扎萨、茹格牧高娃和伯依通三个人立刻出发了。

"也不知道安冲他是否安然无恙？或许幸运活着呢？还是赶紧去把贡嘎医生叫来！"于是，他让伯依通去叫贡嘎医生。

伯依通找了贡嘎医生，让他去救人。

贡嘎医生夫妇俩都说："今年东行不吉利，不能去啊。"

伯依通回来，把医生的话转述给扎萨和茹格牡高娃二人。

茹格牡高娃听了勃然大怒，说道："你们听听这说的是人话吗？！他是知道格斯尔可汗不在家，觉得我是女人无法掌控局面？明明在家却不去救我的安冲。他这个不知好歹的人！我要杀了他，谁敢拿我是问不成？"说着，便派人要把贡嘎医生强行带到面前来。

他们四个人立马动身去沙子头山的山脊寻找了，却不见人影。

这时，忽然看见有个高大的黑影跑过去了。

四人看出是马的蹄印，茹格牡高娃辨识了出来，说道："这不是我的格斯尔可汗的枣骝神驹的蹄印吗？不过追上它很难啊！"他们说着，就沿着蹄印寻找。

找到之后一看，一大群马都聚集在安冲的跟前。

安冲的云青马泪流满面，向他们跑来。

扎萨和茹格牡高娃二人伤心地哭了。

原来，格斯尔的枣骝神驹凭借神通知道了安冲遇害的情况，便跑来聚拢了一群马在安冲左右。

贡嘎医生取出灵药，敷在安冲的两肋上，救活了他。

安冲将他战胜锡莱河三汗的经历详细地描述了一遍。

他们坐在草地上，看着一万人的辫子和"山中闪电"比儒瓦的头颅，谈得好不畅快。

就在此时，空中突然飞来了六支箭，分别击中了安冲、伯依通、贡嘎医生，其余的三支分别击中了他们三位的坐骑。

茹格牡高娃急急忙忙站起来哭着说道："哎呀！我的扎萨啊，快，发生了什么事啊？"

"这是敌军发出的信号，先别哭。"扎萨说着便把三个人身上的箭拔出来了，再把贡嘎医生的灵药给他们敷用，就上马返回了。

扎萨希格尔登上山巅观察，才知道原来刚才是锡莱河三汗莫日根的儿子朱尔干·额日黑图从暗处用一张强弓齐发了六支箭。他还念了咒语："射出去的每支箭啊，中不了人，就中马；中不了马，就中马的主人！"因此，箭就射中他们三个和他们的坐骑。

扎萨希格尔说："难道你不是莫日根的儿子朱尔干·额日黑图吗？你忘了那匹马是怎么样由你自己送给班珠尔啦？"

"不错。因为你们的人闯进来，还袭击了我们的营帐，把我们那里弄得鸡飞狗跳的，所以我才来射箭的。"

"哼！若是这样，是你们先冒犯我们的！"说罢，扎萨希格尔拿出弓射出了一支箭。

不过，朱尔干·额日黑图的六根大拇指中藏着他的灵魂，因此并没能射死他。

朱尔干·额日黑图也搭箭瞄准。

扎萨凭借神力看见了他的灵魂藏在何处，就立即拔刀，冲到他跟前，把他六根大拇指连同弓弦和箭一起砍断了。

朱尔干·额日黑图立刻倒地身亡了。

扎萨带着朱尔干·额日黑图的坐骑、甲胄和六根大拇指大胜而归。归来时，他见到茹格牡高娃正痛哭流涕。

"哎，茹格牡高娃！你怎么能哭呢，谁去上药了？我已经杀死了朱尔干·额日黑图凯旋归来了。"

从天上请来的贡嘎医生曾配制让人起死回生的仙药，他们点起了煨桑，焚烧了供品，扎萨希格尔向格斯尔汗的保护神祈祷说：

"惩恶扬善的圣主格斯尔可汗啊！霍尔穆斯塔腾格里天神父亲在上啊！三位神姊啊！诸位天神，请保佑我们！请招回这三人那远去的魂魄吧！请让这副神药轻如鸿毛快快上身，药效神速药到病除吧！"

然后，他们抬起这三个人，在祭台上绕了绕，在他们伤口上敷了贡嘎医生的神药。

三人立刻就活过来了。

贡嘎医生逐渐苏醒过来，但觉得自己的身体还没完全恢复，就服用了自己的良药，顺便给另外两个人也服用了。服完药，三人的身体就完全恢复了。

三匹坐骑身上的箭被贡嘎医生拔下来，他又捣碎朱尔干·额日黑图的大拇指肉，配入药里，立马抹在三匹马的箭伤处，三匹马同样也活过来了。

他们从马群里挑选出九匹膘肥体壮的战马宰杀，用来拜祭格斯尔可汗的保护神，来感谢保佑了三人。

茹格牡高娃和伯依通二人赶马回营。

扎萨、安冲和贡嘎医生他们三个抬着"山中闪电"比儒瓦的头颅回到了大营里。

接着，就按惯例，他们把马群平均分完了，但同样没有分给超通。

而此时锡莱河三汗，把三部人马聚集在一起，安营扎寨。

在这之后，超通诺彦看着自己没分到战利品，也想去盗取马群。他骑上自己的黑头白尾黄斑马，背上蚂蚁斑箭筒，披上生牛皮铠甲，挎上两面薄刀出发了。

超通盗了一群锡莱河三汗的营地里的马，往回走的时候，白帐汗的属下绰号为"嗜血雄鹰"的哈刺大臣随后而来。当超通走到沙子头山山坡上的时候，被追上了。

超通诺彦觉得自己是个不可多得的好汉，骄傲地说道："哼，等我回去以后，这群马全部归我，一匹也不会分给扎萨！"

嗜血雄鹰哈刺大臣跟在后面，发现超通在自言自语，就躲在一处大声说道："看来，你不是什么好东西！一个人嘀咕什么呢？你有本事，回到营地以后就独自占有这群马，不要分给扎萨一匹好了！"

超通听了，赶忙丢下马群，拼命往营地逃跑。

跑着跑着，超通眼看就要被追上了，就背着弓箭，钻进一个洞里藏起来了。

哈刺大臣喊道："咳！钻到洞里去，还想向哪里跑？快给我出来！"

超通在洞里唯唯诺诺地回答说："我把马群归还给你就好了！你要我这个人有何用？"

哈刺大臣说："你现在倒是害怕起来了。我不管你有没有还我马群，快交出弓箭！"

超通立马交出了弓箭，这时在那三十支白翎箭上沾满了泥土。

"你再不出来，别怪我拿烟熏把你逼出来！"哈刺大臣说着，立刻拿来了一些干牛粪。

超通赶忙道："千万别杀我！这样格斯尔现在不在家。你要想抢了茹格牡高娃，我给你出个好主意！怎么样？"

超通欣喜地从洞里爬了出来。

哈刺大臣看见人已经出来了，就捆住超通，赶着马群，把他带到锡莱河三汗的大营中，交由他们定夺。

他们看见超通，给他松了绑，超通就给他们磕头。

白帐汗说了声："请上座！"

希曼比儒札讽刺道："磕头的超通诺彦，还有给你赐座的可汗，你们俩人太般配了！超通叔叔，有什么事情都一吐为快吧。"

超通诺彦说："格斯尔不在家，他去征讨拥有十大法力的蟒古思了。现在格斯尔最亲密的哥哥扎萨和三十勇士在帮格斯尔暂管营中之事，他们都很厉害。但是又有什么关系呢，抢茹格牡高娃的事情，就交给我，我来帮你们谋划谋划，怎么样？"

"好啊！你说说，看你有什么办法？"

"你们先还给我头盔、坐骑和盔甲！再给我一群你们不太重用的马！我回去后告诉他们：'在锡莱河三汗的军队往回撤退时，我跟着他们追了过去，看到疲惫的马群，就立刻赶回来了。'我这么说，然后我方就会立即停战。这时你们紧随我身后，待到时机成熟把茹格牡高娃抢走就是了！"

三汗听了以后，觉得甚是有理，便给了超通的坐骑、武器、盔甲以及一群驽马。

于是他骑马出发了，但过了一阵他又回来，并说："一直以来，格斯尔和我都在相互争夺领地和百姓。若你们抢到茹格牡高娃之后，请分给我那里的土地和百姓吧！"

白帐汗答应了。

超通磕头谢过，就辞别白帐汗回到了家。

众人问道："超通叔叔，你怎么久去不归，现在才回来？"

超通回到营地后说："锡莱河三汗大损元气之后，开始撤退，我去追击他们，没有追上，只好赶回来一群他们丢掉的老弱战马。原来你们是嫌弃我没有才干，等人家撤退以后才派我去抢他们的马群呀。为了得到马群，我也非常艰难！我虽然成天无所事事，好歹也是你们的亲戚呀？如果你们对我的话仍存猜疑，那就再让人去探听虚实！"

扎萨说："看你说的，超通叔叔，我们当然信你了啊！照这么说，敌人是真的撤走了。大军解散，各回各的家吧！"

茹格牡高娃哭着对扎萨说道："我的格斯尔不是常告诉你吗？超通这个人，非常狡猾，说出的话可信度很小，心却像又黑又硬的铁石。他还吩咐过，我们商讨内务的时候，务必不能让他知道，无关紧要的事情才可以让他知道，不是吗？并且，格斯尔还说过超通的胆小又爱撒谎的本事可不是一般人可比拟的。"

扎萨说道："唉，我的茹格牡高娃！无论他的人品再怎么不好，也不至于帮助敌人，来出卖我们。假如是那样，他也不会平安地出现在这里。依我看，他说的十有八成是真的。"

果真，扎萨希格尔就地解散大军，士兵们各回了各的家。

茹格牡高娃一边哭，一边给向导阿日嘎的儿子阿日贡备好了装备，派他去探查锡莱河三汗大军的动向。

阿日贡刚出发不久，便看见锡莱河三汗的大军如铺天盖地般冲过来了。

阿日贡想："就算我逃出了这些敌人的重重包围，难道还能全身而退吗？"便冲进阵里去与敌人拼命厮杀，杀死了一千个敌人之后光荣地牺牲了。

看见锡莱河三汗的大军来了，茹格牡高娃流着泪，找出格斯尔那柄用磁性青钢铸成的宝剑，藏在腰间，走到营帐前来。

于是茹格牡高娃叫来了会引弓射箭的阿鲁莫尔根夫人。并对她说："他们以为十方圣主格斯尔可汗不在家，以为扎萨希格尔哥哥和三十个勇士也都回了家，以为我们是巾帼女流，就敢来欺负我们，哼，现在，我们就去找敌军的先锋拼命厮杀吧！"

茹格牡高娃装入一千零四十支箭到格斯尔最常用的一个大箭筒里，交给了阿鲁莫尔根。随后阿鲁莫尔根接过箭筒，并挎在腰上，骑马飞快冲至阵前。

阿拉坦·格日勒图·台吉怕那被马蹄掀起的风沙弄脏了茹格牡高娃那闭月羞花的脸，也带着四十个好汉来到阵前。

阿鲁莫尔根问道："来抢茹格牡的四十个好汉啊，你们到底是大军的先锋，还是来迎亲的队伍？"

四十个先锋回答说："我们当然是先锋。"

阿鲁莫尔根随后对他们说："那就好办了！你们摆成四行，一行要有个十人！"

他们就按着意思摆成了四行，一行十人。

接着，四十个人就被阿鲁莫尔根用四支箭杀死了。利箭又飞至敌军军营，射死的人难以计数。阿鲁莫尔根杀死了阿拉坦·格日勒图·台吉，顺便还缴获了阿拉坦·格日勒图·台吉那匹被称作"金座"的黄色战马。她又骑上马，继续向敌军的军营奔驰而去。

锡莱河三汗的大军未能抵过，落荒而逃。

他们众口纷纷："超通诺彦那小子骗了我们。格斯尔在家！并且正在战场上追杀我们的先锋。"

为了应付他们派出了五员大将：分别是白帐汗的三弟希曼比儒札，他披挂严整，骑着白龙马准备上阵；嗜血雄鹰哈剌大臣；白帐汗的女婿、索龙嘎汗的儿子曼楚克·朱拉；黄帐汗的女婿、巴勒布汗的儿子米拉·贡楚克和黑帐汗的女婿、当地一个汗的儿子蒙萨·图斯克尔。这五个人一齐上阵，都挥着大刀，费了九牛二虎之力才把四处逃散开的军队召集了回来。

这样，漫山遍野都是锡莱河三汗的大军了。

阿鲁莫尔根射死一万一千名敌军后没箭了，左右看看，身边没有一个援兵。

她心想："现在我该怎么办？"已经无路可退，只好带着畜群和营帐上山了。

为了捉住茹格牡高娃，敌人大张旗鼓的包抄过来。

茹格牡高娃砍向西边冲过来的敌人，杀死了一万人；又砍向东边冲过来的敌人，杀死了一万人。她就这样一直砍杀。

随后前后两面的敌人再次冲上来。

茹格牡高娃早已筋疲力尽，无力在继续，变成一只大雁飞上了天空。

此时，白帐汗的保护神变成了一只白鸢，追赶茹格牡高娃。

茹格牡从高空中飞下来，在低空中飞行。而黄帐汗的保护神变成一只黄鸢，又追赶茹格牡高娃。茹格牡只好收起翅膀，紧贴着地面，凭借气流飞翔。可黑帐汗的保护神变成一只黑鸢，继续追赶茹格牡高娃。茹格牡眼看无计可施，变成六百个尼姑，假装在地上打坐。

锡莱河三汗显然认不出她来，就放出自己的白龙马去辨认。

白龙马走到茹格牡跟前，咬住她的衣襟，把她擒住。茹格牡高娃无路可逃，只得现出原形。

锡莱河三汗掠走了格斯尔的白宝塔、如意宝、金粉抄写的《甘珠尔》《丹珠尔》两部大乘经典、十三奇宝寺和没有裂纹的黑炭等所有宝物。

茹格牡高娃一边走一边哭，她叫来格斯尔的一个仆人并嘱咐道："格斯尔的性子很急，他回来后，会知道锡莱河三汗抢走了我，看到营帐被毁，所有东西被抢走，就有可能会昏死过去。到时候，你用这个去熏他的鼻子！"说着，她拔了一根自己的眼睫毛交给仆人，又接了一小勺自己的眼泪交给仆人说道："然后把这个灌进他的嘴里！"说完就走了。

格斯尔的巴尔斯巴特尔送走扎萨希格尔以后，就找人喝酒去了。当他一个人喝得酩酊大醉地回到家里，听到了消息，立即披挂上阵，一个人追上了锡莱河三汗的大军，冲入敌营，斩杀了五万敌军之后，他由于干渴而昏倒过去。趁着他昏倒之际，敌人把巴尔斯巴特尔杀死后匆匆离开了。

英俊的莫日根侍卫誓死为格斯尔出力，单独追上敌军，斩杀了五千个敌人。

安巴里的儿子班珠尔单枪匹马追上了敌军，也和巴尔斯巴特尔一样，杀得兴起。嗜血雄鹰哈刺大臣射杀了他的黑马，他就徒步与敌人厮杀，杀死一千个敌人后，他也同样因干渴而昏倒了。

苏穆的儿子乌兰尼敦张开了像大木盘一样的大嘴，瞪着红眼睛，冲入敌阵。但跟班珠尔的境遇一样，他正杀得痛快，汉地太平汗的儿子米拉·贡楚克射死了他的绛红马。他就徒步与敌人混战，而砍杀了一千五百个敌人后，由于干渴而昏倒了。

苏米尔和安巴岱的儿子铁穆尔·哈岱冲也跟其他人一样，在追杀敌人的过程中，斩杀了一千个敌人后壮烈牺牲了。

大塔尤、小塔尤、大鼓风手、小鼓风手、乌努钦·塔尤、荣萨六人随后赶到。他们斩杀了六千个敌人后，被"山中闪电"比儒瓦的儿子布哈·察干·莽赖背后偷袭，把他们全部杀死了。

巴德玛瑞的儿子巴木希古尔扎单骑赶来，当斩杀到五万个敌人时，当地一个可汗的儿子孟萨·图斯格尔射死了他的青马。他便徒步拼杀，又杀死了两千个敌人后，也战死了。

十五岁的人中之龙安冲单枪匹马的赶来砍杀四万个敌人时，嗜血雄鹰哈刺大臣射死了他的追风云青马。他便徒步作战，又斩杀了三千个敌人后，被人杀死了。

伯依通赶到了，他杀死四千个敌人后阵亡。

其他勇士们也都先后赶到，也同样各自杀敌数百人都战死了。

第五章 攻取锡莱河三汗部

格斯尔还有一名英勇神武的勇士，人称包达齐。他会变魔法，能变出火球，能徒步进入敌阵抛撒烧死敌人。这时，他骑马赶来，将魔葫芦掷在地上，盛满沙土后点燃后冲入敌阵四向乱撒，烧死敌人无数。有些敌人想绕到他的背后偷袭他，但火焰和浓烟使他们无法靠近。就这样，他把锡莱河三汗的兵马弄得鸡飞狗跳的，令他们生不如死。可惜在浓烟烈火之中，他自己也未能幸免也因干渴而昏倒，最后又被杀死了。

英雄扎萨的家位于澈澈尔格纳河源头上的古尔班图拉嘎地方。

他得知不幸的消息，立即骑上飞翼枣骝马，配戴各种宝物相缀而成的盔甲和配饰，启程赶往敌人的营地。

与此同时，年迈的察尔根老爷骑着他那身躯庞大的黄马赶来了。

他们二人一道，循着锡莱河三汗大军留下的踪迹追击过去。

扎萨说道："哎呀，察尔根老爷！从格尔斯住的红草滩大营直到黄河一带，敌人被杀得尸体纵横交错，就像羊群遭到恶狼的袭击一样。也就只有你我二人的战马才能在这中间自如地穿行，别人的马怎样能通过这里？唉，可惜了我的三十个勇士呀！"他控制不住心头的悲愤，说道："老爷！你由此缓慢行走。我去探查锡莱河三汗的军队，看他们死伤情况如何，还剩下多少人马，了解一下他们的战况，我们再制定计划。"

他爬上那座山的山顶远眺，流着眼泪向格斯尔呼喊道："神圣的天神的儿子、享誉大千世界的十方圣主格斯尔可汗啊！这到底是怎么回事？霍尔穆斯塔腾格里的儿子、所向无敌的格斯尔汗啊，请告诉我这到底是为什么？像高山顶上腾跃的黑文虎一样那么骁勇善战的三十个勇士，像游弋在大海深处的巨大鳌鱼般的三十个勇士，他们是你从圣洁的兜率天亲自带到人间来的英雄。茹格牡高娃夫人是你那场盛大比赛中获胜后娶到的妻子。从十五岁起就名声大噪的人中之龙安冲啊，与你最亲密的英雄扎萨希格尔我在此悲痛地哭诉啊！亲爱的格斯尔啊！你这是怎么啦？莫非是那长着十二头颅的蟒古思已经把你害死了？莫非是阿尔鲁高娃夫人使出什么计策把你留住不放？到底怎么啦？天上的众神啊，到底发生了什么？我的格斯尔可汗啊！"

他如此这般向上天哭诉的时候，具有神通的茹格牡高娃知道了这一切，从远处呼唤扎萨的名字，下令道："人中之雕扎萨希格尔啊！树断了，根还在；人死了，儿孙还在。树没有了根就会死掉；人要是没有了子孙可是要绝后的。怎样才能让死去的三十个勇士复活呢？现在，敌人力量很强，势不可挡。你去通知格斯尔，然后你们二人一起过来，替他们报仇雪恨！"

"哎呀！就这点时间，你就变了心，归顺于锡莱河三汗了吗？茹格牡，你要我厚着脸皮去见格斯尔吗？如果格斯尔回来问我：'扎萨，这到底是怎么回事？'我该怎么说？还真不如死了痛快。你以为我是那种惜命怕死的人吗？"

茹格牡高娃问道："超通在哪里？"

扎萨回答说："他因为怕你，带领着锡莱河三汗的军队还有四十万人。男子汉趁年轻才能做事；羔羊肉趁热才好吃！"

察尔根老爷说道："亲爱的扎萨啊！我是个早已将生死置之度外的人，离活路渐行渐远的人，已经走到路的尽头啦！亲爱的！我倒在什么地方，你就在什么地方埋葬我！察尔根我呀，就像扑火的飞蛾，就像一片霜打的田禾。你去见十方圣主格斯尔可汗，然后回来消灭锡莱河三汗，为那些牺牲的勇士们讨还血债！"

扎萨听了，说道："我的老爷，你是畏惧了吗？少说废话，快走吧！"

他抽飞翼枣骝驹马一鞭，又拔出青锋刀，在虎皮石面上磨好了刀。

他们穿过西冷峡谷，渡过黄河渡口，自东北方向冲进了锡莱河三汗的营帐。他们朝前砍，把敌军杀得落花流水；黄河里漂浮了死尸，河水也被血水染成了红色。

他们三次进出，前后砍死了七万人，分头朝着敌阵的侧翼冲杀后再返回。

他们二人折返时，又杀了一万个敌人。

察尔根将扎萨叫来，扎萨："唉！察尔根老爷！你为什么把我叫过来呢？"

"你看！那里有敌人的五六个猛将！你去杀死他们其中的一个！"

白帐汗的三弟希曼比儒札身骑白龙马，身着全副盔甲，前来迎战扎萨。

他们只战了一个回合，就分出了胜负。

原来，扎萨的飞翼枣骝马和希曼比儒札的白龙马是同一匹种马所生。两匹马相互熟识，都畏缩了，不愿靠近对方。扎萨挥动着青锋刀却近不了希曼比儒札的身。于是改用左手持刀，干脆地砍断了希曼比儒札的弓弦。他又冲出来，沿途又杀死了一万个敌人。

扎萨杀死了九万个敌人，察尔根杀死了一万个敌人。

杀敌如麻，扎萨口干舌燥，便到黄河边上喝水。由于黄河水已经变成了血水，带着毒性。扎萨喝了血水后，便身中剧毒晕倒在地。

希曼比儒札用一块木头当舢板，划过去砍下了扎萨的头颅，交给了自己的士兵。

茹格牡高娃见到扎萨的头颅,捶胸顿足地哭诉着向锡莱河三汗要来了扎萨的头颅,抱在怀里哭喊道:"格斯尔可汗啊,你怎么了?你不是上界霍尔穆斯塔腾格里天神的儿子吗?为什么跟随你下凡人间的扎萨希格尔被人给杀死了。哎呀!我的扎萨!亲爱的英雄扎萨希格尔啊!"

茹格牡这样为扎萨痛哭的时候,锡莱河三汗将扎萨的头抢走了。

茹格牡高娃想实施法力,使扎萨借尸还魂,就出发去寻找一具完好无损的尸体。可是她怎么找也找不到,所有的尸体都有被扎萨砍过后留下的刀伤。她只得找来一只鹰,将扎萨的灵魂移入这只鹰的躯体了,然后她向锡莱河三汗军队中的每个士兵都要了一支箭杆,当作木柴,把扎萨的遗体火化了。

茹格牡高娃找来扎萨使用过的三支箭,在箭杆上写道:"根除万恶之源的十方圣主格斯尔可汗啊!你是不是已经死了?要是死了,我也束手无策了。如果你还活着,认真听我诉说。我是六岁就与你相遇的与你两小无猜的茹格牡高娃。你的心腹以扎萨希格尔为首的三十个勇士,他们得知你失去了十三奇宝寺、白宝塔、如意宝和《甘珠尔》《丹珠尔》两部经典等奇珍异宝之后,忍无可忍,就毅然冲入敌阵厮杀,全部阵亡了。圣主格斯尔可汗,你的茹格牡高娃在召唤你,他们死得太惨了,快回来为他们报仇雪耻吧!"写完后便摩挲起那支箭,施以魔法后射了出去。

这支被施了魔法的箭,落到了格斯尔所住的蟒古思城,自动跳入了格斯尔的箭筒里。

"奇怪!我的箭筒为什么会有响声呢?图门吉日嘎楞,把我的箭筒拿过来!"

图门吉日嘎楞将箭筒拿来递给他。

格斯尔端起箭筒看一眼,便认出了是扎萨所使用的箭。不禁惊叫一声"哎呀!这不是扎萨的箭吗?"随后再仔细察看,发现了写在上面的密密麻麻的字。

"是啊!我的茹格牡高娃夫人、英雄扎萨希格尔和三十个勇士,他们还都在家里。我怎么就把他们给忘了呢?看来,他们遭到了敌人的侵犯。"格斯尔念了咒语:"谁侵犯了我,你就去射中谁的心窝!"接着,摩挲了那支箭。

格斯尔摩挲过的那支箭,飞出后射中了白账汗的额尔克查干夫人的心窝,当场丧命。

此事在锡莱河三汗的军队中引起了轩然大波,人们七嘴八舌议论纷纭:"这支是来自天上的神箭呢?还是中界阿修罗射来的箭?亦或是下界龙王的箭?如果都不是,就有可能是十方圣主格斯尔可汗来讨伐我们了。"

他们被吓得魂飞魄散抱头鼠窜。

茹格牡高娃听了，暗自庆幸。她心里默默祈祷："太好了，我的十方圣主格斯尔可汗活着！你摩挲过的箭射死了一个对头冤家。"她在那支箭杆上又写道："我在黄河岸上企盼你到金秋九月。过了时辰你还是杳无音讯的话，我就要被迫嫁给白帐汗作妻子了。唉！我的圣主！你感受到我的思念和苦衷吗？"写完，她用手摩挲那支箭许久。

随后，那支箭又飞回落到了格尔斯的箭筒里。

格尔斯听到动静，问道："我的箭筒怎么又发出声响了？把箭筒给我拿过来！"

图门吉日嘎楞按他的吩咐把箭筒递给他。

格尔斯拔出来看一眼就毫不质疑地笃定这是哥哥扎萨的箭。

他说道："哎呦，这不就是那天射来的那支箭吗？我为什么又忘了呢！"随后，他又摩挲了那支箭，嘴里默念道："我是不可冒犯存在，谁若胆敢冒犯，你就毫不留情射穿他的心脏！"

等格斯尔摩挲完那支箭，图门吉日嘎楞佯装出一副敬畏状，说道："我的圣主啊！你肚子一定饿了，来，吃点东西吧！"边说边呈上来美食。但万万没有料到的是她给格斯尔吃的黑色食物竟然有让人忘掉一切的可怕效果。

白帐汗正准备在一块黑纹卧牛石上坐下来，突然听到嗖嗖地飞来的箭，顿感毛骨悚然不寒而栗，如弹簧般跳起，虔诚默念"尊敬的十方圣主格斯尔啊，我可是一直在祭奠您呢！"随即用碗里的奶茶酒祭了神箭。

因为格斯尔是神佛投胎转世之身，所以这支箭就深深地射进了黑纹卧牛石里，只露出了箭扣。

锡莱河三汗都闻讯赶来。

三汗命令士兵们拔出箭来，士兵们无论是抓住箭扣，还是抓住箭羽，最终还是都没能如愿拔出箭来。

他们实在不甘心，休息片刻后，再次抓住箭羽齐心协力奋力去拔，直到精疲力竭还是没拔出来。于是个个惊愕失色："这支箭到底是谁射的呀？莫非就是十方圣主格斯尔可汗的神箭？"

此念即出，他们吓得丢盔弃甲仓皇而逃。

茹格牡高娃来了。起初，她也不好断定这支箭就是格斯尔的，于是赌了一赌，说道：

"神奇的箭啊,你听着,如果你是我亲爱的圣主格斯尔可汗的那把神箭,那就自己弹出来落在我的长坎肩上吧!"

说完,她轻轻敲了敲那块巨大无比的卧牛石,那把众兵们使出吃奶的力气都没能拔出来的神箭,居然乖乖弹出来轻轻落在了她的长坎肩上。茹格牡心中无限喜悦,因为她已经由此断定这就是格斯尔摩挲过的扎萨的神箭。茹格牡心生信念:"为了我的圣主,我也要每天摩挲这支神箭。"

格斯尔可汗到城楼上睡觉,一觉睡到了晌午。等他醒来站在城墙上,远远看见一个老太婆牵了一头乳牛,乳牛后头还有女人赶着,向这边走来。等老太婆和女人走近了,格斯尔把她们叫到跟前,问道:"喂,老人家!看你这头乳牛老了吗?犄角都变形了,怎么变成秃牛了?"

老太婆回答说:"我的圣主啊,您想啊,您来这里时它还是个牛犊,都有九个年头了。这头牛能不老吗?它何止是老了啊,还跟我一样老糊涂了。"

格斯尔听了,也顿觉时光之匆匆,慨叹道:"还真是啊,一转眼我来这里已经九年了,你不说起我都忘了。"

跟老人家寒暄一番,十方圣主格斯尔可汗回到了宫里。

图门吉日嘎楞依旧是一副阿谀献媚的嘴脸,端着食物连忙上前道:"我的圣主!你饿坏了吧?"随即又递过去她那个催人健忘的黑色魔食。

第二天,格斯尔汗又上到城楼眺望远方。中午时分,只见一只乌鸦从西边飞来,落到格斯尔旁边。格斯尔可汗问乌鸦:"喂,你这忙忙碌碌是为了什么呢?是在寻找粪便和骆驼的疮疤吗?"

乌鸦答道:"十方圣主格斯尔可汗啊,你这问题算是问对主了,我的巢穴就在这城堡东边的高塔上,我就是为了觅食去的西边。而且我已经觅到了食物,刚往住处返回。我很清醒自己为了什么,在做什么。不像赡部洲的主人圣主格尔斯可汗您一样脑子进水了。你是受人敬仰的十方圣主格斯尔可汗,这一点不容置疑。但你看看现在的自己,简直就是孤家寡人一个。你扪心自问一下:从吐伯特那里,凭你自己足智多谋、英勇果敢、神通广大而迎娶的茹格牡高娃夫人,忠心耿耿陪伴辅佐你多年的以扎萨希格尔为首的三十个勇士和人中之宝安冲,他们都在哪里?都是你害得他们被杀的被杀、被抢的被抢。你这样的人根本不配嘲笑我!"说完这番话,乌鸦飞走了。

目送着乌鸦渐渐消逝在天际，格斯尔心里久久不能平静。他在想：它说得头头是道，句句在理。可是这些事，自己怎么就都忘了呢？格斯尔百思不得其解，为什么很多事情经人提醒才会想起来？在一阵苦思冥想之后，格斯尔跑回家里。

图门吉日嘎楞照常贴心伺候他，依旧装出畏惧的嘴脸，关切他的样子道："我的圣主！你饿坏了吧？"随即又递过去她那个催人健忘的黑色魔食。

翌日，格斯尔再次登上城楼。过了一会儿，有只狐狸跑了过来。

格斯尔问狐狸："喂！可怜的狐狸，你是在为了寻食人们废弃的皮革和蹄筋而奔波吗？"

没想到狐狸的回答跟昨天乌鸦的话如出一辙。

格斯尔汗猛然顿悟，深深自责起来："哎呀呀，这些事情昨天乌鸦也都让我回忆起来的，今天怎么又忘掉了呢？"然后悻悻然回到了宫中。

图门吉日嘎楞早已准备好了她的魔食，给格斯尔吃吞下，让他忘掉了一切。

她的魔食，使他忘掉了一切，话说，这边察尔根、僧伦、扎萨的儿子烈察布以及俊朗帅气的莫日根侍卫一行四人，骑马驰骋，并肩登上了高山之巅。他们念叨起十方圣主格斯尔可汗，不禁伤心地失声痛哭起来。

此时，格斯尔的三位神仙姐姐变成了三只仙鹤，在空中回旋发出凄厉的哀鸣声，好像在呼叫着格斯尔。

莫日根侍卫指着空中的三只鹤，说道："你们看！我们在山上哭泣，它们始终在我们头顶上盘旋，并悲恸哀号。你们不觉得奇怪吗？它们一定是仙鹤。对不对？"

眼里噙满泪水的烈察布望向天空，赞扬仙鹤，情不自禁地哭道："啊！消魔降妖的十方圣主格斯尔啊！你法力无边神通广大，你上身具备十方神佛的法力、中身具备四大天神的神力、下身具备四大龙王的能量。我知道你一次可变幻出一千五百种样子。请您告诉我，我头顶上的仙鹤是不是你变的？别再折磨我幼小的心灵，请您飞下来吧，回到我们身边来！"哭诉一番，激动之余情不能自已，他虔诚地跪下去顶礼膜拜起来。

就在这时，奇迹发生了。其中一只仙鹤缓缓飞来，最终落在了他们面前。这只仙鹤是格斯尔的姐姐扎萨达日敖德的化身。

帅气俊朗的莫日根侍卫向前频频发问，但仙鹤始终默不作声。

尽管仙鹤一言不发，他们也没放过能联系到格斯尔的一丝希望。他们把所经历的一切以歌唱的形式讲述给仙鹤。还写了一封信，托仙鹤捎带给格斯尔。信中向格斯尔陈述了他们所有的遭遇。仙鹤临走时，他们恳求道："我们是格斯尔可汗忠实的臣民，现在与他失去了联系，甚至都不知道他是死是活。只要他还活着，请您一定要找到他，并把这封信转交给他。读过信后，他自然会明白一切。"

仙鹤叼起信，振翅高飞，慢慢消逝在他们的视野中。

送走了仙鹤，他们四个露出了久违的笑容，因为在冥冥之中他们强烈地预感到仙鹤定是圣主格斯尔的精魂。

仙鹤叼着那封信，飞了回来。恰逢图门吉日嘎楞陪伴着格斯尔可汗坐在城楼上。

原来，图门吉日嘎楞也隐隐感觉到格斯尔在努力地回想着过去，开始思念起家人。所以这阵子更是对他严加看守，寸步不离。

仙鹤自然明白就是这个坏女人绞尽脑汁使尽阴谋诡计，阻止弟弟回家。所以，深知这封信万万不能落入她的手中。于是，也就心生防范，久久在空中盘旋，没敢接近。她边扑棱翅膀边苦思冥想着怎样才能神不知鬼不觉地把信交到弟弟手中。她心生一计，顿时眼前一亮。对，就这么办！于是，她施法让天空降了一场暴雨加冰雹。

突如其来的暴雨，让图门吉日嘎楞下意识地跑回宫里躲雨。格尔斯吃了一颗落在他身上的冰雹，顿时甚感不适恶心呕吐起来。趁此机会，仙鹤落到了格斯尔面前，鸣叫了一声。

格斯尔抬头看到仙鹤，莫名地感到倍感亲切。他也说不清为什么会见到它会想到了自己的故乡。于是，他就把仙鹤叫过来问话。

仙鹤飞过来，摘下脖颈上的信，扔给他就飞走了。

看完这封信，格斯尔嚎啕大哭起来："曾经有忠于我跟随我的英雄扎萨希格尔和三十个勇士，还有心爱的妻子茹格牡高娃！我怎么会把他们都忘记了呢？"

话说，图门吉日嘎楞担心格斯尔的枣骝神驹会跑去找格斯尔，揭穿她的丑恶嘴脸，用大麦喂着哄它，把它关在一间小黑屋子里，给它戴上铁笼头，腿上捆上马绊，把它拴在了一棵大树上，有时给草吃，有时候则对它不管不顾，任其挨饿。

被关在黑咕隆咚的小屋子的枣骝神驹此刻听到了主人格斯尔的哭声，怒不可遏地挣断了铁绊，挣脱了铁笼头，撞开了大门，直奔到格斯尔面前，说道："你竟然鬼使神差地迷恋上这个长着十二个头颅的蟒古思的阿尔鲁高娃夫人，从而抛弃了对你忠贞不二的哥哥扎萨希格尔和三十个勇士，也丢下了你富丽堂皇的宫殿和城堡。现在你这样哭哭啼啼，又有何用呢？"格斯尔悔不当初，愧疚至极，低头嘟囔道："枣骝神驹，你说得对，你快过来。"

谁曾想，抬头一看，只见枣骝神驹早已飞驰远去。意识完全被唤醒的格斯尔可汗回到家，就劈头盖脸地朝着图门吉日嘎楞一阵暴风骤雨般地咆哮："你这个厚颜无耻卑鄙下作的女人！把我那银光闪闪的盔甲和嵌满珠宝的黑甲找出来！把我的武器装备统统给我拿过来！"

图门吉日嘎楞一脸无辜，嗔怪道："在你心中我就只是这样一个狡猾奸诈的可恶形象吗？你也不想想，当初你从吐伯特来的时候，就是一个无人问津的穷小子，骑着一匹又黑又瘦的黑马。"她说着说着掩面而泣起来，继续哭诉："早知你今天如此忘恩负义，我又何必为了你害死我的丈夫蟒古思呢？"

格斯尔径自走出来，手里拎着马嚼子，习惯性地召唤了一下自己的枣骝神驹："我的枣骝神驹，快过来！"可惜，枣骝神驹早已无影无踪。

他向他的三位神姊祈祷，哭着哭诉："亲爱的姐姐们，帮我唤回我的枣骝神驹吧！"

"你的枣骝神驹是对你失望了才伤心离去的，它不会再回来了。你骑上蟒古思的那匹叫达日马达日褐色马走吧！途中，你会遇见许多野骡子，到时候逮住一匹继续上路吧！"扎萨达日敖德姐姐的声音从遥远的天际传来。

无奈，格斯尔牵来了褐色马。

他点起香炉，向天上诸神祷告道："天上众神们，我虔诚地为你们点起了香炉祷告！我听命于各位神灵，来凡间降服暴戾恣肆的蟒古思。可就在我镇压蟒古思的时候，我可爱的扎萨和三十个勇士遭到了敌人的突袭。现在，我要去追讨仇敌报仇雪恨。诸方神明啊！请你们每人赐给我一根木柴、一块牛粪和一块马粪！我要烧毁仇敌蟒古思的这座城堡！"

诸天神恩准了他的请求，他需要的材料纷纷从天上降落下来。格斯尔决议已定，毫不迟疑地堆好柴火，点起火柴扔到上面。

在这漫天盖地的火面前，图门吉日嘎楞才甘于低头，把格斯尔的弓箭和刀剑统统搬出来，交还给了他。

他见盔甲和刀剑都已经生锈了，情不自禁地说了一句："啊！原来，一晃眼真的过了九年啊！"随后用风干的马粪把它们擦亮。兵器仿佛是个有生命的异物。回到主人手里，经他轻轻擦几下，剑刃映射出雪亮银光，仿佛一根优美的琴弦。

威镇十方根除十大祸根的仁智圣主格斯尔可汗，跨上褐色战马，把无数妖魔的灵魂拼在一起复活，驮在蟒古思的踏泉马背上，并带着图门吉日嘎楞进发。正当一想到终于能踏上回家的征程，浮想联翩，有点忘乎所以的时候，前面出现了一群野骡，把他的思绪唤了回来。

格斯尔看到这群野骡，开心地说道："在蟒古思的城堡过了九年安逸的生活，我觉得后背和肩膀都发僵了，不妨追赶野外骡，活动活动筋骨！"说着，便策马扬鞭，奋蹄疾驰，追了过去。

正当他和野骡并跑时，听到后面有马蹄声，越来越清晰。直到赶上他，他好奇地侧过脸去一看，原来是他的枣骝神驹。

格斯尔惊喜万分，对它说道："哎呀，原来是我心爱的坐骑枣骝神驹呀！你知道吗？你如果还不过来，我可是准备好了打断你的四个蹄子！"

枣骝神驹听到此言，立刻跑过来，把头搭在青战马的鬃毛上，只见眼泪簌簌落下来，它满含委屈地哭诉道："茹格牡高娃真可谓对我宠爱有加。用鲜艳的锦缎给我缝精美的鞍垫；用貂皮做鞍鞴给我保暖；用绵软的真丝线编织肚带，让我倍感舒适；用纯黄金给我制作肚带扣，让我高贵体面；冬天拿来貂皮盖我脊梁为我避寒；用麦子喂我三顿；夏天把我拴在阴凉处防暑；烈日炎炎时，牵我去饮甘泉水；饥肠辘辘时，用糖果、红枣喂我，应有尽有；夜间我也会在松软的草地上休憩吃芳草。随着你离开了茹格牡高娃、扎萨希格尔和三十勇士，我那幸福的生活一去不返了。图门吉日嘎楞把我关进了潮湿阴冷的马厩里，那里寒风刺骨，我忍饥挨饿饱受煎熬。"

格斯尔深感愧疚："枣骝马说得对！"便爱抚地摸了摸枣骝神驹的鬃毛，用大麦和小麦喂饱三顿，骑上它走。

走着走着，前面出现了一座银色大毡房。门口站着一个貌美如花的女子。女子迎上前来热情邀请："尊敬的十方圣主格斯尔可汗，请到屋里喝碗热茶再走吧！"

"你继续往前走，我下马看看！"

格斯尔吩咐图门吉日嘎楞继续前行，他下马进到了毡帐里。

格斯尔看到，这女人把犁杖套在一只长着犄角的黑蜣螂身上，耕地播种，地上就长出了大麦和小麦，打下谷粒，放进锅里炒熟，做了两张带暗记的饽饽，一张饽饽上印了红点，一张上没有印红点。然后，她把有红点的饽饽盛在木碗里，端到格斯尔的面前，把没有红点的饽饽放到自己的面前，然后走出门去了。

这时，格斯尔三位神姊之一变成一只青莺飞进妖女的家里，落到锅台上。说道："我亲爱的尼素咳弟弟啊，你擦亮慧眼好好看看，这可不是普通的饽饽，而是掺毒食品。这个女人是十二头怪兽蟒古思的姑姑。"

格尔斯可汗听到这里便将计就计，趁着女人没进来，赶紧把两个饽饽调换了一下，把没有红印记的饽饽拿过来放在了自己的面前，把有红印记的饽饽放到对面女人的座位前。

女人回来见格斯尔没有动跟前的食物，便拿起一根三庹长的黑拐杖，口中念了两声："苏格，苏格。"随后问道："格斯尔可汗，你为什么不吃啊？"

格斯尔说："等你一起吃呀。"就拿起自己跟前没有红印记的饽饽津津有味地吃了起来。

女人完全没有多想，瞅都没瞅一下，就把印着红印记的饽饽抓起来狼吞虎咽地消灭掉了。然后拿起那根黑拐杖口中念道："咕噜，苏格。"用三庹长的黑拐杖朝格斯尔的头上敲了三下。

格斯尔也模仿着女人念起魔咒，往她头上敲了三下，结果女人瞬间变成了一头驴。

格斯尔把毛驴牵了出来，走到图门吉日嘎楞面前。接着忙碌起来，堆了一堆干柴去烧毛驴。熊熊烈火中挣扎的毛驴一会儿发出女人的惨烈嘶叫声，一会发出毛驴的临死哀嚎声，在撕心裂肺的一阵阵叫喊中痛苦毙命。

格斯尔的保护神更胜一筹，一举歼灭了蟒古思家族的成员们。

为了消除隐患，防患于未然，格斯尔可汗施展魔法，根除掉蟒古思的余孽，继续赶路。

格斯尔路上遇到乌鲁格国的叫色格勒代的人，他正骑着一匹俊俏的马向这边疾驰而来。他的箭筒里插满了箭，他扬言过："在这世上，唯我独尊。在我的地盘上，我还能怕谁？"

格斯尔听到此人的行踪及言语，对他产生浓厚的兴趣。好奇心的促使下，他躲进树林里，拉弓搭箭等候他的到来。当然他早已把枣骝神驹拴在树上，藏到了路边。

只见骑马飞奔而来的色格勒代终于出现了。还没等走近，格斯尔可汗大喊一声，迫不及待地跳出来，拉满了弓要射他。色格勒代回头就跑。格斯尔喊道："哎呀，色格勒代，快给我站住！"

色格勒代回头一看，惊呼道："哎呀，闹了半天，是作孽的格斯尔啊！"说着，他向格斯尔走了过来。

格斯尔问："你不是说这个地方没有人能吓到你吗？怎么一见到我就见鬼了似的扭头就跑呢？"

"你说得没错，但我并不知道你在这里呀！"

"既然不怕，那我们结伴同行吧！"色格勒代也欣然接受，于是他们便一同上路了。

行到半路，色格勒代突然停下来，说道："格斯尔，你刚才吓了我一跳。现在我想回敬你一回，让你也感受一下那种受惊恐惧的滋味。你听着，如果我顺着山坡往上追你，会把你吓得战马的攀胸带跑断，如果你顺着山坡往下跑，我就让你的后鞦带折断，如果我从侧面追你，就把你战马的肚带跑断，你敢挑战吗？"

格斯尔说："好的！"

于是，他们继续前行。色格勒代说："格斯尔！我有个想法，我觉得不能一直只是你我二人结伴而行。咱得弄到一些马匹，我们去一个兀鲁思试试吧，或许能赶回来一个马群呢！"

格斯尔觉得有道理。于是说干就干。他们立即来到了一个名叫萨布的兀鲁思，把他们的一群马赶了回来。

萨布兀鲁思有个叫荣萨的人，身上披着石叶铠甲，箭筒中插满铁篱箭，骑着乌雕马，狂奔追来。

色格勒代准备前去迎战，格斯尔不让。因为格斯尔提议亲自过去迎战此人。两人争执不下，难以决策。最后只得由图门吉日嘎楞抽签决定。图门吉日嘎楞抽到名签，抽到的是色格勒代。

于是，色格勒代前去迎战。

临行前，格斯尔交代道："萨布兀鲁思庸人满天下，严重缺乏杰出豪才。论好汉，也就只有荣萨一个。记得我小时候，我们曾是安达，一起相处过一段日子。那时，我给他一件石叶铠甲。那件铠甲实属坚不可摧，但有个致命的弱点，只要照着鞍鞒的位置放箭，就能射穿骑者的膀胱。"

色格勒代下马，把脑袋缩短三巴掌。

荣萨疾驰而来，"吁"一声长喝勒住缰绳，谨慎地环顾四周，才小心翼翼下马。

色格勒代对荣萨说："下面咱俩比一比谁更能缩脑袋。"

荣萨以为色格勒代在说反话，反而将脑袋伸得更长，跨上了马。

"你叫什么名字？"

"我叫色格勒代，乌鲁格兀鲁思的色格勒代就是我，你叫什么名字？"

"我就是荣萨。"

色格勒代问道:"你刚才为什么那么谨小慎微?下马之前往我的身后看了一眼,又朝自己的身后看一眼,还左看右看,到底在看什么?"

荣萨回答说:"朝你头上看一遍,是想窥视你的伙伴到底有多少人;朝回头望一遍,是为了要知道我自己的伙伴情况如何;朝右看一遍,是查看自己有多少箭支;朝下看一遍,是查看我的乌雕马快慢如何。"接着说:"你竟敢来抢掠我的马群,又想杀我,那你就放箭过来吧!"

"我抢掠不假,我也不想辩解。如果你想要你的马群,就拔出箭射向我吧!如果你是个怂包,赶紧给我滚蛋!"色格勒代并没有掉头离开。站在原地一动不动,显然是等着荣萨先出招。

于是,荣萨拉弓瞄准色格勒代的鞍鞒一射,色格勒代早就缩着头等他射过来,此时将身子向上一跃,这支箭一响,射穿了他的鞍鞒,便从胯下擦过去了。

色格勒代道:"这回轮到我了,如果瞄准位置偏下,会射中你的马,马会含冤而死,瞄准位置适中,能穿过你的胸膛;瞄准位置偏上,会穿过你的咽喉。这样吧,我还是射你的鞍鞒吧!"话音未落,只听到射箭声响,箭穿过鞍鞒的鞘木,把他的膀胱射穿了。

荣萨又从箭筒里抽出一支箭来,正要反击时,色格勒代心生一计对他说:"中一箭对于一个英雄好汉算什么呢?高手往往在疾驰中回击,懦夫才会站着慢慢射击。"

荣萨试着在奔腾的马背上回射,结果箭伤发作,从马上摔了下来。

色格勒代结果了荣萨的性命,夺来他的坐骑乌雕马,又穿上了他的石叶甲,挎上他的箭筒,把自己的武器盔甲驮在土黄马背上,风驰电掣地从格斯尔后面一路追来。

格斯尔骑着他的那匹配有一副破旧的马鞍和马嚼子的灰黄马,走在前面。为的就是让色格勒代得意忘形。果不其然,从后面赶来的色格勒代,看到格斯尔的狼狈状。心想:"我轻而易举地杀死了萨布兀鲁思的荣萨,缴获来非常完备的战利用品。如此一来,杀掉格斯尔汗,夺下他的枣骝神驹也绝对不在话下。"自鸣得意的他,随即大叫一声,震得铠甲叮当乱响,接着就气势汹汹横冲直撞过来。

格斯尔故意装作害怕,沿着山坡往上逃跑,枣骝神驹的攀胸断了,沿着山坡往下跑,枣骝神驹的后鞦断了,他向旁边一跑,果然把枣骝神驹的肚带跑断。最后格斯尔下了马,摇身变成了一个红脸少年,他拉弓搭箭,准备射死色格勒代。

"喂，格斯尔，是我呀。"

格斯尔说："你要上天了啊。"

色格勒代走到格斯尔跟前说道："方才你吓了我一跳，我也回敬了你一回，我说到做到了。"

格斯尔说："你是吓到我了，但是当我变成红脸少年，拉弓搭箭正要射你的时候，你敢说你没害怕吗？你声嘶力竭的叫声出卖了你。"

色格勒代转过脸去尴尬地笑了笑。

他们俩可谓不分上下，打了个平手。于是，最终平分了抢来的马匹，回到了各自的鄂托克。

格斯尔可汗走到乌鲁木草原，见到路边有一顶银色的蒙古包，格斯尔穿戴盔甲威风凛凛地走到毡包门口。

毡房里走出来一个男孩。

格斯尔问："孩子，告诉我这是谁家啊？"

"这是十方圣主格斯尔可汗的夫人阿鲁莫尔根的宫帐。"

"你母亲在家吗？"

"母亲在和哥德尔古·哈日比武呢。他们两个实力相当难分胜负。"

格斯尔倒是想进去观战。但转念一想，如此一来务必会被她缠住，误了正事。便决定继续追赶敌人。临走时，跟孩子说："乖孩子，如若她问起我，你就告诉她我是向西进发的。"

而实际上他是往东跑了。

阿鲁莫尔根比试完毕，出来打听格斯尔的去向，孩子遵照格斯尔的吩咐指向了西边。

她顺着孩子所指的方向望过去，根本不见人影；往东看，却看见格斯尔的身影。她能准确目测到格斯尔已经跑过了十三岗的顶上，而且还清楚地看到那顶誉满天下的宝盔的顶缨在晃动。阿鲁莫尔根拉弓搭箭瞄准一发，只用一箭就射下了那顶奇宝盔的盔顶。

格斯尔想："她对我真是恨之入骨啊，这一点我能理解。"弯腰捡起顶缨，头也不回继续走。

阿鲁莫尔根回到毡房，越想越气，最后居然把矛头指向了孩子。她想道："这个男人对我无情无义倒也罢了，他这个古灵精怪的儿子也随他父亲满肚子坏水。真是讨厌至极！"

于是，就把他射死了。

不久，格斯尔便来到了自己的游牧草场。

格斯尔本打算找他的舅舅了解情况，可又一想还是放弃了这个念头。因为他知道见了舅舅肯定少不了叙叙旧。舅舅的话匣子一打开，恐怕得说到明年。主意已定，格斯尔便试图驱赶舅舅的马群继续前行。

谁知，这一切都没有逃过舅舅的眼睛。舅舅高瓦·塔卜苏巴彦见有人影攒动，而且鬼鬼祟祟有偷马迹象，实在气不打一处来，手里挥着勺子，追过来就要打可恶的偷马贼。跑近一看，才认出此人不是别人，竟是自己的外甥格斯尔，就更加怒火冲冠。劈头盖脸就是一顿骂："你这个不成器的东西，死到哪儿去了？刚一回来，对家里的事情不闻不问，竟有心思驱赶我的马群。你知道吗？锡莱河三汗来犯，将你哥哥扎萨希格尔、人中之宝安冲，还有你的三十勇士黑色三百名武士全都杀死了，抢走了你的夫人，劫掠了你的全部财宝，超通诺彦还让你父亲僧伦老爹做了他家的牧奴。你个愚蠢的败家子，对这些事情一无所知吧？竟敢还赶马群？"

格斯尔这才详细了解了全部情况，便羞愧地将舅舅的马儿物归原主。

格斯尔回到自己的故居，心痛地看到超通诺彦的住所就是格斯尔那顶能容纳五百人的银色毡包。超通把它搭建在了大营的最前面。

格斯尔决定在此安营扎寨重整旗鼓。首先他把巴拉嘎河畔的草原选作自己的新营地。接着把从蟒古思那里背回来的两捆妖魔幽灵们放出来。顷刻间，变成了数不胜数的部落庶民和满滩遍的家畜。格斯尔又搭建了三四十座新帐篷，其中最引人注目的便是一顶红毡顶的银色毡包，美不胜收。

安顿下来的格斯尔，还是忍不住想去看看自己的大营地，便走了过去。他的十三奇宝寺和其他奇珍异宝都早已被抢掠一空，伤心欲绝的他，当即昏厥了过去。

被茹格牡高娃调教过的仆人看到晕倒在地的格斯尔，赶紧用茹格牡高娃的一根眼睫毛熏了他的鼻子，又舀一小勺茹格牡高娃的眼泪灌进了他的嘴里。

格斯尔果然醒了过来。

格斯尔把那个仆人带了过来，住到了自己的院子里。

话说，格斯尔的父亲僧伦老爹就住在超通的部落里，他是被超通带过来强制做他的马奴的。这天，超通诺彦把僧伦老爹叫过来，吩咐道："老头子，我们的河源处人头攒动牛羊吃草，好不热闹。也不知道他们是从哪儿冒出来的？你去探探情况，并转告他们，我不管他们是庶民百姓还是大臣诺彦，只要踏上我的领地，就得给我缴纳牲畜。按日数计算牲畜数量，少一头都不行！"

僧伦老爹骑上马，背着弓箭，挎着弯刀前往河流上游格斯尔的新营地。走近一看，触景生情："哎呦哟，我的格斯尔走后，在此地没见过有这么漂亮帐幕的人！"不禁流下眼泪："这么漂亮的帐幕是谁的呢？因为这里的一切太像爱子格斯尔的旧帐幕。"

格斯尔见远处有人影接近，从大帐门里向外张望，认出是自己的老父亲，就立即跳上卧榻，拉下幔帐藏了起来。并吩咐图门吉日嘎楞道："哎呦，图门吉日嘎楞快戴上帽子，我的父亲来了，你去请他到宫帐里，好生招待。临走时，给他带上他所需要的东西。我是暂时不能让父亲知道我在这里，否则父亲会对我大发雷霆。"便跑上桌子拉下墙帷子坐下来。老头子进来问道："这是谁家啊？主人叫什么名字？超通派我来的，他命令你们赶紧搬走，不然按日数计算牲畜数，胆大包天，为何驻扎在我的营地？"

图门吉日嘎楞依然满脸堆笑，附和道："唉，老爹！你们的可汗下的命令是对的，我们会听从命令尽快搬迁。可是我当家的出去打猎还没回来。等他回来，我们立刻搬走。老爹！请您进帐里，吃点奶食，喝杯奶茶暖暖身再走吧！"

老头子绊住豹花马，放下弓箭，提着弯刀大步迈了进来。

图门吉日嘎楞铺了条白毡垫子让他坐下，然后用大牛角碗斟满了热气腾腾的奶茶端给他。

老头子接过奶茶，看到那只牛角碗，感觉异常亲切，露出了久违的笑容。喝完茶把碗还回去后伤感地哭泣。

她又拿了一只羊腿盛在盆里端给他。老头子不见桌子上有餐刀，便用他随身携带的弯刀割肉，没想到根本割不下来。

一直偷偷凝望父亲的格斯尔可汗见此情景，心里很是心疼。就忍不住从幔帐后面把自己的水晶柄匕首扔了过去。老头子捡起匕首，他轻而易举切了几块肉津津有味地吃了起来。谁曾想，当他吃饱喝足时早已泪流满面。

图门吉日嘎楞问道："老爹呀！常言道：'见人笑，问缘由；见人哭，要规劝。'为什么给你端茶时你笑逐颜开，喝完后又泣不成声了呢？为什么吃肉的时候，弯刀不好用，递给你水晶柄匕首时你满面笑容，吃完肉后，又泪流满面了呢？"

"你问得好。根除十方十恶之源的圣主格斯尔可汗就是我的儿子。九年前，为了夺回他的阿尔鲁高娃夫人，他去征讨长着十二颗头颅的蟒古思，到现在杳无音讯。我本以为他已不在人世，可刚才看到宝贝儿子的牛角碗，突然觉得他就在身边，所以禁不住笑了。可是又一想：我日思夜想的儿子碗在人不在，心里一阵酸楚，眼泪就止不住流了。看到儿子的刀，但人没影，他人在哪儿？我心如刀绞啊！"说着说着哽咽难言泣不成声。

图门吉日嘎楞听了他的这番话，也忍不住抹起泪来。

从幔帐后面听到年迈的父亲悲痛欲绝的哭诉声，格斯尔感动得热泪盈眶，忍不住跑出来，一把抱住了父亲。

父亲见到儿子也是激动不已，久别的父子俩紧紧地抱在一起，恸哭了一场，哭得撕心裂肺，震天动地。

格斯尔抚摸着父亲，说道："亲爱的父亲啊！请您先冷静地听我说：您的儿子回来了，一切都会好起来的。我只是担心超通那个混蛋知道了会让我的计划付诸东流，所以隐瞒了我的到来。现在可好，我们父子终于团聚了，你看，世间万物全都为之动容了。"又劝父亲："父亲啊，我们不能像女流之辈哭哭啼啼，现在不是痛哭的时候，我要化悲痛为力量，报仇雪恨。"

他放开了父亲，点燃一炷香，世界也随之安静了下来。

格斯尔转过身，神情凝重地对父亲说："父亲啊！您回去后，千万不要乱讲话，免得惹出事端来。"又递过来一只牛大腿说："您把这个拿回去交给母亲，你们二老熬肉汤喝吧！"送走父亲后，格斯尔还是不放心，于是施了魔法，从父亲的记忆里抹去了刚才的经历。

在回去的路上，老头子突然感到恍恍惚惚，如真似幻。迷迷糊糊觉得儿子回来过，又回忆不起来具体的细节。但是，看到手里的牛大腿他又不禁认定自己绝不是在做梦。因为在这个地方，这么多年来，别说一只牛腿了，连一只羊羔蹄子都没人送过给他。

纠结万分还是丈二和尚摸不着头脑，于是老人索性什么也不想了。用牛大腿催打着豹花马，一路狂奔到了超通诺彦的驻地。

老头子把马拴在超通门外，随手把牛大腿也放下，抽出弯刀，兴冲冲闯进超通的大帐里，说道："嗨，你不要当鄂托克的首领了！你还有什么理由统辖这个地区？从今往后，超通和亚莱两人的名字要像扫把星一样坠落；僧伦和格格萨阿木尔珠拉的名字要像旭日一般东升了！"

超通听到如此晦气的话，气愤不已。骂道："瞧你个疯疯癫癫的死老头子，满嘴胡言乱语，是不是活得不耐烦了呀？"

超通痛骂了一通，还是觉得不解气，于是叫来三个人，命他们拿来青树条子，打得僧伦老爹皮开肉绽。

心狠手辣的超通虐打父亲的事情，没逃过法力无边的格斯尔的慧眼。

僧伦说："超通啊，我向你禀报：我去驱赶驻牧在河流上游的那些人们时，看到这条河的源头处有三拨野兽。我就突发奇想，琢磨着咱们可以把它们赶入河槽里射死。所以，抑制不住激动的心情，兴高采烈跑进来禀报的。可是，你为什么还没等我说明白，就不分青红皂白地把我往死里打啊？"

超通听了信以为真，便说："该死的老头儿，你说得有道理。"说完，就把他扔在了晒干的牛粪堆上。

遍体鳞伤的老头儿连滚带爬回到了自己的住处。到了夜里，听僧伦老人疼痛难忍呻吟的声音，格斯尔的母亲格格萨阿木尔珠拉老太婆心疼极了。忍不住抽噎起来："唉，老头子啊！自从与我们的儿子圣主格斯尔离别之后，我们没有享过一天的福，有的只是如你今天所遭受的非人的磨难。你说这样的日子何时才是个头啊？唉！"

"我这个贱骨头，疼痛算什么，就算疼痛难忍无非就是个死，没什么大不了的。今天我心里痛快着呢！"说完，僧伦背过身去躺下了。

老婆子总觉得老头儿今天有点反常。便又急又气，哭着说："你个老东西，今天你一定发现了什么好兆头吧？快悄悄告诉我！你放心好了，我可不像你，四处胡说八道。"

"哎，老婆子！你听着：今天，我去驱赶那伙人，在回家的路上，恍惚听见有人在我耳旁说：'格斯尔没有死，他还活着，我要消灭超通，让老爹摆脱魔掌过上好日子。'当我缓过神来的时候，他早已不见踪影了。"

老婆子听了，悲喜交加，久久不能入睡。

第二天，十方圣主格斯尔可汗使用法术，幻化成一个周游世界的年迈僧徒，并用分身术又变出了两个小弟子，牵着驮了食物的毛驴和骡子，慢慢来到超通门前，看到他坐在门口。

超通看见一行人慢慢靠近，便派两个侍从前去看个究竟。

侍从走近一看，发现是喇嘛，就问："你是什么人？叫什么名字？"

"我就是一个喇嘛。我云游四海行乞过程中，见过世上所有的可汗。"

"那你都见过哪些可汗呢？"

"噢，没有我没去过的地方，你们有什么想了解的尽管问，没有，我可走了。"

两个侍从回来禀报，将喇嘛的话一字不落复述给了超通。

超通说："这可真是个口出吉言的行乞喇嘛，把他带到这里来！"两个侍从一路小跑过去，把他们带到超通跟前。超通问："喇嘛，你见过长着十二颗头颅的蟒古思吗？"喇嘛回答："见过。"

"那我再问你：格斯尔去了蟒古思的地盘以后，最终他们俩谁输谁赢了呢？"

"蟒古思赢了，他一百年前就已经消灭掉格斯尔了。如今，蟒古思上嘴唇盖过太阳，占有苍天；下嘴唇兜住大地，占有金色世界。简直嚣张跋扈，横行霸道！"

超通听了频频点头："好啊好啊！对你的回答我十分满意。尊为至宝的喇嘛啊，请上座！"超通热情地把他请到桌案前坐下。

超通的女人，即格斯尔的婶母，听到这里伤心落泪："哎呀呀！原来我坚信即使这个世界遭到了浩劫，霍日穆斯塔腾格里的儿子圣主格斯尔可汗也不会死。难道吐伯特人就这样绝后了吗？我的圣主啊！"

超通听了大发雷霆，破口大骂："你个贱货！总是向着该死的格斯尔。"骂完还不肯罢休，动起手来揍了老婆。

喇嘛说："尊敬的可汗啊！听说格斯尔是你的亲侄子。俗话说'骨肉相连、血浓于水'，你这样待他，也未免太不尽人意了吧？"

超通停下对老婆的拳打脚踢，说："就听喇嘛的吧。"

超通吩咐下人："我要布施给这个口出吉言的乞丐喇嘛，把东西给他们驮上去！"

超通大摆筵席，热忱招待喇嘛，并施舍了很多东西给他们。

超通指着他的狗说："喇嘛，你给我的狗起个好名字吧！"

"啊！的确是条好狗。好狗配好名，让我想想！"

"这条狗，的确是一条出色的猎犬啊！"

才高八斗的喇嘛说："就叫它嘎儒扎吧。嘎儒扎有个特性，先咬掉自己主人的脑袋，再咬掉自己脑袋。"

超通听了气急败坏地喊道："刚才我还夸他是口出吉言的喇嘛，这一秒他却变成了口出恶言的乞丐。快把他给我轰出去！"

"可汗啊！你撑我走，我马上可以滚。但是来报仇雪恨的格斯尔可汗，你是赶不走的！告诉你，他并没有死，正在向你进攻的路上。"喇嘛说完，大摇大摆地走了。

超通看着口出狂言目中无人的乞丐喇嘛远去的背影，简直恼羞成怒，气得骂骂咧咧地直跺脚："哎呀呀！他胡说些什么？简直气死我了！"直到喇嘛的身影早已不在视线中，他还是在歇斯底里地叫嚷。

喇嘛（格斯尔的化身）从超通的驻地出来后，路上遇见了一个小男孩儿。只见他赶着五只花山羊，时而哭时而唱。

格斯尔说道："这个奇怪的孩子，哭得动容，唱得动情。说不定他是我的伙伴或亲戚的孩子。"

他走过去问："你是谁的孩子？"

小男孩儿说："哎呀！自从离开我父亲扎萨，离开英明的十方圣主格斯尔可汗叔叔，做了超通的佣人以来，没有一个人问过我是谁的孩子。你是谁啊？"

喇嘛说："你先回答我！"

"我是赡部洲的主人圣主格斯尔可汗最亲近的长兄额尔德尼图扎萨希格尔的儿子。格斯尔叔叔去讨伐长着十二颗头颅的蟒古思以后，锡莱河三汗抢夺茹格牡高娃。我的父亲扎萨一马当先，所向披靡，英勇杀敌，掳来骏马。就在这个时候，嫉贤妒能自私自利的超通向敌人缴械投降，断送了我们的一切。我的父亲扎萨也最终被他们害死，所有这些惨遭的劫难和我心中的仇恨，我怎能说完？"说着说着，孩子就痛哭流涕，声泪俱下，好不让人心疼。

发泄过一阵情绪，孩子对喇嘛说："现在，该你回答我了，你又是谁呢？"

"我的孩子！我是个周游世界的喇嘛。我云游世界的时候，听说蟒古思战胜了格斯尔。到底是真是假，我也不清楚。"

孩子哭着说："我本以为即便失去了父亲扎萨，我还有叔叔格斯尔·莫日根可汗。真是天有不测风云啊，我连英明的格斯尔可汗也失去了。难道，无依无靠的我要永远做别人的佣人了吗？我真想去为父亲和叔叔报仇，但又年少无能，也不知道什么时候才能长大？"顿了一顿，接着又说："总这样做人家的佣人，真是浪费我的生命。在我有限的生命里，我一定要报仇雪恨。"说完，孩子哭着继续放牧。

喇嘛听到这里，只觉肝肠寸断，忍不住放声痛哭，哭声惊天地泣鬼神。

喇嘛对孩子循循善诱："我的孩子！你小小年纪，却胸怀大志，真是可造之材啊！"他说完转身就走。

小男孩儿从他后面追了过来，喊道："等一等，喇嘛！"

"还有什么事？"

小男孩儿说："大丈夫必须胸有抱负，且能够隐忍。我甘心做奴受人欺侮，就是为了等待十方圣主格斯尔可汗叔父。哪怕一天只能分点奶酪充饥，我也一直没有放弃。"

孩子边说边从口袋里拿出奶酪干捧给他，继续说道："喇嘛！这两块奶酪干给您。一块是为了我的慈父扎萨希格尔的魂灵，一块是为了我敬爱的叔叔十方圣主格斯尔可汗的魂灵。求你超度他们二人，让他们的在天之灵拥有超凡能量，战无不胜无坚不摧！"

喇嘛接过奶酪干，热泪盈眶地说："我的孩子！智慧的人最懂得沉默；孤独的人需要坚强的意志。听说霍日穆斯塔腾格里的儿子格斯尔已经消灭了阴险狡诈、作恶多端的蟒古思，并一脚碾碎了他。有传言说格斯尔正要来讨伐两面三刀的超通，让他变成阴森可怖的木骷髅；他的到来，将会给英雄的后人带来光明，带来幸福。我的孩子，你要充满信心，你一定会见到你的叔叔圣主格斯尔，享受至高天神赋予的幸福！你小小年纪，身上就有大英雄的潜质。既是可塑之才，也是有福之人！"

说完喇嘛把超通送的东西全部转送给这个小男孩儿，方才离去。

格斯尔离开了营地，路上遇见了一个老奶奶，老奶奶上衣搭在肩上，肩膀长满了疮疤。老奶奶背着一个牛粪筐，边捡牛粪，带着哭腔唱着歌。格斯尔很奇怪地走到老奶奶跟前，仔细打量她。好奇地问道："老婆婆，您叫什么名字？"

老奶奶看了一眼喇嘛，笑了；看着看着，又哭了。

喇嘛说："老婆婆！常言道'见人笑，问原由；见人哭，要规劝。'刚才您走路的时候，一会儿唱，一会儿哭的，为什么见了我，笑一下又哭了呢？"

老婆婆回答说："你问得好，根除十方十恶之源的圣主格斯尔可汗是我的独生子，可谓我们老两口的掌上明珠。世事难料，他去征讨长着十二颗头颅的蟒古思，到如今已经有九个年头了。我的宝贝儿子神通广大法力无边，能瞬间摇身变幻。但无论怎么变，但在他额头上的一颗痣和四十五颗洁白的牙齿是终身不会变的。刚才看见你，我还以为是他的化身呢，所以笑了；但又转念一想，这怎么可能呢？所以又哭了。"

听了母亲这番话，格斯尔心潮澎湃，簌簌落泪。格斯尔从天上召唤回他的枣骝神驹骑上，带上晶莹剔透的宝盔，穿上七种珍宝层层叠加缝制成的黑色铠甲，配上精锐武器，对他的母亲说："母亲啊！您虽赐予我生命，但还没眼福一览我战场上的英姿呢。下面我就要让您亲眼看见您儿子向敌人进攻是何等英勇威武。您登上这座城楼看着啊！"

说罢，他将母亲拥抱了三下，就策马飞驰而去。

此刻，母亲悲喜交集，一会儿唱，一会儿哭的，罔知所措，竟坐立不安起来。

话说，格斯尔率领部队从超通营地的西北方向杀来。格斯尔为了让超通魂飞魄散，施了魔法，在空中腾起千军万马扬起的灰尘，还在大地上留下万马奔腾踏出的蹄印。

超通远远看到这个阵势，果然中计，大惊失色，惶惶然跑进了毡帐，从门楣窥视外面的情况。临危之间，他居然战战兢兢地交代妻子："哎呀！老婆子！依我看，这正是孽子格斯尔扬起来的尘土。你千万不要告诉他们我的藏身之处！"然后就钻到了锅底下。

格斯尔骑着枣骝神驹，风驰电掣，四蹄生风，来到超通的营地，从毡帐的门楣处向里窥视着，喊道："喂！我的叔叔婶婶，我来看你们啦！你们的尼素咳角如我回来了。我已经把仇敌长着十二颗头颅的蟒古思的部落赶尽杀绝，凯旋而归了。你们快出来，大家一起庆贺吧！"

超通的老婆骗格斯尔说："我的角如啊！你叔叔去了敌陶高图[1]阵地扎营，在阵地出口处截击敌人，在底部设埋伏。"听到格斯尔的声音近在迟尺，超通吓得屁滚尿流，总感觉在锅底下不安全，叫老婆躲开，又爬进桌子底下。

格斯尔在外面继续喊道："叔叔，婶婶！你们二位是不是对我心存不满，怎么不出来？尼素咳角如来见你们了，快出来呀！"

超通老婆又撒谎道："你叔叔去了西若图（地势像桌子的形状）阵地扎营，在阵地顶部截击，埋伏于出口处。"

超通叫老婆躲开，藏到鞍缰下。

格斯尔道："叔叔婶婶，你们不是惦念我吗？我来见你们了。"

超通老婆道："你叔叔去了额模勒图[2]阵地扎营，要潜伏在鞍缰下，截击于鞍笼处。"

超通叫老婆赶紧躲开。

超通的屋子里，靠西边放着三只皮囊。超通从鞍鞴下面钻出来，随即又钻进了中间那个皮囊里藏匿起来，并说："喂！老婆子，帮我把口子扎住！"他妻子照做了。

---

[1] 陶高图：蒙古语中"陶高"指锅，有附加成分"图"后其义为地势像锅的形状。
[2] 额模勒图：蒙古语中"额模勒"指马鞍，有附加成分"图"后其义为地势像马鞍的形状。

格斯尔想："何苦跟这家伙枉费口舌？"他便朝着天空大喊："从南方飘来一朵白云，从北方飘来一朵黑云，要大如牛羊！"

两朵云飘啊飘，发生撞击，随即形成了一股黑旋风，又下起了滂沱大雨掺杂冰雹。霎那间，雷声轰鸣，狂风骤起，刮向了能容下五百人的银色大帐幕。银色大帐幕瞬间被连根卷起，在狂风中摇曳，一直翻滚到图门吉日嘎楞的门前才停下。

图门吉日嘎楞走出屋子，举起金柱子敲击了一下银色大帐幕说道："如果这是我们以前的银色大帐幕，就在这根柱子上固定住吧！"

大白宫帐就固定在了那根金柱子上。

图门吉日嘎楞由此断定，这就是原本属于格斯尔的可容纳五百人的大白账；就是曾经宛如一粒珍珠在柔软草绒上闪闪发光的大白宫账。

皮囊里的超通一直跟着大毡帐翻滚到了枣骝神驹的四蹄底下。

格斯尔翻身下马："这不是叔叔婶婶送给我的皮囊吗？里面装有足够吃九年的口粮。这里面怎么会是鼓鼓的，是空气吗？"便坐到了上面。皮囊被他用锥子扎了一下，抽动了一阵。他又使劲儿扎了一下，皮囊剧烈地抽动了一阵。

他用水晶柄的匕首刺击了皮囊一下，从里面汩汩流出一股黑紫色的血来。

超通在里面喊道："哎呀呀！角如啊，我是你叔叔啊，不要再扎了！不要再扎了！"超群无力地央求着，钻出了皮囊。

"啊，发生了什么？原来是叔叔啊！我还以为就是只皮囊哩！那我问你：扎萨是谁的亲人？三十个勇士是谁的亲人？茹格牡高娃是谁的侄媳妇儿？难道他们都不是你的亲人吗？我真不知道要用什么手段惩罚你才能解我心头之恨？"

他嗖地一声拔出了九庹长的黑钢宝剑。

超通站起来，拔腿就跑。

格斯尔骑上枣骝神驹紧追不舍，边追边喊："抓贼！抓贼啦！"还假装因为刚才追不上而很生气的样子，用神鞭抽他，抽倒他以后，就等他爬起来后再继续抽他。

超通疼痛难耐，钻入一个洞里。

格斯尔说："我看见有一只狐狸跑进这个洞里了。"

对着洞口点起了火，弄得烟雾弥漫，熏得超通呼吸困难。

话说，格斯尔的伯父察尔根老爷看见了一朵绵羊般大的白云从南方飘来，一朵牛样大的黑云从北方飘来了，两朵云交融在一起，风起尘上。心想：莫非，我的侄儿根除十方十恶之源的圣主格斯尔可汗回家了？他迫不及待地想登高处看个究竟。于是，他便骑上他那膘肥体壮的黄马，奔腾而至。

他见到了格斯尔，下马踉踉跄跄地跑过来，说："哎呀！我的圣主，哎呀！我的圣主！你可回来了，我就知道你还没死，一定会回来的。"格斯尔搀住了他，两人抱头痛哭起来。

在格斯尔与察尔根爷儿两人抱头痛哭的时候，整个世界为之颤动。

"老爷，请安静！"

格斯尔劝伯父停止了痛哭，又点起一炷香，让世界恢复了平静。

察尔根问道："你在这洞口熏什么呢？"

"我的侄儿！这不是狐狸，是那造孽的超通啊！这家伙无恶不作，罪该万死。可他毕竟与我们是同根共祖，我还是起了恻隐之心、仁慈之念。这次你就饶他一命吧，以后他再惹祸招怨，交给你全权处理，我绝不干涉！"

"喂，该死的超通，你给我滚出来！"察尔根愤怒地喊道。

被烟熏得忍无可忍的超通只得硬着头皮出来，别无选择。

格斯尔对枣骝神驹说："我心爱的枣骝神驹呀，你替我惩罚这个混蛋。你把他吞进肚子里再拉出来，反复折腾他九次，最后一次拉出来时要慢一点儿！我要让他尝尝九死一生的滋味。"

经过枣骝神驹的一番折磨，最后被拉出来时，超通已经变得奄奄一息了。

看着这样一个叔叔，格斯尔不由得想起疼爱他的婶婶，并心疼起她来。于是，他将超通的牲畜和百姓的一半分给了婶婶，在自己的宫帐附近让她驻扎下来。

格斯尔送给察尔根从蟒古思那里夺来的所有宝物；把超通的财产全部给予了自己的父母；又抚养起扎萨的儿子。格斯尔如愿以偿报仇雪恨，严惩了超通，让这次劫难中不幸离开的英雄们的孩子过上了幸福安康的生活。

格斯尔已经明确了下一个目标，说道："现在，该去征讨锡莱河三汗，对他们的深仇大恨我可是一直记在心中呢！"

格斯尔头戴日月同辉的头盔，身披镶嵌珠宝的黑甲，腰插上闪电护背旗，弓箭随身，手持宝剑，跨上枣骝神驹，对着大家喊道："我要去找锡莱河三汗算账呢，有没有人与我一同前往？"

扎萨的儿子烈察布回道："杀父之仇，现在不报，更待何时？我去！"

"我的孩子！我们是一家人，你的杀父仇人，就是我格斯尔的死对头。你的仇我替你报，你年少懵懂，不能出战。"扎萨的儿子流下委屈的眼泪，不情愿地留了下来。

超通跑来请求道："亲爱的格斯尔汗！让我与您同征，戴罪立功吧！"

"叔叔言之有理，那就一起去吧！"

他一鼓作气登上山顶，抽出一支亦思蛮达神箭，念道："啊，我的亦思蛮达神箭呀！我要去征讨锡莱河三汗。前方有仇敌的哨兵和探子，你去把他们射死，然后在黄河的对岸或者敌人的城堡里落下，回头我去找你。"

霍日穆斯塔腾格里的儿子格斯尔拿起弓，掂了掂，好重啊，然后从箭筒里拿了一支箭，按到了弦上。拉满，放手！箭从弦上飞，整个过程干净利落。

锡莱河三汗手下有三个好汉，一个是千里眼，看清三个月路程距离以外的东西不在话下；一个是摔跤手，每次摔跤手比赛中定能轻而易举获胜；一个是神捕手，只要是不小心被他发现，别想逃过他的手心。

千里眼远远看到空中飞来的利箭，说："我看到一个不明物体向我们飞来。像是老雕，又好像是乌鸦，嘴里叼着一根铁棍的样子。"

"你在说谎吧？"摔跤手和神捕手半信半疑。

千里眼急得语无伦次起来："真的向我们飞过来了，是真的，哎呦，太神奇了，到底是什么？怎么连我都看不清它的样子了？简直是惊人的速度啊！"

于是，他跳起来瞭望。这招真灵，他一眼看出了那是一把飞箭。他简直不敢相信自己的眼睛，又揉了揉定睛一看才确定那就是一支夺命箭。便心急火燎地跳起来大喊："天啊，大事不好了，刚才的不祥之物既不是大雕，也不是乌鸦，而是一支离弦之箭啊！哎呀！你们这两个家伙，快起来快起来！神捕手啊，快捉住它！"

"只要它来，我准能捉到。"神捕手显出一副不屑的表情。

千里眼转向摔跤手发话："此箭不可小觑。摔跤手啊，为了保险起见你得抱紧神捕手，我再抱住你的腰。"

其余二人并无异议，于是三个人抱作一团，神捕手伸长胳膊，静等神箭落入他的魔掌。

眨眼间，神箭飞了过来。

胸有成竹的神捕手赶忙去抓，不料只勉强攥住了神箭的尾部。神捕手死死不放手，于是抱作一团的三人被亦思蛮达神箭带到了天上继续飞过去。从黄河上空飞过时神捕手酸痛的胳膊已支撑不住，一松一滑间掉入了无底深渊，三个人活活被大海吞噬掉。

霍日穆斯塔腾格里的儿子格斯尔三位神姊中的波瓦·冬琼姊姊，拾起了那支箭，抛向空中。

神箭飞到了黄河源头，一头扎进沙滩里赫然立起。

格斯尔一行人继续行进。途中，一连七天七夜没给超通提供食物。正所谓"饥不择食，寒不择衣"。饥肠辘辘的超通哪里还有什么讲究，看见路边有一块儿马粪蛋都眼睛一亮，直流口水。格斯尔怂恿道："对一个断了口粮的人来说，这简直是人间美味啊！"

"我的格斯尔！我已饥火烧肠嗷嗷无告，你就让我吃了它吧！"

格斯尔说："叔叔，我不会拦着你，想吃就吃吧！你就闭着眼睛把它想象成奶油慢慢享用吧！"

就这样，超通吃掉了令人作呕的臭马粪。

他们继续前进。超通又在路边发现了一个马绊皮扣。皮扣烂得只剩下半截，显然破旧不堪了。

格斯尔又鼓动超通，说："哎呀！这是多好的口粮啊！"

"我的格斯尔汗！您等一等，我想吃它！"

"叔叔吃吧吃吧，我怎么会不同意呢？你要把它当成魔力无边的美食来享用吧！"

超通拿着烂皮演绎了饥虎扑食的一幕。

他们继续前行。

途中，看到一块磨盘石。

格斯尔说："喂！超通啊！你不是要让我的茹格牡藏身在黄草甸当中吗？你看，她不小心在这落下了胸坠，你带上它吧！"

超通也不敢违抗只好照做。但是，当他弯下腰试着抬起磨盘石时，才发现这比登天还难。他费了九牛二虎之力，再试了几下，均以惨败而告终。

超通说："我的格斯尔汗！我压根搬不动啊？"

"我来帮你搞定。这里不是有个孔吗？"说着，格斯尔给磨盘穿了根绳，在超通的后背上绑好，让他背着走。

他们继续往前走。走到一半，超通说："圣主啊！我不能跟你一同讨伐敌人了。我又饿又累，实在难以承受了。"

"你不是说，要跟我去讨伐敌人将功补过吗？"

"我的格斯尔！我真的快要饿死了。你发发善心，就让我回去吧！"

"好吧，那你就返回吧！"

超通犹如笼中之鸟重获自由一样，开心地转过身。格斯尔扭头一看，只见他的两个肩膀全被磨破了，甚至透过肩胛骨能看见心脏，透着两腋能看见肺叶。

超通回去了，背着磨盘石，跟跟跄跄、趔趔趄趄，历尽艰辛终于回到了家里。没想到，正跟从帐子中走出来的僧伦老爹撞了个满怀。僧伦老爹本来就积怨已久，此时火山爆发般怒吼。于是老头儿把超通拽起来掀翻在地，用磨盘石压在了上面。

就在超通被压得嗷嗷大叫的时候，察尔根闻声赶来，劝僧伦道："我的僧伦啊！放了他吧！该发生的已经发生了。杀他又有何用呢？

格斯尔走过黄草甸，渡过黄河的时候，看见倒插在草滩中的亦思蛮达神箭。他断定这支箭一定是射死了敌人的岗哨。就把它拾了起来，插进箭筒里。

接着，格斯尔的枣骝神驹一路小跑。路过黄河岸上的呼斯楞敖包时，忽闻一声："哎！我的格斯尔！"

在这样一个渺无人烟的荒野上，怎么会有人喊他呢？他左顾右盼，却不见人影。格斯尔感觉莫名其妙，甚至怀疑自己是否幻听了。

他迟疑了一下，继续往前走，只听见又有人在喊："格斯尔，等一等！"

格斯尔停下来环顾四周，只见一只鸟胸人背的鹰，栖息在它的马鞍前鞒上，嘴巴一张一合向他发话："根除十方十恶之源的圣主格斯尔可汗啊！我是你在这赡部洲里最亲近的哥哥扎萨希格斯尔啊！"

接着扎萨希格斯尔化身的雄鹰哭诉了他所经历的一切遭遇。

格斯尔听了只觉肝胆欲碎，嚎啕大哭。金色世界为之震动，一切生灵为之感伤。

格斯尔连忙点燃一炷香，世界平静了。

"哎！我的扎萨希格斯尔啊！你受苦了。你想超生回到我身边吧？先别急，等我回家给你借尸还魂。我现在赶往我父亲霍尔穆斯塔腾格里天神那里呢。等着我，不要再伤心哭泣了！"

"我的圣主啊，你帮我把他的心挖出来，我要吃他的心，以解我心头之恨。他手下还有十几个勇士，您帮我把那些残渣余孽都消灭掉，让他们下地狱的最底层！"扎萨希格尔苦苦哀求。

格斯尔一口答应，并射死了几只野兽留给扎萨，说道："在我消灭仇敌凯旋而归之前，你就拿它充饥。"

格斯尔来到锡莱河登上的对面山顶，把枣骝神驹拴起来。随后，他抽出一支神箭，嘴里念咒语："如果一切顺利，晚上即刻返回，如果失利，就留在那里吧。"说完把箭射了出去。

这时候，白帐汗正坐在黄金桌前悠闲地饮茶。突然，听到了飞箭的嗖嗖的声音，腿脚瘫软跪倒在地，端起奶茶，嘴里念道："我向十方圣主格斯尔可汗顶礼膜拜，以表葵藿之心！"说完，用碗里的奶茶献祭神箭。

神箭毫不留情，把黄金桌子的腿给射断了。

白帐汗好奇地自言自语："这非同一般的箭到底是霍日穆斯塔腾格里的神箭？还是中界阿修罗的神箭？抑或是下界龙王的神箭？如果是格斯尔的神箭，我的手下三位好汉为什么没有拦截住它呢？何况，茹格牡高娃应该认得格斯尔的箭呀！"想到这里，他立刻拿着这支神箭来找茹格牡高娃，让她仔细辨认是否是格斯尔的神箭。

她手握箭羽试着掰断它，却力不从心。她向神箭虔诚地祷告说："如果你是天神或龙王的对敌射来的，就留在这里吧。否则你就乖乖回到自己的主人身边去吧！"说完，在箭杆上系上五颜六色的绸带。就在她拿着装饰一新的神箭轻轻倚放到门框那一刻，惊心动魄的一幕发生了。骤然间，狂风肆虐，神箭在借着风力，眨眼工夫就回到了格斯尔身边，一跃而进主人的箭筒里。

第二天清晨，格斯尔看到箭筒口有东西在迎风飞舞，像麦穗，又似柳枝摇曳不止。他奇怪地拽了拽，才发现原来是他射出去的箭回来了。

格斯尔露出了会心的笑容，将彩绸分成六块，祭祀了加布森呼玛灵山，并虔诚祈祷："从前，你是赋予锡莱河三汗福分的灵山，他们向你顶礼膜拜为母亲祈福，为父亲祈寿。从今往后，请你赋予我格斯尔福佑吧！"

说着，格斯尔点起炉香，诵经祈祷起来。猛地一阵山崩地裂，那座山顿时便灰飞烟灭了。

格斯尔仰天长笑，便跨上马继续前行。

格斯尔来到了锡莱河三汗的领地。

锡莱河三汗每人有两眼泉，是他们饮水之源，其中有一眼叫"查卜奇兰"的宝泉。锡莱河三汗的女儿们从那里打水沐浴返回时，格斯尔来到她的必经之路，施法变幻成一个百岁的喇嘛假装行乞。枣骝神驹被他送上了天，黑漆漆油亮亮的铠甲变成了喇嘛的袈裟。闪电护背旗变成了喇嘛的衣袖，白额宝盔被变成了僧帽。三庹长的黑钢宝剑被变成了三庹长的黑木拐杖、三十支绿松石扣的白翎箭矢和威猛的大黑硬弓被变成了喇嘛的贡品。

就这样，喇嘛仰面横躺在大路正中间，装作乞丐静静等待着锡莱河三汗的女儿。

话说，白帐汗的女儿察孙高娃，已经被许配给了汉地太平汗的儿子米拉·贡楚德。此时，她正领着五百名侍女向这边赶过来。她们互相投掷鲜果，一路打闹嬉戏。笑声越来越近，以至于他们投掷的鲜果最后都落入了老喇嘛的嘴里。

姑娘们看见他，跑过来纷纷嚷道：

"哎，老头子！你是什么人？起来！"

"他的嘴中怎么蹦进我们玩耍的鲜果呢？"

"这边广阔无际，你怎么偏偏挡住我们的道路？老头子，你到底是什么人？还不快快给我起来！"

"我的孩子们！我是个四海为家的乞丐喇嘛。如果你们菩萨心肠宅心仁厚，就不要计较这点鲜果，最好给我磕头跪拜，接受我的灌顶赐福；如果反之，就想方设法弄走已经到我嘴里的鲜果，然后，随便践踏我！我是一个站起来就坐不下，坐下去就站不起来的无能者。"

"简直天大的笑话，我们怎么可能给你这样一个糟老头子磕头跪拜？别做梦了！"姑娘们说着，硬生生从喇嘛嘴里把鲜果抠了出来，跨过他的身子走了。

之后，黄帐汗的另一位女儿苏门高娃也带着众多侍女来挑沐浴的水。路上，还跟先前的姑娘们一样遇到了喇嘛，在一番交涉中答案雷同，结果一样。

最后，黑帐汗的女儿却玛荪高娃带着五百名家奴呼图格与汉人来挑水。最引人注目的是他们水桶的材质，由白海螺、玻璃、金子三种成分组合而成。如出一辙的是，老喇嘛的嘴中也掉入她们投掷玩耍的鲜果。

家奴呼图格走过来，叫嚷到："喂，家奴呼图格与汉人来了！死老头子，识相的话，赶紧让开！"

喇嘛说："家奴呼图格与汉人！我是一个站起来就坐不下，坐下去就站不起来的无能者。"却玛荪高娃远远看着他们好像谈得并不愉快,便走了过来,问仆人:"这个老头子是什么人?为何不起来?"

家奴把喇嘛的话重复了一遍。

却玛荪高娃问老喇嘛:"您老从哪里来?曾经都见过哪些可汗?去往哪里?"

"我就是个老态龙钟、食不果腹的糟老头子。我要去西部拜佛,途经锡莱河三汗的营地,累得筋疲力尽走不动了,躺下来休息呢。至于见过的可汗,那是数不胜数了。"

却玛荪高娃说:"为何抠走他嘴中的食物?这里也有其他地方可走,为何要跨过老人家的身躯呢?"

她这样说了,又对他顶礼膜拜,接受了灌顶,绕着他走过去了。

此时,白帐汗的额尔克巫婆正好来找却玛荪高娃。

"你等一下,却玛荪高娃!"

却玛荪高娃问道:"巫婆,找我有事吗?"

"我昨晚梦见根除十方恶之源的圣主格斯尔可汗就在白帐汗的黄金宝座上砍了他的头呢!这个人不是百岁喇嘛,而是格斯尔可汗变过来的,喇嘛披的不是袈裟,是格尔斯黝黑色的盔甲;喇嘛的袖子也不是袖子,是格尔斯的闪电护背旗;喇嘛头上戴的更不是僧帽,是白额宝盔;手上挂着的不是三庹长的黑木杖,而是格斯尔三庹长的黑刚宝剑。"巫婆说:"我想这个人一定是格斯尔。"

却玛荪高娃训斥巫婆道:"去你爹的头!你这个不知死活的贱骨头说什么瞎话呢?别在这里造谣生事,动摇人心,搞得人心惶惶,信不信我把你的鬼话告诉白帐汗叔叔?他还不割了你的头?说什么格斯尔?格斯尔在哪里呢?你别再胡言乱语啦!免得惹祸上身!"

却玛荪高娃原来也是天上的仙女。她听说有这个十方圣主格斯尔可汗英勇无敌,英俊潇洒,便对他日思夜想,想成为他的妻子。如果缘分未到,哪怕做一个在他鞍前马后的婢女,或每天早晨为他倒炉灰的女佣她也是甘心情愿的,只要是能待在他的身边,让自己做什么她都愿意。因而她每天坚持用每餐茶食的第一口来献祭格斯尔。

格斯尔也爱上了却玛荪高娃。

百岁喇嘛叫来那个家奴呼图格。

呼图格恭恭敬敬地问道:"喇嘛,您有什么吩咐?"

"你们这泉水好浑浊,或许是因为汲水不当造成的。不能从泉水的中央汲水,那样水藻会浮起；也不能从泉水的边缘汲水，那样泥土会搅浑泉水。你吩咐下去，叫大家轻轻地从泉水中央与泉水边缘之间的位置汲水，千万不要弄混！那样，取来的水才是圣水甘露。"

家奴把喇嘛的这番话传达给了姑娘们。

姑娘们异口同声地抱怨："他真是个怪老头儿！"

巫婆说："这泉水这么多年来从来都没有变浑浊过，怎么我们一来就浑浊了呢？正是因为他是格斯尔，所以他在警告我们不要搅动泉水。"

巫婆跑到泉水边，想查明是什么原因导致泉水浑浊的，没想到一头栽进泉水里淹死了。谁也未曾料到，巫婆正因为发现了格斯尔的行迹，才遭横祸的。

家奴呼图格不论是从泉眼中间汲水，还是从泉眼边缘汲水，都如老头子所说的那样，要么是水藻浮起来了；要么是泥土泛起，他按照老头子说的办法汲水，果然汲到了圣水甘露。

格斯尔在水桶上施了法术，即使来了力拨千斤的壮汉也抬不动，后来五百名侍女和家奴呼图格一起来抬，但无论怎么使劲，水桶都纹丝不动。

"真是奇了怪了，今天这是怎么回事，女巫婆莫名其妙被泉水淹死啦，大家齐心协力居然抬不动一个水桶。你们在这儿等我，我去找喇嘛大师帮忙。"

却玛荪高娃说完，只身一人来到老头子跟前，请求道："至高无上的喇嘛大师，求你帮我们把水桶抬起来吧！"

喇嘛说道："你这姑娘怎么这么不懂礼数？难道我前两天说的话你没放在心上吗？我是真的起不来。"

"或许是中了十方圣主格斯尔可汗的诡计，我才变得顽皮；亦或是受了威震四方的格斯尔可汗法力的影响，我才变得不诚实。我知道你不是百岁喇嘛，你就是十方圣主格斯尔可汗。哎，圣主格斯尔，请施展你强大的本领吧，让世人知道你的厉害，这样你的神魂就娶了我！"

"你这姑娘别胡说八道！"

老头儿吼了一下，挪动一下身子。从他身下竟爬出了一只两岁牛犊般大小的黄金蜘蛛，并以迅雷不及掩耳之势将锡莱河三汗的城堡绕了三圈，回来说："那个地方曾经是锡莱河三汗的，但它即将被十方圣主格斯尔可汗所占有。"说完，又钻入老头子身下。

当时在锡莱河的城堡外面见到了黄金蜘蛛的人们众说纷纭："这牛不像牛，野兽不像野牛，长着犄角的怪物，是什么东西？会说人话，长得并不像人，到底是什么？莫非是十方圣主格斯尔可汗的三十个勇士的灵魂再现吗？"

却玛荪高娃见了惊人的大蜘蛛，说道："哎，你不就是十方圣主格斯尔可汗吗？"

格斯尔显示神威，施法变出了无数的神兵天将。

却玛荪高娃领略了格斯尔显示的神通，便说："哎，圣主！晚上请你变成一个八岁的孤儿躺在这里，然后快把水桶给我们抬起来吧！"

老头子呻吟了一声，坐起来说："你们那么多年轻力壮的孩子都没能抬起，我这糟老头子又能奈何呢？万一水桶的绳子断了，水桶摔破了，岂不是帮倒忙了吗？到时候你们可别怪我！"

"哎呀！我们可不会责怪你啊！"

格斯尔装作抬水桶的样子，却暗自施了法术断开了提绳，水桶四分五裂。

姑娘们看到地上七零八落的水桶，痛哭流涕地埋怨道："你这个十恶不赦的老头儿，真是罪该万死！你闯大祸了，黑帐汗不会放过我们的。现在该怎么办啊？"

却玛荪高娃敕令道："姑娘们，就算我父亲谩骂，那也是骂我，与你们这些败类毫不相干。所以，请不要再指责这位喇嘛了。"接着转向格斯尔央求道："至高无上的喇嘛大师，请你显神通，复原水桶吧！"

"孩子们，你们往后站点儿！我这个老头子年纪大了，说不定会忘了咒语呢，咒语错了怕打到你们，我试着向天上的诸神祈祷看看。孩子们，离远一点儿！再远点儿！"

他念着咒语施展法力，水桶立刻恢复完整，且焕然一新。

姑娘们都瞪大眼睛，张大嘴巴，后悔不已地说："哎呀！真不应该责备有这等神通法力的喇嘛大师啊！"

经过这一番折腾之后，姑娘们和家奴呼图格一行人终于抬着水桶回去了。

希曼比儒札责备女儿道："你什么时候学会调皮捣蛋了？清晨出去，太阳落山了才回来，你都干什么去了？"

"我们一路嬉笑打闹，不料灵泉泉水泛滥，淹死了巫婆。我们试图打捞巫婆的遗体，才耽搁了一天。父亲！在去灵泉的路上，我们遇到了一个举目无亲无依无靠的八岁乞丐，有气无力地躺在路边。不如我们把他领养来，给你做马童吧！"

"非亲非故的一个乞丐又有什么好养的？女孩子家，离那些乱七八糟的人远一点！"

姑娘见父亲不听自己的建议，就赌气跑回自己的账内，三天没有出门。

三天后，却玛荪高娃来央求父亲说："父亲啊！听说那个乞丐一直在路边躺着。我们就领养他吧！"

父亲无奈地说："那么，就领养吧！"

却玛荪高娃很高兴，立刻叫家奴把他领来了。

格斯尔创意很多，玩得好开心，他用象牙雕出了一头狮子，栩栩如生；用黄金做了一只蝴蝶，能翩翩起舞。

却玛荪高娃将这些新鲜玩意儿拿给他的父亲看了。

父亲爱不释手，惊呼道："哎呀！孩子，谁这么心灵手巧，创意独特？把他带来见我！"

于是却玛荪高娃叫来了小乞丐。

黑帐汗问孩子："你的父亲一定心灵手巧吧？你这手艺是从哪儿学来的？"

孩子回答说："父亲在我很小的时候就离开了我。我跟着舅舅生活。我舅舅是匠人乔若克。从小，在他做工时，我便在旁边看。看着看着就学会了。"

"这孩子是个可塑之才。这样吧，你就留在我身边，白天做我的马童，晚上就跟其他穷孩子睡在一个毡房吧！"

因为他是从野外捡来的孩子，便赐予他一个名字傲勒哲拜[1]。

那时，有一块象征着锡莱河寿数的圆形白石头。

傲勒哲拜对舅舅说："要是能把这块白石头切割成小块做件石甲，得有多好啊！"

"哎呀，小鬼！这可是三个可汗的寿石，快收回你那些大不敬的话。这种话一旦让他们听到，你可只有死路一条！"

晚上，傲勒哲拜把那块石头背过来放在了舅舅住的毡房门外。

清晨，匠人乔若克起床后看见偌大的寿石，不偏不倚正挡在门外，大惊道："大早上真是晦气！这真是不祥之兆！寿石被挪到我门口，怕是要遭来横祸了！"

第二天夜里，格斯尔施法，用那块石头堵死了乔若克家的门。

太阳从东方缓缓升起，迎来了新的一天的到来。格斯尔来到匠人乔若克的家门口，喊道："舅舅在家吗？快出来啊！"

匠人走出门第一眼就看到了大寿石，连连叫苦道："哎呀！我们要倒大霉了！我要折

---

[1] 傲勒哲拜：蒙古语音译，捡来的意思。

寿了，你快帮我把石头给切开做成你的石甲吧，喇嘛诵经师、傲勒哲拜！快把这石头砍成四方块，做石甲吧！"

喇嘛诵经师挥起斧头开始砍石头，忙了一上午，累得满头大汗。到了中午，喇嘛诵经师说："傲勒哲拜，现在该你来砍左右两面了！"

傲勒哲拜说："哎呀！站远点吧，诵经师！小心巨斧脱落砸到你的脑袋上，砸出你的脑浆来！"

"乌鸦嘴，别废话，赶紧砍吧！早晨没有脱落的巨斧，怎么会掉下来呢，若是脱落掉下来砸死我，我也只能自认倒霉！"

"这可说不准哦。"

格斯尔施展法力，让斧头砸烂了诵经师的脑袋，迸出了脑浆。

喇嘛诵经师躺在地上痛苦地呻吟。

傲勒哲拜假装很痛苦的样子，大声哭喊道："匠人，快过来！"

老头子撩起衣襟，紧张兮兮地跑来摸着喇嘛诵经师的头，伤心哭泣："哎呀！你这是怎么啦？"

"我砍了三个面，差点累死啦。于是就把斧头给了傲勒哲拜。傲勒哲拜接斧子的时候说：'哎呀，喇嘛诵经师，你站得远一点！不然这斧头的柄掉下来砸到你的脚就麻烦了。'我当时就想：我用了这么长时间都没有脱落过，万一今天有什么意外，那也只能听天由命了。我只是这样想了一下，结果还真是在傲勒哲拜砍石头的时候，斧头脱落，砸中了我的脑袋。也许这都是命中注定吧！"说完，就咽气了。

老头子流着泪说："都是因为这块石头堵在门口的原因才弄出这么一系列的事儿。"

就这样,格斯尔用聪明才智毁掉了锡莱河三汗的白色寿石。因为喇嘛诵经师有了戒心，所以难逃一死。

匠人乔若克对傲勒哲拜说："傲勒哲拜，你来拉风箱！我们用这造孽的石头制作两副石甲吧！"

在制作过程中，傲勒哲拜用偷出来的生铁藏放风箱里，用偷来的生铁做了六十庹长的绕钩藏起来。

话说，巴勒布汗的儿子叫图日根比儒瓦，图日根比儒瓦之子布哈察干芒来携带了丰厚的彩礼，来向黑帐汗希曼比儒札的女儿却玛荪高娃提亲。

三个可汗聚到了一起。

黑帐汗交代说："傲勒哲拜，你来操办这个婚礼，做好款待宾客等相关事项吧！"

就这样，傲勒哲拜担任起了神圣的使命。

突然，布哈察干芒来在众人当中赫然站立，拉着他的大黄弓，公然挑衅："我就是杀死十方圣主格斯尔可汗手下大塔岳、小塔岳、大鼓风手、小鼓风手、安冲、荣萨六名勇士的布哈察干芒来啊！在这隆重而喜庆的婚宴上，有人敢来挑战我吗？我的这张大黄弓，还从来没有人拉开过呢！"

傲勒哲拜闻到此言，伤痛不已，心中默默流泪。他便伸着身子，便故意大摇大摆地走到布哈察干芒来跟前来。

"嘿！看这个小东西！在这儿来回晃悠是想挑战我呢？还是想拉一下我的大黄弓试试臂力呢？"

傲勒哲拜勃然大怒，破口大骂："你以为你是上界天神的儿子还是龙王的儿子？其实，你不也是跟我一样凡人一个吗？骑马累了就要下马休息解解乏，打猎累了不也照样歇下来喝喝水吗？我在你这给你做牛做马的，因为你要成婚，我替你高兴，热心为你操持婚礼，忙得不可开交。你为什么还如此出言不逊？按理来讲，你应该对可汗岳丈、岳母夫人和新娘的嫂嫂们毕恭毕敬，修礼以道，叩头作揖，求他们答应把女儿嫁给你。可我听说你反而还强人所难，威胁人家。还扬言，如果不答应，便杀掉三个可汗施以抢婚。我还听说，格斯尔的十五岁小英雄安冲砍死了你父亲，割下他的脑袋，做了战马穗缨呢！这种人还配被叫作英雄吗？"

布哈察干芒来恼羞成怒，义愤填膺地说道："傲勒哲拜，没想到你小子还挺有骨气啊！哼，有种来拉我这大黄弓试试！"

傲勒哲拜接过了黄弓，说："这有什么不敢的？你小看我，我偏要试试。"随后又在嘴里念叨一句："请三位可汗的神灵保佑我吧！"

布哈察干芒来把弓交给他，说："我要你把弓面拉个稀巴烂，那碎片小得只能做勺子；我要你把弓弦扯成碎屑，那碎屑碎得只能做箭扣！"

格斯尔接过弓箭，心中祷告道："神灵保佑我，让我把弓面碾碎成粒粒黑炭；让我把弓弦化为灰烬！"

格斯尔施展法力来轻轻一拉，那张弓转眼间变成了炭和灰，纷纷掉落在地上。

布哈察干芒来跳起来扑向傲勒哲拜说道:"这里不缺我们两个人。弄死谁,都无罪。"

三个可汗说:"哎呀!傲勒哲拜,他会把你弄死的!"

"拜托三位可汗的神灵!就让我死在他手下吧!"

搏斗开始,布哈察干芒来善于耍花招,耍小聪明。傲勒哲拜却岿然不动。

格斯尔向诸天神祷告道:"我的诸神在上!金色世界的主人山神敖瓦工吉德父亲!荣萨、大塔岳、小塔岳、大鼓风手、小鼓风手,请你们六位的神灵变成六头狼,来咬他的四肢,把他大卸八块然后让狼狗叼走!"

傲勒哲拜祷告完,大喊一声:"你们就等着看好戏吧!"便把布哈察干芒来摔到地上。

布哈察干芒来双鼻子流血,脑袋迸裂,当场毙命。

六位勇士的神灵变成了六头狼,跑过来把他的尸体扯成了六块叼走了。

三个可汗冷嘲热讽道:"这就是吹牛的下场啊,最终把自己吹上了天!"

却玛荪高娃假装可怜兮兮地哭泣,诉苦道:"如果以后我要再嫁,别人会以为我是个克死丈夫的克星,不会再娶我的。常言说万年一个继夫的婚约,千年的债啊!"看她痛不欲生的样子,三个可汗便劝诫道:"什么也不要说了。如果你改嫁他人,人们说三道四,认为你是个轻浮的女人。"

婚礼就这样变成了丧礼。就在大家纷纷散场的时候,白帐汗的女婿、汉地皇帝的儿子米拉·贡楚克来了,对傲勒哲拜说:"过去,布哈察干芒来和我二人经常搏斗,实力不相上下。听说他刚才被你活活摔死了,我们没有亲眼所见,还真不敢相信。两个人摔跤,哪有能把对方摔死的?充其量就是对方摔倒了,爬起来再打就是。即使真的出现意外,在搏斗中摔死也无所谓,比赛无常,胜者无罪。"

说完,米拉·贡楚克和傲勒哲拜开始角逐。结果并没有悬念,傲勒哲拜轻松获胜,把米拉·贡楚克也摔了个粉身碎骨。

黄帐汗的女婿索龙嘎汗的儿子曼冲·朱拉也随后上场,难逃厄运,惨死在赛场上。

最后上场的是当地一个可汗的儿子,名叫孟萨·图斯格尔,原来他是黑帐汗的大女婿,也就是却玛荪高娃的姐夫。他勇猛剽悍,远近闻名。但也根本不是格斯尔的对手,还是被活活摔死了。

就这样,三个可汗手下的数名好汉都成为格斯尔的手下败将,命丧黄泉。

这时,茹格牡高娃对白帐汗说:"此人力大无穷,你手下所谓的好汉一个个被他打得落花流水。依我看，他很有可能就是格斯尔。你不妨派出你的大力士摔跤手看看，如果他也惨败，那此人就是格斯尔无疑。"

白帐汗便派整个部落里最厉害的大摔跤手出来与他博斗。大摔跤手以力气大著称，据说他能用一只手托起一座山。他两肩各搭了七张湿鹿皮，气势汹汹地走出来喊道："傲勒哲拜，你这不知天高地厚的小东西，快出来！"

"听说你傲勒哲拜是无敌超级摔跤手。我来向你挑战了！"

"以前你效力于三位可汗，是立下过汗马功劳的功臣，可我从未为三位可汗上阵应敌过呢！我不会妒忌你的。咱俩之间就算了吧！"

"你这毛孩儿，休得多言，快开始吧！"

"来就来，谁怕谁啊，我要是不跟你较量一番，看来你是不会善罢甘休啦！"

在傲勒哲拜整理衣服袖口的时候，大力士摔跤手拧了拧一张湿鹿皮，扔给傲勒哲拜说："给你，小崽子！"

当他从另一边肩膀上拿起一张兽皮的时候，傲勒哲拜说："莫非你是要跟鹿皮一决雌雄吗？"话音未落，便扑了上去。

大力士摔跤手恨不得把傲勒哲拜一把摔死，便尽其所能，使绊子，打拨脚，使用钩子。

而傲勒哲拜临危不惧、镇定自若。并且在心里默默向诸神祷告："诸神请显灵：喜欢食肉的扯他肉，喜欢毛发的揪他毛，喜欢喝血的吸他血吧！"

随后，十方圣主格斯尔可汗轻轻一反击，就把大力士摔跤手摔得人仰马翻。天上的诸神果然显灵，把大力士摔跤手来了个碎尸万段。

茹格牡高娃看到这一幕，十分肯定地说："此人不是别人，就是格斯尔的化身。"又转向傲勒哲拜说："如果你真是格斯尔的化身，就一展身手，显示你的威力让我见识见识吧！"

茹格牡高娃登上白塔，梳着右侧的鬓发，呼唤着格斯尔的名字，边哭边唱着赞美的歌儿。

格斯尔的化身傲勒哲拜手拿牛粪叉子，背着牛粪筐，正在捡牛粪。他听到了茹格牡那如泣如诉的歌声，心想："我的茹格牡没有变心。"便对她显现出了金刚持佛和九尊文殊菩萨的法身。

茹格牡高娃说声："格斯尔来了！"扭头就跑了。

格斯尔在后面追她，来到宫帐附近时，一脚把她绊倒在一块石头上，连连打滚，并施魔法让她忘掉了这一切。

茹格牡回到宫里，向白帐汗哭诉："格斯尔到底来没来？我感觉他来过，不知道是不是还是在做梦？"

"你刚才干什么去了？你真以为自己有个了不起的丈夫啊？我非要叫你吃你前夫的肉、喝你前夫的血不可！"

"我怀疑傲勒哲拜就是格斯尔，所以刚才去探了个究竟，结果还是没能断定。我们再次探一下他到底是不是十方圣主格斯尔可汗吧。这回把他扔进毒蛇地狱里看看。如果连毒蛇都不敢咬他，那他就是名副其实的格斯尔了。"

就这样，傲勒哲拜被扔进了毒蛇地牢里。

格斯尔挤来黑羽雌鸟的乳汁，逐条洒在毒蛇身上，毒蛇全部中毒而亡。

格斯尔的化身傲勒哲拜以大毒蛇当褥子，以小毒蛇当枕头，躺着唱到："都说，格斯尔的国度面临灭亡的时候，扎萨希格尔和三十个勇士上了超通的当，三位可汗掳来了茹格牡高娃，让她做了白帐汗的夫人，早已变心。"还说："格斯尔汗离去后，把他们都忘了。如今，茹格牡思念格斯尔，想要背叛白帐汗。茹格牡高娃你在吗？我是三位可汗的有缘之人。虽然你用尽了各种方法，但是，我傲勒哲拜没有死，依然活着；因为，三位可汗的神灵在护佑着我！"

三个可汗听到后，商量了一番，得出结论：傲勒哲拜并不是格斯尔。于是，便把他从毒蛇地牢里释放了出来。

那时，白帐汗家里养着两条猛犬——老虎和豹子一般的狗。那两条全身黝黑、头大如牛、目光如炬的猛犬就像幽灵一般，只要出现在谁的跟前，谁就会遭殃。来往的行人被这两条恶狗猛扑撕咬直至在疼痛中被折磨死，那是常有的事情。因此，茹格牡高娃平常都用铁链拴着那两条狗。他们说："把狗带过来，如果是格斯尔的化身的话，狗不会惹他；如果不是格斯尔的化身的话，狗会咬死他。"

有一天，傲勒哲拜手拿牛粪叉子，背上牛粪筐捡牛粪。恰好从茹格牡高娃跟前经过。茹格牡高娃放了被拴着的两条猛犬。见两条狗凶巴巴地向他跑过来，格斯尔施法躲进了筐子底下，向外窥视。两条狗没发现他，便跑回茹格牡高娃身边。茹格牡高娃见它们嘴角毫无血迹，就说："瞧瞧！如此凶猛的恶狗都不敢惹他，他安然无恙，显然就是格斯尔。"

随后，格斯尔施魔法采用了分身术。一方面变回格斯尔的样子，全副武装率领神兵天降，跨着枣骝神驹疾驰到锡莱河三汗城堡的西边，安营扎寨；而另一个自己傲勒哲拜仍旧在原处。

格斯尔在新的营地举办了盛大的庆典，结驷千乘，旌旗蔽日，座无虚席，热闹非凡。

圣主格斯尔端坐在宴席中央，大口喝酒大口吃肉，观看比赛和表演。摔跤手们、神箭手们以及身怀十八般武艺的英雄们八仙过海各显神通。

锡莱河三汗以为格斯尔来犯，便集结大军，出城迎战。当他们走近时，格斯尔的大军变成沉雾，缭绕上升到天空中去。走到营地一看，锅灶里的食物还冒着热气，锅灶边上躺着一个浑身都是虱子和虮子的男孩儿。

傲勒哲拜拔出剑，朝那个孩子跑去。

希曼比儒札说："哎，傲勒哲拜手下留情！先问过他军情，再杀不迟！"

"喂，告诉我们，刚才来的军队是谁的？"

"那是十方圣主格斯尔可汗率兵来向你复仇的，可是他看到你们浩浩荡荡的军队，便望风而逃了。"

"你怎么没有跟他们一起逃啊？"

小男孩儿说："我是三十勇士的遗孤，来这儿之前给人当过马童。到这边，谁都嫌弃我脏兮兮的，所以独自在远处睡觉，没想到睡过头掉队了。"

傲勒哲拜说："常言道：'人心叵测，甚于知天，腹之所藏，何从而显。'我们把这个孩子抚养成人，长大了跟格斯尔树敌，这样也就为他日后的失败埋下了隐患，你看怎么样？"

白帐汗道：傲勒哲拜，你说的有理，你带着他回去养大成人。傲勒哲拜就把小男孩儿带回家来。没想到，小男孩儿在伸手不见五指的漆黑的夜里，连滚带爬逃出了营地。

当士兵发现异常的时候，已经是第二天早晨了。清晨，傲勒哲拜去拜见三个可汗，禀报说："那个孩子逃走了。"

可汗无奈地发话："这会儿人都已经跑远了，你先回去吧！我们再想想办法！"

茹格牡高娃还是不甘心，想进一步试探傲勒哲拜，看他到底是不是格斯尔。便吩咐下去："却玛荪高娃、傲勒哲拜，明天早晨你们俩过来一下！自从离开了格斯尔，嫁到这里来，我还没有焚过香、拜过神呢！"

就这样，茹格牡高娃、却玛荪高娃、傲勒哲拜三个人一起出发去祭神了。

茹格牡高娃问："傲勒哲拜，前几天，我在婚礼上丢失了吊坠，听说你捡着了，是真的吗？"说着便要掀开傲勒哲拜的衣服看。

却玛荪高娃给傲勒哲拜使了个眼色，傲勒哲拜迅速躲闪，茹格牡高娃未能得逞。

茹格牡高娃大发感慨："比起今天的神佛，还是往日的婆罗门强啊！"说完便走开了。

登上祝萨·昆巴山顶后，在燃烧煨桑的时候，茹格牡高娃说道："既然有男人同行，何必让女人来点烛焚香？傲勒哲拜，这些事儿还是你来吧！"

傲勒哲拜点烛焚香，供奉诸神说："山神敖瓦工吉德！阿日亚·拉姆女神、毛阿固实、占卜师唐波大师、宝阿·冬琼·嘎日布、阿日亚·阿瓦洛迦·沃德嘎利、扎萨达日敖德、格斯尔·嘎日布·冬日布，唵嘛呢叭咪吽……"

茹格牡高娃满意地点点头。说："傲勒哲拜，看你知道的东西挺多的，请教你几件事，可以吗？"

傲勒哲拜说："好的，没问题！"

"像那黄金曼陀罗一般供奉诸佛的，那是什么？像那在白海螺盘中斟满了白螺圣水的，那是什么？像那在犀角盘中斟满了犀牛圣水的，那是什么？像那在一位老婆子膝前有诸多儿童嬉戏打闹的，那是什么？像那一位老婆子追赶着一群孩童的，那是什么？像那两个勇士互相举剑对峙的，那是什么？像那一把长弓和一支箭矢的，那是什么？"

傲勒哲拜来一句："如果这些事都要说给你听的话，那你得哭出来呀。"弄得茹格牡高娃简直哭笑不得。

于是，傲勒哲拜回答说："像那供奉在诸佛前的黄金曼陀罗的，那是平坦的乌鲁姆塔拉草原。像那在白螺盘中斟满了白海螺圣水的，那是格斯尔十岁那年，为报答父母之恩而修建的观音菩萨庙。像那在犀牛盘中斟满了犀牛圣水的，那是碧蓝的呼和诺尔湖；像那在一位老婆子膝前有诸多孩童游戏的，那是在冰山居住的叫作比儒米拉的可汗。像那一位老婆子追逐着一群孩童的，那是由众护法神合力创造的叫作希呼尔逊的黑山。像那两个勇士互相举剑交锋的，那是黄河源头的两座山峰。像那一张长弓和一支箭矢的，那是弯弯曲曲的黄河。"

茹格牡高娃心想："这必定是格斯尔无疑了。"

格斯尔对茹格牡高娃的怀疑心知肚明，于是就使用法术让她忘掉了刚刚所发生的一切。

第二天晚上，格斯尔帐下的神童偷袭了白帐汗的大营，折断了七杆大纛，杀死了七名厨子，赶走了七群马。

隔天早上，白账汗起身，叫来他的两个弟弟，哭诉道："哎呀！大事不妙，昨夜我的营帐惨遭袭击了，估计是格斯尔的神灵在捣乱。"

希曼比儒札说："我们让嗜血雄鹰的大臣和敖勒哲拜两人去追击敌人吧！"

他们两个奉命出发，很快就追上了格斯尔的军队。

格斯尔的神童怀里揣满石头，走到他们二人面前，对吸吮雕血的哈剌大臣说："哼！你就是擒拿超通的那位英雄好汉吧？"

说着他不停地用石头砸大臣。

大臣见石头向自己身上砸来就往回跑，敖勒哲拜就跑到他跟前用石头砸他。

"我的敖勒哲拜！你这是怎么啦？我们是一家人，你这还怎么动手打起我来啦"

"别胡说，去你爹的头！谁和你是自己人？你是我不共戴天的仇敌！"说着，用石头砸烂了他的头，把他打死了。

敖勒哲拜把他的双腿拴在马尾上，脑袋拖行在地上，赶马归来。

敖勒哲拜说："这都是该死的格斯尔干的，我们的大臣已经追上了他，可是他用石头砸烂了大臣的脑袋，把他打死了。我追上去的时候，他化作沉雾缭绕，消失在空中，我无可奈何，只好带着大臣的尸骨，赶着马群回来了。"

三个可汗说："大臣由他去吧，死了就死了，反正人死不能复生，你活着回来就行了。你先回去休息吧！"

敖勒哲拜问："这位大臣的尸体，是由我去安葬呢，还是等他以前结伴的兄弟来安葬好呢？"

"还是就由你去埋葬吧！等他以前结伴的兄弟来安葬的话，等到何时呀？"

敖勒哲拜来到两条河的交汇处，挖了一个坑，把大臣的尸首朝下、脚朝上地埋进去，让他双脚朝天，变成了肉桩子。

为此，格斯尔点火烧香，祷告道："诸神在上！凡间三十个勇士的灵魂在上！在此，我用得来的仇敌身躯立了肉桩子。你们把这个肉桩子和所有敌人的灵魂统统撕碎，一一吃掉吧！今后仇敌的尸体，也都这样处理掉！"祷告完，他回去了。

茹格牡高娃还想试探敖勒哲拜，看他是不是格斯尔，便在自己的宫帐里摆了一张金桌子和一张银桌子。她断定，如果是傲勒哲拜的话会坐在银桌前；如果不是傲勒哲拜是格斯尔的话，就一定会坐在金桌前。

傲勒哲拜早就识破了她的伎俩，故意让傲勒哲拜的化身去坐在银桌子前。然后分身复原为格斯尔，跨上枣骝神驹，披上露珠般闪亮的黑铠甲，插上闪电护背旗，戴上前额镶有日月同辉的白宝盔，插上三十支绿松宝石扣的箭矢，拿上威猛的大张弓，在她的眼前来回穿梭，腾空驰骋。格斯尔手持九庹长的青钢宝剑，戳着锡莱河城堡的城楼，大喊："锡莱河与吐伯特究竟有什么冤仇？招你们惹你们了？是抢了你们的带犄角的山羊羔了，还是抢了你们的两岁马驹了？你们为什么要抢走我的茹格牡高娃夫人？为什么要抢走我的十三奇宝寺、金粉抄写的《甘珠尔》《丹珠尔》两部大乘经典，还抢走了如意宝、无裂纹的黑炭宝、白宝塔和三大鄂托克的百姓？为什么要杀害我的三十个勇士和三百名先锋？为什么抢我的这些东西？"

黑帐汗的女儿却玛荪高娃说："我等女流之辈不应该在此多管闲事。但让我们把你的茹格牡高娃还给你吧！为你的三十个勇士修建陵墓祭祀吧！扎萨希格尔、苏米尔和安冲三人也将我们的人也赶尽杀绝了，就当互不相欠了！把你的白宝塔、无裂纹的黑炭宝，金粉抄写的《甘珠尔》《丹珠尔》两部大乘经典、三百名先锋、三大部落百姓的生命、财产以及十三金刚寺，也都还给你吧！今后咱们井水不犯河水。"

格斯尔当仁不让："你要让我的三十个勇士都复活过来！要不然，我不会轻饶你们！"

却玛荪高娃说："人死不能复生，我们也没办法呀！"

"我的三十个勇士死得好冤啊！"格斯尔愤怒地用九庹长的青钢宝剑使劲戳刺着城楼。

锡莱河三汗吓得魂不守舍，六神无主。

傲勒哲拜上了城楼，扑向格斯尔。在他离那青钢宝剑近在咫尺时，傲勒哲拜的化身腾空而去了。

锡莱河三汗说："嗨！可以让这个傲勒哲拜去跟格斯尔自相残杀呀！"

第二天晚上，傲勒哲拜拿出六十庹长的抓钩，钩住城楼后鱼跃而起，不想白帐汗的保护神抓住了他的头发，把他拽倒在地上。

傲勒哲拜痛不欲生，躺了很长一段时间，才又用抓钩钩着，爬上城楼，溜进宫城里去了。

他走进白帐汗的宫帐里，却不见茹格牡高娃，原来她恰巧到大海里沐浴去了。

原来，茹格牡高娃每天晚上都要喝一碗回过两遍锅的奶酒，吃一颗羊心，才能安然睡着。傲勒哲拜便闯进去，压住白帐汗，划开他的胸膛，挖出了他的心脏。

傲勒哲拜吃掉了为茹格牡高娃准备的羊心，喝掉了奶酒，把它们换成了白帐汗的心脏和血，接着又把他的头颅放在枕头上，用被子盖好，自己则藏到了暗洞里。

茹格牡高娃回来后，喝了白帐汗的血，吃了白帐汗的心，说："累坏了，怎么感觉浑身乏力？"接着便走到床边边说："可汗，起来吧！给我抚摸一下身子呀！"边掀起被子，结果那颗头颅滚落下来，吓得茹格牡高娃连声惊叫。

这时，格斯尔从暗洞里跳出来，说："啊！你喝了你丈夫的血、吃了你丈夫的心脏！"便把她拉到外面。他这才突然想起把马鞭子忘在屋里了。于是，返回去拿马鞭子，进屋却看见了躺在铁摇篮里躺着白帐汗的孩子。格斯尔手里拿着铁弓和铁箭，就要射向孩子脸蛋时突然想到："现在射是否过早？等一下射是否来不及？"

格斯尔将这小儿子的两条腿倒提着拿起来说："若是我的孩子，流出乳汁，如果是白帐汗的孩子，流血而亡吧！"说着，便把他甩向了门框，孩子当即流血而死。

格斯尔拽着茹格牡高娃走出去。黄帐汗、黑帐汗二人率领着一百三十万大军尾随而来。

希曼比儒札跨上白龙马，手中拿着一块砧铁，挥舞着追赶而来。

十方圣主、英明的格斯尔汗喝道："你是想来杀我，还是来送死的？想挑战我，还是想以失败告终？"

"不想杀了你，难道任由你杀我自己的兄长？你以为我是隔岸观火的自私鬼吗？与其像个懦夫一样眼巴巴地坐以待毙，不如马革裹尸捐躯疆场，也可流芳百世！"

"既然决斗，那就要拼个你死我活，一决雌雄。你就拿出你神箭手的本领先射我吧，我会站着接箭，绝不因胆小怯懦怕死而躲闪！"格斯尔汗把头伸得很长，把身子缩得很短。

希曼比儒札用一支拳头大小的箭镞的箭上弦，瞄了半天后射出去，箭从格斯尔的胯下飞了过去。

轮到格斯尔射箭了，格斯尔小声嘀咕："我的扎萨，你一向忠心耿耿英勇善战，多年跟随我左右，立下过汗马功劳，这下我要用肥肉慰劳慰劳你！"

话音刚落，他一箭射穿了希曼比儒札的膀胱，随即赶马向前，一刀砍下了他的头颅，当做枣骝神驹的穗缨。

接着，格斯尔汗骑着枣骝神驹，又返回杀入敌阵。

话说，格斯尔下凡的时候，那布莎·古尔查祖母和霍日穆斯塔腾格里父亲预测到格斯尔将会在人间遭遇两次大战，便送给了他一把钢刀和一个金匣。

此时，格斯尔想到金匣该派上用场了吧。于是，打开了金匣。看见里面有一颗铁球和一只蜜蜂。他放出了铁球，穿透所有敌人的耳根，放出了蜜蜂，蜇瞎所有敌人的眼睛。

黄帐汗四处乱摸，东倒西歪地摸不清方向。

格斯尔乘胜追击，并对枣骝神驹说："我的爱驹呀，你给我把敌人的军队都踩成肉酱！我也要用这把九庹长的青钢宝剑，将敌人杀个片甲不留！"

说完便冲锋陷阵杀入战场。枣骝神驹踏得敌人血肉模糊；青钢宝剑砍得敌人横尸遍野。就这样，格斯尔彻底消灭掉了锡莱河三的残种，真可谓斩草除根。而且还俘获了他们的妻女和百姓，并收回了如意宝、无裂纹的黑炭宝、金粉抄写的《甘珠尔》和《丹珠尔》、三百名先锋和三十个勇士的尸骨，以及三大鄂托克的百姓和十三金刚寺。

十方圣主格斯尔汗收回本来属于自己的一切，得胜而回，奔向自己的故国。

途中，格斯尔取出黑帐汗希曼比儒札的心脏，喂给扎萨的灵魂吃，并对他说："扎萨！如果你想继续随我左右，我双手赞成，让你转世还阳！如果你想回到霍日穆斯塔腾格里天神父亲那里去，我也不会阻拦，而让你到那里去投生！自己抉择吧！"

扎萨说："我已经为你效过力了，下一步我想投胎为人，可是下辈子恐怕难投凡胎。所以，我还是回到上界，去做霍日穆斯塔腾格里父亲的儿子吧！"

格斯尔对扎萨的选择表示十分理解，便将他的灵魂送回霍日穆斯塔腾格里父亲身边去了。

回来后，格斯尔做了一个狠心的决定。把茹格牡高娃的一条腿和一只胳膊打折，把她拱手送给了一个年过八旬的牧羊老人。

茹格牡叫苦不迭，绝望地哀嚎："你与其这样折磨我，倒不如让我被敌人捉去了好，这简直是让我生不如死啊！"

谁知，她的这个诅咒也变成了现实。妖魔真将她捉了去。而且残忍地把她的臀部埋在冰堆里、胸部扔进河里、肠肚抛进深谷里，把她的灵魂变成了鹳鸰。茹格牡高娃住在一顶熏黑的残破帐篷里。为了不至于饿死，她养了一只黑山羊，靠每天挤下的一碗奶炼出的一小勺酥油苟延残喘地活了下来。

看到这令人心痛的一幕，扎萨于心不忍，从天上发话为她求情道："哎！我的格斯尔汗！茹格牡高娃虽然令人深恶痛绝，但毕竟给你做过两件好事，给我做过一件好事。你念着她的这点儿好，让她复活了吧！"

格斯尔汗觉得扎萨的话有道理，于是化装成一个陌生人，趁茹格牡高娃不在的时候，来到那残破的帐篷里，用牙咬了一下那一小勺酥油，用胡须在那一碗山羊奶里沾了一下，然后就到一边藏了起来。

茹格牡高娃的化身黄鹡鸰飞来，落在锅灶上说："酥油上留下的齿痕，真像我的格斯尔的牙印！山羊奶里沾着的痕迹，真像我的格斯尔的胡须！我的圣主啊，是你来救我了吗？若来的是别人的话我还是以此模样活下去！"

格斯尔编了一张铁丝网，把她套住，并把她七零八落的肢体收集在了一起，让她复活后把她带回了故乡乌鲁穆塔拉[1]。他又将如意宝、无裂纹的黑炭宝、金粉抄写的《甘珠尔》和《丹珠尔》两部大乘经典和十三金刚寺都搬回了故乡，恢复如初。他还安顿了三十个勇士、三百名先锋的孤儿们和三大鄂托克兀鲁思的百姓们，让他们过上了幸福安康的生活。

格斯尔夺取锡莱河三汗政权之第五章结束。

---

[1] 乌鲁穆塔拉：长满杂草丛的平川，形容水草丰美。

第六章

消灭喇嘛根除妖魔

在格斯尔可汗享受着他的幸福的时候，拥有十大法力的蟒古思的化身变成了具有无边法力的呼图克图喇嘛，带着无数的稀奇古怪的宝物来到了格斯尔的家乡。

茹格牡高娃听闻此事便对格斯尔说："听说这位喇嘛是一位大呼图克图，很是厉害，我们俩过去顶礼膜拜喇嘛吧。"

格斯尔可汗答道："如果他是专程而来的话，他便会来寻我，到时我再顶礼膜拜也不迟，我就不去顶礼膜拜了，你想去就自己去吧。"

茹格牡高娃找呼图克图喇嘛顶礼膜拜之后，还请喇嘛摩了顶祝福，随后喇嘛将他带来的财宝拿出来给茹格牡高娃看，后者便惊讶地问道："啊！大师，您是怎么得到如此之多的财宝啊？"

喇嘛答道："你以为只有你的十方圣主格斯尔可汗才可以享有财宝，难道我们不可拥有吗？"

茹格牡高娃顶礼膜拜后返回，回家后对格斯尔说："喇嘛有无数的财宝，应有尽有。你还是去膜拜他吧。"格斯尔："我去膜拜他做什么？你还是带着我的百姓们去顶礼膜拜吧。"待众人顶礼膜拜完后，喇嘛便把他带来的财宝都分给了茹格牡高娃与其百姓，然后对茹格牡高娃说："你可以嫁给我做我妻子吗？"

茹格牡高娃答道："你能胜得过格斯尔可汗吗？如果胜得过我就做你妻子。"

喇嘛说道："我能的，你回去后想方设法将他诱骗到我这里，然后，我假装给他灌顶，将他变成驴子。"茹格牡高娃答应喇嘛便回。

茹格牡高娃对格斯尔说："这位呼图克图喇嘛还真是法力无边啊！将他带来的财宝都毫无保留地分给了我们穷苦的百姓，使得百姓们都心满意足连连称赞，真是活佛呀，还真是个慈悲的呼图克图喇嘛啊！我觉得还是去顶礼膜拜接受灌顶吧。"

格斯尔听罢答应道："那我就去顶礼膜拜接受灌顶吧。"

待到格斯尔顶礼膜拜完，接受灌顶时化身喇嘛的蟒古思赶忙拿出一个画有驴的符咒贴在了格斯尔的头顶，格斯尔变成了驴子。蟒古思如愿以偿地拥有了茹格牡高娃。并还把脏靴子和各种肮脏的东西放在了格斯尔的背上，来羞辱格斯尔。

这一切被英俊的莫日根侍卫、察尔根老头和扎萨的儿子烈察布三人看到了。于是他们三人召集了三个鄂托克的人们一起商量对策："可恶的蟒古思把我们的格斯尔可汗变成了驴，要问现在还有谁能救出我们格斯尔可汗，也就只有阿鲁莫尔根夫人了。"便派英俊的莫日根侍卫前去向阿鲁莫尔根夫人求救，英俊的莫日根侍卫为了尽快解救格斯尔快马加鞭，十个月的路程仅用了一个月，莫日根一到就把格斯尔和蟒古思之间的事情告诉了阿鲁莫尔根夫人，可伤心欲绝的阿鲁莫尔根夫人听完就说："格斯尔可汗是谁？英俊的莫日根侍卫是谁，与我何干？"便转身进屋关了门。英俊的莫日根侍卫一等就等了三七二十一天。众人没能等到莫日根侍卫和阿鲁莫尔根夫人，派了扎萨的儿子烈察布去寻阿鲁莫尔根夫人，烈察布说："我尊敬的阿鲁莫尔根婶娘啊，我求求你去救救我们格斯尔可汗，那可恶的蟒古思化身成了喇嘛将格斯尔可汗变成了驴子，格斯尔可汗受尽屈辱，身上因为常驮脏东西，沾满了污秽。他现如今已经骨瘦如柴，五脏六腑都露在外面，快受累而死了。哎呦，阿鲁莫尔根婶娘，快快去解救格斯尔于水深火热之中。"听到烈察布的话阿鲁莫尔根夫人的心融化了，情不自禁地哭了起来，阿鲁莫尔根夫人请莫日根侍卫和烈察布到家里商讨着怎样解救格斯尔可汗。

阿鲁莫尔根夫人把自己的长矛和各种武器各擦了一个月。出发前问："烈察布你能暂替我管理一下这里？还是英俊的莫日根侍卫管理一下这里？"烈察布："我可以，没问题，你们去吧。"于是，阿鲁莫尔根夫人将莫日根侍卫变成了鸟藏进了荷包里带走，到了威震十方的蟒古思那里时，将自己变为蟒古思的姐姐。

话说蟒古思的姐姐眼塌陷一庹深；眉毛长到胸部；乳房触到膝盖；獠牙纵横，手上挂着九庹长的拐杖，待在蟒古思城门。阿鲁莫尔根夫人到了蟒古思城门下对守城的人说："我是你们威震十方蟒古思的姐姐，听闻我那弟弟打败了格斯尔，我便来看看这骁勇善战的弟弟，速去通报一下。"

蟒古思听了守城的一番描述知道是自己的姐姐，开了城门请阿鲁莫尔根夫人进来，之后蟒古思挂着黑拐杖来迎接请她坐了上座。

聊了一会儿，蟒古思姐姐问："我骁勇善战的弟弟啊，听说你新娶了格斯尔的妻子茹格牡高娃，是不是该让姐姐一睹我那弟媳的芳颜啊。"听后蟒古思答应了便叫茹格牡高娃来见面。蟒古思姐姐遮光细看茹格牡高娃夫人之后，假装表现出很吃惊的表情，连连称赞："这莫不是九重天仙女下凡？怎会有如此美貌之人？快来给姐姐我请安。"

两人见面后，蟒古思说道："姐姐特地远道而来看望弟弟，作为弟弟，我也想给姐姐礼物，随我去宝库，有什么宝贝入了姐姐的眼，您便拿去吧，"蟒古思姐姐将所有宝物细细看了一遍说道："我弟拥有如此多的宝贝，姐姐很是欣慰，姐姐也老了，这些宝物对我也没什么用途。"

蟒古思："哎呀，我的姐姐啊，您就拿吧。"

蟒古思姐姐："哎，既然你非要送姐姐东西，那就送你那条黑毛驴吧，我还可以骑着回家啊。"

蟒古思："姐姐说的什么话，别说是头驴，就算姐姐要我这宝库我都给啊，姐姐就拿去吧。"

站在旁边的茹格牡高娃听了就说："格斯尔本事可大了，见草变草，遇什么变什么，我们还是小心为妙，这若不是格斯尔的化身就是阿鲁莫尔根的化身啊。"

蟒古思姐姐听了非常气恼地说："弟弟啊，比起我这亲姐姐，你心里只有你这不安好心的夫人了。"说完就趴在地上满地打滚。

蟒古思看姐姐生气，就说："会摔死的，为何为此而丧命呢？拿去便是，但这是格斯尔变的，所以我说现在不能给姐姐，是要防格斯尔跑了。"

蟒古思姐姐说："那把仇人交给我，由我处置吧。"

蟒古思说："那请姐姐带走吧！"看蟒古思把毛驴给姐姐后，茹格牡高娃提醒道："你给就给罢了，但你还是将自己的化身变成两只乌鸦跟踪他们吧！"

蟒古思说："说得对。"变成两只乌鸦跟踪。老婆婆牵着驴走，两只乌鸦一路跟踪，跟着到蟒古思姐姐城堡，驴头进了城门，两只乌鸦就回去了。蟒古思说："看来真是姐姐。"茹格牡高娃和蟒古思知道就是自己姐姐就放心了。

而此时，阿鲁莫尔根夫人牵着毛驴到了一户人家说："我是你们蟒古思的姐姐，麻烦给我的驴喂些水草。"当天夜里阿鲁莫尔根夫人喂饱了驴。

待到破晓之时牵着驴赶到了她父亲龙王那里，他们给驴喂了各种灵丹妙药和圣洁的食物。随后驴变成了一个黑黝黝的瘦骨如柴的男子。阿鲁莫尔根为了使格斯尔变回原样，用圣水洗净了其全身，就这样曾经的十方圣主格斯尔可汗又回来了。

格斯尔和阿鲁莫尔根夫人经常一起比武，打猎。

有一天，阿鲁莫尔根对格斯尔说："这座山谷的那边有一头白额母鹿，她会袭击我们，你要趁机射中她额间的白斑。"恰巧这时，那白额母鹿就向他们发起了攻击。格斯尔找准时机瞄准了其额间的白斑射了过去。母鹿受伤后带着箭跑了，格斯尔和阿鲁莫尔根紧紧地跟在后面。母鹿朝着蟒古思姐姐的城堡跑进去了，格斯尔和阿鲁莫尔根到城门时城堡的九层城门依次关上了，格斯尔便立刻取出他的九十三斤重的金刚斧打碎了九层城门，进入了城堡自己摇身一变，成了一个俊美的男子。往里一看，只见蟒古思的姐姐已经奄奄一息了。

蟒古思姐姐对格斯尔说："不知道射箭伤我的是阿修罗、龙王还是霍日穆斯塔腾格里。不对，还有一种可能是格斯尔的箭。怎么认定？"

男子说："如果我可以拔出你身上的箭，你就做我妻子怎么样？"

蟒古思姐姐考虑再三，说："好，你只要拔了我身上的箭，我就做你妻子。"

男子道："你承诺了！承诺了！"便拔出了箭，可是蟒古思姐姐却一下将格斯尔和阿鲁莫尔根吞进了肚子里。

格斯尔和阿鲁莫尔根说："你已经承诺了为何吞掉我们？快把我们放出去，如果不放我们出去，我们会从你的身躯里刺穿你的肾出来。"蟒古思姐姐觉得有道理，便把他们吐了出来。

蟒古思的姐姐成了格斯尔的妻子，然后一起来到蟒古思的城堡。蟒古思一看见是格斯尔，就变成狼逃跑了，格斯尔也赶忙变成大象追了过去。蟒古思变成老虎，格斯尔就变成狮子。蟒古思最后变成了许多蚊子和苍蝇，趁着格斯尔用灰筑围墙的时候逃了出去，逃到了姐姐的城堡里去，还变成了拥有五千个弟子的呼图克图大喇嘛。而格斯尔知晓了这一切，便给大喇嘛托梦说："明早会有一位长相俊美的人去找你，你务必要好好爱戴他，他将会成为你最得意的弟子。"

天一明，格斯尔就去找蟒古思，蟒古思看到俊男，就相信了昨天的梦是上天的暗示。于是，他就叫俊男做了他最得意的弟子。

蟒古思想要诅咒格斯尔的家乡，就叫了他得意的弟子："你去诅咒一下，让格斯尔的家乡贫困，百姓恶病缠身。"

而大喇嘛最得意的弟子送鬼的时候后却说:"格斯尔的家乡美丽富饶,百姓安居乐业。"并诅咒蟒古思的家乡:"永远祸乱不断,永不得安宁。"然后把巴灵扔掉了。

刚好这一切被喇嘛的另一个徒弟听到了,后者就告诉了喇嘛:"您那徒弟诅咒了我们家乡,却让格斯尔家乡繁荣昌盛。"

蟒古思问最得意的弟子:"听说你诅咒了我们这里,却祈祷吐伯特部落。可有此事?"

弟子回答:"没有的事,我是祈祷我们这里,诅咒他们的。"

蟒古思听完后怒斥了那个弟子:"你莫不是嫉妒他是我的得意门生,所以要陷害他?以后我不想这样的事再发生。"

有一天,呼图克图大喇嘛叫来了得意弟子,说想建一个禅房,得意弟子说:"我会建禅房,我帮你建。"

喇嘛说:"好,那这建禅房的事就交给你了。"

格斯尔就用芦苇造了禅房,但在里面藏了涂了油的棉花,将他们捆得非常的结实,密不透风。

把一切准备好后格斯尔对喇嘛说:"您现在进去坐禅吧!"

而大喇嘛对格斯尔说:"有一天要是那些徒弟说你坏话,就把那弟子们都赶走吧。"

听了喇嘛的话格斯尔就把其他徒弟都赶走了。

大喇嘛说:"你给我送来经膳和茶好不好?"之后静静地坐在那里等候。

格斯尔回答:"好的。"随后格斯尔就把火把扔在了包着涂了油的棉花芦苇墙上。瞬间一片火海,蟒古思一会儿变成人喊救命,一会儿变成狼号叫,一会儿变成蚊子嗡嗡地飞,最后死在了大火之中。就这样根除了妖魔。十方圣主格斯尔可汗集齐部落一起迁到浅滩草原,在那里建了属于自己的宝城,过上了幸福的生活。

格斯尔消灭十方妖魔化身的喇嘛之第六章结束。

第七章

革除灾患造福众生

格斯尔回到家后寻不得母亲，便问扎萨的儿子烈察布："见着我的母亲吗？"扎萨的儿子烈察布回答："你母亲不是仙逝归天了吗？蟒古思将你变成驴抓走时，她伤感至极，重病一场，便归天了！"

格斯尔哭得惊天地泣鬼神，就连他用百宝铸成的城堡都被哭声震得顺时针转了三圈。最后格斯尔决定去寻找母亲的魂魄。格斯尔骑上了自己的枣骝神驹，手握神鞭，带上九庹长的珊瑚念珠，头戴日月同辉的奇宝盔，身披耀霜铠甲，插上闪电护背旗，又把三十支绿松石柄的利箭插入箭筒，把黑木硬弓插入弓袋，还把九十三斤重的大斧和六十三斤重的小金刚斧带在身上，顺手拿了捕捉太阳的金索套、捕捉月亮的银索套、九十九股铁杵，启程去了天界，问自己的霍日穆斯塔腾格里父亲："父亲啊，您有没有看到我母亲的灵魂啊？"

霍日穆斯塔腾格里回答："没有看见啊。"

格斯尔又去问三十三天，都回答："没看见。"接着，格斯尔去问那布莎·胡尔扎祖母、三位神姊、山神敖瓦工吉德父亲那里，所有人都回答"没有看见"。

最后，格斯尔变成大鹏鸟飞回凡间，然后去地府找阎罗王。到了地府想进去，可是十八层地狱大门没有要开的意思，于是格斯尔就拿出金刚斧劈开了十八层地狱大门，问狱卒："是否看见我母亲的灵魂？"

狱卒回答："都没见过。"

格斯尔关掉十八层地狱的门，给阎王托了个恶梦，把门关紧。原来阎罗王的灵魂是一只老鼠，于是，格斯尔把自己的灵魂变成了一只艾虎进了地狱，然后用捕捉太阳的金索套封住天窗，再用捕捉月亮的银索套围住了整间屋子。阎罗王被金索套和银索套紧紧地捆住，想逃脱都逃不掉，想钻地下钻不得，想从天窗逃又逃不了。于是，格斯尔可汗找准时机抓住了阎罗王，绑紧两手，用九十九股铁杵打起来，并问道："我母亲的灵魂在哪里？告诉我，给我交出来！"

阎罗王回答："关于你母亲灵魂的事，未曾耳闻目睹，"又说道："不然你去问问其他狱卒吧！"

格斯尔又急忙跑去问狱卒，大家都说："没见到。"

狱卒："尊敬的十方圣主格斯尔可汗的母亲格格·阿木尔珠拉的灵魂能不禀报阎王爷吗？"

正这时，有位年迈的老头说："我看见过一个老太太。不过我不知道她是不是格斯尔可汗的母亲。老太婆嘴里念叨着'我的尼速该·希鲁·塔斯巴'，向人们讨水喝来着，要是没有食物就用蒿草来充饥。"

格斯尔下旨道："哎呦，还说什么？快过去给我找回来！"

老头："此刻她应该是在那边的蒿草里吧。"格斯尔跟过去一看，真是自己的母亲。找到了母亲的灵魂之后，杀死了老头和那些看门的狱卒。

随后，找到阎罗王说道："如果是你亲自把我母亲投入地狱，我会认为你不分青白，把所有的生灵投入地狱。"阎罗王道："也没看见，没听说，如果知道的话为何把你的母亲投入地狱呢？"

格斯尔转头对枣骝神驹说道："显示你神威，请你四蹄蹬上法轮，胸口挂满利剑，显出吓唬狮子的模样，再用圣水漱三次口。喝过三次圣水之后，把我母亲的魂魄衔在嘴里，送到我的父亲霍日穆斯塔腾格里处。待我投胎赡部洲的时候，我想让她成为生育我的母亲，他们都知道的。"

枣骝神驹听完主人格斯尔可汗的吩咐后就飞向了天宫。

三位神姊看到枣骝神驹后前来迎接。结果被枣骝神驹的胸前的利剑和一脸怒相惊到了。说道："我们的弟弟投生到凡间去了。不过，你今天为什么显示出这样凶猛的怒相呢？"说着，便把衔在枣骝神驹嘴里的格斯尔母亲格格·阿木尔珠拉的灵魂接过去了。三位神姊就什么都明白了，对枣骝神驹说道："我们都知道此事了，你回格斯尔身边吧！"

之后三位神姊就把格斯尔母亲的灵魂交给了霍日穆斯塔腾格里父亲。霍日穆斯塔腾格里说："既然我那儿子选定她为下界赡部洲投胎时候的母亲，那么我们就帮她超度灵魂，转生到天界吧。"于是召集十方喇嘛念经超度，格斯尔母亲的灵魂化作了无数个佛尊。在诵经、敲锣打鼓，献灯燃香时，格斯尔的母亲的灵魂就变成了耀眼的蓝宝石；召集十方喇嘛诵经时，变成了天界的仙女和圣母了。

枣骝神驹赶回地狱，见了格斯尔，格斯尔问道："我的枣骝马啊，事儿办妥了没？拜托你的事无所不成，我的好神驹！"

格斯尔就放了阎罗王，说道："以后你定要好好问清是非曲折，然后再决定是否把灵魂打入地狱，莫要让今天的事情再发生了。不过，阎罗王，这次因我为母亲的灵魂一事着急，鲁莽了，抱歉！"然后对着阎罗王叩头谢罪。

阎罗王对格斯尔说："你母亲的事情有点儿蹊跷，我是绝不会亲自把她的灵魂打入地狱的，让我们在照命镜中看看事情到底如何吧！"

照命镜里出现了格斯尔出生的时候，格斯尔的母亲格格·阿木尔珠拉不知道他是神还是鬼，所以挖了十八庹长的壕沟，准备把他埋在那里。格斯尔知道事情的原委之后，回到了家里就把茹格牡嫁给了一个又瞎、又瘸的穷乞丐。随后他到了傲罗木草原，命人建起了十三座金刚寺，并用如意、无缝黑炭和各种宝石建成四方城堡，在那里安居享乐。

根除十方妖魔的十方圣主格斯尔可汗革除所有灾患，造福众生之第七章结束。

愿吉祥！

康熙五十五年，丙申孟春吉日。

ᠲᠠᠯ᠎ᠠ ᠶᠢᠨ ᠤᠨᠠᠭᠠᠨ ᠵᠢᠷᠤᠭ
ᠲᠤᠭᠤᠷᠢᠭ ᠨᠠᠭᠤᠷ ᠤᠨ ᠳᠣᠮᠤᠭ

ᠠᠭᠤᠯᠭ᠎ᠠ

ᠨᠢᠭᠡᠳᠦᠭᠡᠷ ᠪᠦᠯᠦᠭ ᠂ ᠮᠣᠩᠭᠣᠯ ᠤᠨ ᠨᠢᠭᠤᠴᠠ ᠲᠣᠪᠴᠢᠶᠠᠨ ᠤ ᠲᠤᠬᠠᠢ 169
ᠬᠣᠶᠠᠳᠤᠭᠠᠷ ᠪᠦᠯᠦᠭ ᠂ ᠴᠢᠩᠭᠢᠰ ᠬᠠᠭᠠᠨ ᠤ ᠥᠪᠡᠷ ᠤᠨ ᠲᠤᠬᠠᠢ 217
ᠭᠤᠷᠪᠠᠳᠤᠭᠠᠷ ᠪᠦᠯᠦᠭ ᠂ ᠴᠢᠩᠭᠢᠰ ᠬᠠᠭᠠᠨ ᠤ ᠭᠡᠷ ᠪᠦᠯᠢ ᠶᠢᠨ ᠲᠤᠬᠠᠢ 221
ᠳᠥᠷᠪᠡᠳᠦᠭᠡᠷ ᠪᠦᠯᠦᠭ ᠂ ᠴᠢᠩᠭᠢᠰ ᠬᠠᠭᠠᠨ ᠤ ᠨᠥᠬᠥᠳ ᠤᠨ ᠲᠤᠬᠠᠢ 232
ᠲᠠᠪᠤᠳᠤᠭᠠᠷ ᠪᠦᠯᠦᠭ ᠂ ᠴᠢᠩᠭᠢᠰ ᠬᠠᠭᠠᠨ ᠤ ᠲᠤᠤᠷᠠᠬᠢ ᠠᠷᠠᠳ ᠤᠨ ᠲᠤᠬᠠᠢ 258
ᠵᠢᠷᠭᠤᠳᠤᠭᠠᠷ ᠪᠦᠯᠦᠭ ᠂ ᠴᠢᠩᠭᠢᠰ ᠬᠠᠭᠠᠨ ᠤ ᠳᠠᠶᠢᠰᠤᠨ ᠤ ᠲᠤᠬᠠᠢ 322
ᠳᠣᠯᠣᠳᠤᠭᠠᠷ ᠪᠦᠯᠦᠭ ᠂ ᠴᠢᠩᠭᠢᠰ ᠬᠠᠭᠠᠨ ᠤ ᠠᠵᠢᠯᠯᠠᠭᠰᠠᠨ ᠭᠠᠵᠠᠷ ᠣᠷᠣᠨ ᠤ ᠲᠤᠬᠠᠢ 328

ᠣᠷᠣᠭᠤᠯᠤᠭᠰᠠᠨ ᠨᠢ᠂ ᠬᠣᠶᠠᠷ ᠲᠤ᠂ ᠡᠪᠡᠳᠴᠢᠨ ᠤ ᠲᠡᠮᠳᠡᠭ ᠢᠶᠡᠷ ᠬᠤᠪᠢᠶᠠᠨ ᠣᠷᠣᠭᠤᠯᠤᠭᠰᠠᠨ ᠪᠣᠯᠣᠨ᠎ᠠ᠃

174

ᠪᠤᠯᠤᠨ᠎ᠠ ᠃ ᠠᠮᠤᠷ ᠠᠮᠤᠭᠤᠯᠠᠩ ᠪᠤᠯᠵᠤ ᠂ ᠠᠳᠤᠭᠤ ᠪᠡᠨ ᠤᠨᠤᠬᠤ ᠡᠷᠬᠡ ᠲᠠᠢ ᠪᠤᠯᠤᠭᠰᠠᠨ ᠳᠤ ᠪᠠᠨ ᠪᠠᠶᠠᠷᠯᠠᠨ᠎ᠠ ᠃ ᠡᠨᠡ ᠨᠢᠭᠡᠨ

ᠨᠢᠭᠡ ᠬᠡᠰᠡᠭ ᠴᠠᠭ ᠥᠩᠭᠡᠷᠡᠭᠡᠳ ᠂᠂ ᠲᠡᠷᠡ ᠰᠠ‍‍‍᠎ᠶᠢ ᠳᠠᠪᠠᠷᠯᠠᠭᠰᠠᠨ ᠢᠢᠠᠨ ᠵᠣᠭᠰᠤᠭᠠᠳ ᠂᠂ ᠬᠥᠯ ᠨᠢᠴᠦᠭᠦᠨ ᠢᠢᠠᠷ

ᠬᠠᠮᠢᠶ᠎ᠠ ᠦᠭᠡᠢ ᠪᠣᠯᠵᠠᠢ ᠃᠃ ᠲᠡᠷᠡ ᠨᠢ ᠬᠤᠶᠢᠰᠢᠳᠠ ᠶᠢᠨ ᠤᠯᠤᠰ ᠲᠥᠷᠥ ᠶᠢᠨ ᠪᠠᠶᠢᠳᠠᠯ ᠳᠤ ᠶᠡᠬᠡ ᠨᠥᠯᠦᠭᠡ ᠤᠴᠠᠷᠠᠭᠤᠯᠬᠤ ᠪᠣᠯᠤᠨ᠎ᠠ ᠃

208

ᠬᠡᠯᠡᠯᠴᠡᠬᠦ ᠪᠡᠷ ᠠᠭᠤᠯᠵᠠᠵᠤ᠂ ᠳᠠᠢ᠌ᠨ ᠤ ᠰᠢ᠌ᠳᠪᠦᠷᠢ ᠢ ᠠᠪᠤᠭᠰᠠᠨ ᠨᠢ᠂ ᠨᠠᠳᠠ ᠳᠤ ᠠᠰᠢᠭ ᠲᠠᠢ ᠪᠠᠢ᠌ᠬᠤ ᠪᠣᠯᠤᠨ᠎ᠠ᠃
215

ᠬᠣᠷᠢᠨ ᠨᠢᠭᠡ᠂   ᠬᠤᠯᠠᠭᠠᠢ ᠳ᠋ᠣ ᠡᠭᠡᠵᠢ ᠪᠠᠨ ᠠᠯᠳᠠᠭᠰᠠᠨ ᠬᠦᠦ ᠶ᠋ᠢᠨ ᠦᠯᠢᠭᠡᠷ

ᠪᠠᠶᠢᠨ᠎ᠠ᠃ ᠡᠨᠡ ᠶᠠᠭᠤᠨ ᠤ ᠡᠮᠦᠨ᠎ᠡ ᠪᠠᠢᠢᠭᠠᠯᠢ ᠶᠢᠨ ᠲᠠᠭᠠᠷᠠᠮᠵᠢᠲᠠᠢ ᠨᠥᠬᠦᠴᠡᠯ ᠢᠶᠡᠷ ᠶᠠᠪᠤᠭᠳᠠᠵᠤ ᠪᠠᠢᠢᠨ᠎ᠠ᠃

220

ᠵᠢᠷᠭᠤᠳᠤᠭᠠᠷ ᠬᠡᠰᠡᠭ ᠬᠡᠯᠡ ᠪᠠ ᠨᠡᠢᠢᠭᠡᠮ ᠤᠨ ᠬᠠᠷᠢᠴᠠᠭ᠎ᠠ ᠶᠢᠨ ᠰᠤᠳᠤᠯᠤᠯ ᠤᠨ ᠲᠤᠬᠠᠢ

ᠨᠢᠭᠡᠨ ᠳᠦ ᠨᠢᠭᠡᠨ ᠬᠤᠪᠢᠶᠠᠷᠢᠯᠠᠭᠰᠠᠨ ᠪᠦᠷᠢᠨ ᠪᠦᠲᠦᠭᠡᠯ ᠬᠡᠮᠡᠮᠦᠢ᠃

ᠨᠢᠭᠡᠨ ᠡᠳᠦᠷ ᠢᠶᠡᠨ ᠬᠣᠯᠠ ᠶᠢᠨ ᠠᠶᠠᠨ ᠳᠤ ᠮᠣᠷᠳᠠᠵᠤ᠂ ᠳᠠᠷᠠᠭ᠎ᠠ ᠶᠢᠨ ᠡᠳᠦᠷ ᠢᠶᠡᠨ ᠠᠯᠤᠰ ᠤᠨ ᠠᠶᠠᠨ ᠵᠠᠮ ᠳᠤ ᠭᠠᠷᠬᠤ

ᠪᠠ ᠬᠠᠷᠠᠭᠠᠯᠵᠠᠯ ᠬᠠᠶᠢᠷ᠎ᠠ ᠳ᠋ᠤᠷ ᠲᠡᠳᠡᠭᠡᠷ ᠬᠡᠦᠬᠡᠳ ᠳᠠᠭᠠᠨ ᠬᠠᠶᠢᠷᠠᠲᠠᠢ ᠪᠤᠯᠤᠭᠰᠠᠨ ᠪᠢᠯᠡ᠃ ᠭᠡᠪᠡᠴᠦ ᠪᠢ ᠡᠨᠡ ᠪᠦᠬᠦᠨ ᠢ ᠳᠡᠮᠡᠢ ᠶᠠᠷᠢᠬᠤ ᠦᠭᠡᠢ ᠪᠣᠯᠪᠠᠴᠤ...

ᠮᠢᠨᠤ ᠬᠡᠯᠡᠭᠰᠡᠨ ᠪᠤᠯᠭᠠᠨ ᠳ᠋ᠤ ᠦᠨᠡᠯᠡᠯᠲᠡ ᠦᠭ᠍‍ᠭᠦᠭᠡᠷᠡᠢ᠂ ᠬᠡᠵᠡᠢ᠃ ᠠᠷᠠᠤᠨ ᠤᠨ ᠵᠠᠷᠭᠤᠴᠢ ᠨᠠᠷ ᠬᠡᠯᠡᠪᠡ᠄ ᠴᠠᠭᠠᠵᠠ ᠶᠢᠨ ᠬᠠᠤᠯᠢ ᠪᠠᠷ ᠰᠢ‍‍ᠢᠤᠨᠴᠢ‍‍ᠯᠡᠭᠡᠳ ᠴᠢᠮ ᠠ ᠶᠢ ᠴᠠᠭᠠᠳᠬᠠᠪᠠᠯ᠂ ᠡᠨᠡ ᠬᠦ ᠰᠣᠷᠪᠣᠯᠵᠢ ᠠᠯᠳᠠᠰᠢ ᠦᠭᠡᠢ᠂ ᠬᠡᠵᠡᠢ᠃

ᠨᠢ ᠃᠃ ᠬᠡᠨ ᠤ ᠵᠣᠷᠢᠭᠤᠳᠠ ᠶᠢ ᠥᠬᠥᠭᠰᠡᠨ ᠴᠤ ᠬᠡᠷᠡᠭ ᠦᠭᠡᠢ ᠂᠂ ᠶᠠᠳᠠᠬᠤ ᠳᠤ ᠪᠠᠨ ᠬᠦᠷᠬᠦ ᠪᠡᠷ ᠃᠃

ᠭᠡᠵᠦ ᠠᠰᠠᠭᠤᠬᠤ ᠳᠤ ᠂ ᠪᠢ ᠬᠡᠯᠡᠨ᠎ᠡ ᠄ 《 ᠶᠠᠭᠤ ᠴᠤ ᠦᠭᠡᠢ 》 ᠭᠡᠨ᠎ᠡ ᠃

ᠪᠠᠢᠢᠵᠤ ᠂ ᠬᠦᠮᠦᠰ ᠦᠨ ᠰᠡᠳᠭᠢᠯ ᠢ ᠬᠦᠳᠡᠯᠭᠡᠬᠦ ᠪᠡᠷ ᠢᠶᠡᠨ ᠤᠨᠴᠠᠭᠠᠢ ᠪᠠᠢᠢᠳᠠᠭ ᠃ ᠲᠠᠭᠤᠯᠠᠭᠰᠠᠨ ᠨᠢ

图书在版编目(CIP)数据

十方圣主格斯尔可汗传 / 齐玉花编译 . —上海：上海古籍出版社，2023.5

（格萨尔研究丛刊）

ISBN 978-7-5732-0690-9

Ⅰ.①十… Ⅱ.①齐… Ⅲ.①蒙古族—英雄史诗—中国 Ⅳ.① I222.7

中国国家版本馆 CIP 数据核字（2023）第 061408 号

格萨尔研究丛刊

十方圣主格斯尔可汗传

齐玉花　编译

上海古籍出版社出版发行

（上海市闵行区号景路 159 弄 1-5 号 A 座 5F　邮政编码 201101）

（1）网址：www.guji.com.cn

（2）E-mail：guji1@guji.com.cn

（3）易文网网址：www.ewen.co

启东市人民印刷有限公司印刷

开本 787×1092　1/16　印张 21.25　插页 3　字数 362,000

2023 年 5 月第 1 版　2023 年 5 月第 1 次印刷

ISBN 978-7-5732-0690-9

K·3369　定价：98.00 元

如有质量问题，请与承印公司联系